と 神様ゲーム

The God Game

ハレ/クモリ/アメ/ニジ

さぁ、妾《わらわ》とゲームを始めよう!

神様とゲーム

学園の平和のため〝乙女の聖戦《バレンタイン》〟とゲームするわよ！
神様とゲーム

神様とゲーム

ハレ/クモリ/アメ/ニジ

宮崎柊羽

角川文庫 14368

カミサマトゲーム・スタート
the god game

game players《ゲーム・プレーヤー》

生徒会臨時採用
羽黒花南
（はくろ・かなん）

一騎当千の霊感少女として
叶野高校に転入してきた。
日常の動きはハムスターの
ような愛くるしさ。

生徒会会計
尾田一哉
（おだ・かずや）

幼いときからの多加良の親友。
繊細でマイペースな性格だが、
ツッコミの切れ味は
生徒会イチ。

生徒会書記
桑田美名人
（くわた・みなと）

お茶とお菓子が好きな
クールビューティ。
可憐な容姿に似合わず、
桑田万能流の師範代を務める。

生徒会副会長
秋庭多加良
（あきば・たから）

"かのう様"に目を付けられたため、
毎度やっかいごとに
巻き込まれている。
ニヒルな切れ者なのに苦労性。

生徒会会長
鈴木朔
（すずき・はじめ）

その行動、その言動、全てが
人間の常識を超越している。
叶野市内にいるときだけ
人間になれる神様族。

game master《ゲーム・マスター》

かのう様
（かのうさま）

叶野市の土地神様であり、
和家が信仰している存在。
見た目は超キュートなのに、
その実は超腹黒。

和彩波
（かのう・いろは）

叶野学園理事長の娘にして、
"かのう様"の憑坐。
基本性質はハイテンションで、
多加良のことが大好き。

コンテンツ・オブ・カミサマトゲーム

contents of godgame

口絵・本文イラスト　七草
口絵・本文デザイン　アフターグロウ

ユメデハレタラ

毎夜、人は眠《ねむ》る。私も眠る。

けれど朝が来て、景色《なに》も変わらないのならば。

ずっと、まどろみ続けていたい。

繭《まゆ》の中で。夢の中で。

うつろう風景《せかい》を眺《なが》め続けていたい。

だから、どうか、もう朝が来ませんように。

この眠りが続きますように。

1

「ねえっ、遠足しようよ!!」

冬休み明け、俺——秋庭多加良《あきばたから》は、通っている叶野《かのう》学園高校の生徒間に若干《じゃっかん》の気の緩《ゆる》みを感じていたのだが、どうやらその頂点にはこいつがいたらしい。

色素の薄《うす》い髪《かみ》と同じ色のアーモンド形の瞳《ひとみ》。黙《だま》って立っていればまともな美形に見えなくもないが、女子の皆《みな》さんには残念なことに、目の前のこの男——鈴木朔《すずきはじめ》は口を開けばくだらないことしか言わない。

「遠足は六月の行事だ」

だから俺は、この鈴木にもわかるように、けれど簡潔に事実を伝えた。

普段《ふだん》は鈴木の発言はなるべく無視する方向でいるが、生徒会室を見回したところ、いま手が空いているのは俺だけだったので、相手をするのは仕方ないと諦《あきら》めて。

「その遠足は六月でいいよ。でも、ぼくが今したいのは〝鍋《なべ》っこ〟だよ！」

かけていた椅子《いす》から半分腰を浮かしながら、鈴木が〝鍋っこ〟という意味不明の単語を高らかに叫《さけ》べば、俺以外の生徒会執行部《メンバー》もさすがにそれぞれの作業の手を止めてしまったが。

「なべっこ？」

まず生徒会会計の尾田《おだ》一哉《かずや》がその言葉を鸚鵡《おうむ》返しにして首を捻《ひね》った。

「そう！　鍋っこだよ!!」

満面の笑《え》みと共に、鈴木がその単語をもう一度繰り返せば、

「あの、鍋っことは何ですか？　もしかして新種の妖怪《ようかい》さんですか!?」

椅子から立ち上がり、机の上に身を乗り出したのは羽黒《はぐろ》花南《かなん》だ。

羽黒は去年の終わりに、ある騒動《そうどう》をきっかけに叶野学園に転校してきたのだが、その後色々あって今は生徒会臨時採用としてポジションが定着している。ただ、霊感《れいかん》少女という体質——といっていいのか？——のせいか時折話がそちら側へ逸《そ》れる。

「鍋っこ……そうね、花南ちゃんの言うようにオバケかもしれないわね」

同じく生徒会書記の桑田《くわた》美名人《みなと》が羽黒の隣《となり》で呟《つぶや》く。あまり表情を動かさないため怜悧《れいり》な印象

を与《あた》える横顔にも、今は困惑《こんわく》が見て取れる。

「違《ちが》うよ、羽黒っち、美名人っち。鍋っこっていうのはねぇ」

そこで鈴木は人さし指を立てながら、ようやく説明を始めようとしたが、俺はそれを許さなかった。

「鍋料理に必要な食材等をグループで分担して、目的地まで運び、そこで鍋で煮て食すという、秋田県《あきた》あたりでポピュラーな遠足スタイル……らしいな」

鈴木が言うより先に、俺は立て板に水のごとく〝鍋っこ〟についての知識を披露《ひろう》して、その言葉をふさいでやった。

「へえ、多加良、よく知ってたね」

「さすがですね」

「やっぱりどこかの誰《だれ》かさんより、秋庭君の方が頼《たよ》りになるわね」

そして俺が皆の賞賛を集める中、鈴木だけがうらめしそうな目をしてこっちを見ていた。

しかし、そんな目を向けてもこの俺にはノーダメージだ。大体、鈴木が俺から奪《うば》ったものに比べればこの位の意趣《いしゅ》返しは許されて当然だが、そのまま黙っている鈴木ではなかった。

「……多加良っちのバカっ！　ぼくがみんなに教えてあげようと思ってたのになんで、なんで副会長が言っちゃうわけ‼」

いま、鈴木は絶対にわざと、俺の方を見て〝副会長〟と言った。俺が、叶野学園の誰にも

〝副会長〟という肩書《かたが》きで呼ばせないことをよく知った上で、だ。

「言っておくけど、叶野学園の生徒会長はこの山口さん家《ち》の三軒隣《げんどなり》の鈴木くんなんだからね。したがってこの椅子に座れるのもぼくだけだっ！」

ぎしぎしとその椅子を揺《ゆ》らしながら、鈴木は俺の地雷《じらい》を踏《ふ》みまくってくれた。挑戦《ちょうせん》的な眼差《まなざ》しとともに。

「……ああ、そうですか。でも遠足は絶対に六月ですから」

俺は極《きわ》めて静かに、もう一度その事実だけを告げた。その椅子はロッキングチェアの造りになっていないから揺らすな！　という台詞《せりふ》は飲み込んで。

「た、多加良？」

「あ、秋庭さん？」

「ねえ、熱でもあるの？」

俺がいつものように怒鳴《どな》り出さないのを見て、尾田たちはとてつもない不安に襲《おそ》われたように俺の顔を見る。

「熱は無いし、体調もいい」

俺は何も問題はないという顔――いつも通りの悪人顔――を四人に向けながら、軽く眼鏡《めがね》のフレームに触《ふ》れた。左手だけはきつく拳《こぶし》を握《にぎ》っていたが、今の言葉に嘘《うそ》は無い。

俺はただ、作戦を変えることにしたのだ。生徒会長としての仕事もせずに、思いつきの行事ばかりを行う――しかも準備は俺達まかせ――鈴木に対して、俺は今まで感情のままに怒声《どせい》を浴びせてきた。しかし、年末年始《ふゆやすみ》に俺は鈴木を生徒会長の座から引きずり下ろす方法を考え抜《ぬ》き、そして、ふと気づいたのだ。

鈴木は俺が怒鳴り返すのを楽しみにしている、ということに。

そうであるなら、俺が怒鳴るのは逆効果だ。

そこで俺は〝鈴木を怒鳴らない〟という作戦に出ることに決めた。叶野学園を暇《ひま》つぶしの場所として鈴木が捉《とら》えているのなら、こうして少しずつ楽しみを奪っていけば、退屈《たいくつ》した末に奴《やつ》は学園から去っていくだろう。そして、俺は生徒会長の地位と、生徒会長の高級椅子《シンボル》を取り戻《もど》すのだ。我ながら素晴らしい作戦だ。

「……ふーん。多加良っちがそういう態度をとるならぼくにも考えがあるよ」

どうやら俺の意図に気づいたらしい鈴木は、そう言うとゆったりと背もたれに身を預けた。

鈴木の考えなど底が浅いに決まっているが、妙《みょう》に余裕《よゆう》のある態度に、俺は視線だけをそちらに送る。

「……どんな考えなんだろう？」

「鍋っこ遠足の他《ほか》にもまだ何かお考えがあるのでしょうか？」

「無い、とは言い切れないけれど、秋庭君に危害を加えるつもりなら、放《ほう》って置かないわ」

どこかのん気な尾田と羽黒とは反対に、桑田は剣呑《けんのん》な空気を漂《ただよ》わせ始める。それと同時に十分に暖房《だんぼう》の効いている生徒会室に冷気が侵入《しんにゅう》してきたような錯覚《さっかく》が起こる。

「桑田、心配はない。鈴木に出来ることは、もうたかが知れているんだからな」

一応鈴木からは目を離《はな》さずに、けれど桑田にはそう告げる。そして、俺たちが見守る中、鈴木は制服の内ポケットに右手を差し込んで、おもむろに取り出したソレを、俺たちの目の前に突きつけた。

ソレを目にした次の瞬間《しゅんかん》、俺はあっさりと作戦を放棄《ほうき》し、叫《さけ》んでいた。

「いま、すぐに、それをネガごと捨てやがれっ!!」

「……まさか、撮《と》られていたとは、ね」

尾田が頭痛を覚えたように額を押さえている、その隣で羽黒は無言のまま、トレードマークの長い三つ編みと一緒《いっしょ》に固まっていた。

「肖像権《しょうぞうけん》の侵害よっ！」

一方、素早《すばや》く鈴木の背後に回りこんだ桑田は、奴《やつ》の手から写真を奪い取ると同時に破り捨てる。羽黒はそれを見て肩《かた》から力を抜いたが、安心するのは早い。なぜなら、鈴木の顔にはまだ余裕が張り付いているのだから。

「……多加良っち、ネガだなんて古いこと言うね。時代はデジタルですよ？」

「つまり、メディアカードなりパソコンなりにデータがあるってことだな？」

その台詞を受けて俺が問えば、鈴木は鷹揚《おうよう》に頷《うなず》いて見せた。

「いますぐ、全《すべ》て削除《さくじょ》することをおススメするわよ？」

「おっと、美名人ちゃん。ぼくに何かあった時にはすぐに新聞部がこの写真を掲載《けいさい》することになっているよ。ついでに速《すみ》やかにネット上にも流しまくり」

それを聞いて、桑田は鈴木の首に突《つ》きつけていた手刀を力なく落とし、項垂《うなだ》れた。顎《あご》で綺麗《きれい》に揃《そろ》えられたボブカットが虚《むな》しく揺れる。

「す、鈴木さん！　お願いします、データを渡《わた》して下さい!!　もしも、もしもそれを姉に見られたら、私はただではすみません！」

三つ編みが緩《ゆる》んで、心なしかやつれて見える羽黒が懇願《こんがん》すると、

「羽黒っち、安心して。ぼくも鬼《おに》じゃない」

鈴木はにやりと笑った。それが破滅の序曲だとも知らず、羽黒は縋《すが》るような眼差しを向ける。

「……それで、データとの交換《こうかん》条件は？」

その笑《え》みで悟《さと》ったらしい尾田が、諦《あきら》めたように交渉《こうしょう》を持ちかける。

「尾田っ！　鈴木に屈《くっ》する気か？」

俺が慌《あわ》てて制止をかけても、尾田は肩を竦《すく》めてみせるだけだった。

「だって、それしか方法がないだろ。多加良もその写真をバラ撒《ま》かれるのは嫌《いや》だろうけど、僕だって嫌なんだ」

「交換条件を飲めば、データは本当に全削除するのね？」

尾田が決然と言えば、桑田までもがその意見になびいてしまう。

「絶対、ですね？」

「うん、鈴木くん嘘つかない！　……で、多加良っちはどうする？」

既《すで》に勝利を確信しているだろう鈴木は、だがだめ押しとばかりにどこからか再び写真を——取り出して、ちらつかせる。

それは、昨年末のある一件から俺たちが鈴木に土下座をしているという屈辱《くつじょく》的なものだ——

「……その、条件というのは何だ？」

この写真が出回った場合、確実に次の生徒会長選挙への影響《ダメージ》を免《まぬか》れないと判断して、とうとう俺は鈴木に問うた。

「うん、だからね、みんなで鍋《なべ》っこ遠足しようよ！」

答えなど、一つしかないとわかっていたが、無駄に元気な鈴木の声に、俺達は揃《そろ》ってため息を吐《つ》いた。

2

そして俺達は、せっかくの晴れた日曜日に、朝早くから叶野山登山道入口にいた。

叶野山は標高一二〇〇メートル程《ほど》の山で、片道三時間程度で登れる。叶野市で育った子どもは、たいてい小学校の遠足でこの山を踏破《とうは》している。また、参加者全員の家からそれ程遠くないこともあって、俺は遠足の場所にこの山を推《お》した。

今日の参加者は生徒会執行部全員。全校生徒を巻き込もうとする鈴木と俺が必死に交渉した結果だ。次の選挙ではこの献身《けんしん》的交渉術も前面に出していこうと思う。

「それで、言い出しっぺはまだ来ないのか？」

いくら空が晴れていても、寒冷地である叶野市の冬の寒さは半端《はんぱ》なものではない。十分に着込んで来たが、俺は足踏《あしぶ》みをしながら寒さに耐《た》えていた。なのに、まだ、鈴木は来ないのだ。

「あと十分待って来なかったら、中止でいいんじゃない」

あくびを嚙《か》み殺しながら尾田が腕の時計を見て言う。その息もかなり白い。

「あ、もしかしたらバナナがおやつかデザートかで悩《なや》まれているのかもしれません！　私も迷いましたし!!」

「で、私に電話してきたのよね」

「はい。とりあえず今回はバナナはデザートなのです」

桑田と羽黒の話し合いの結果はそれとして、俺は尾田の意見に賛成だった。なぜならば〝鍋〟を持って来るのは鈴木で――とにかく自分は鍋担当だと強く主張したからだ――それが無ければ〝鍋っこ遠足〟にはならないのだから。

「にしても、羽黒さんは随分《ずいぶん》着込んできたね」

「え、そうですか？　これでもまだ寒いのですが」

南国生まれの羽黒は、俺たちに比べて寒さに耐性《たいせい》が無く、尾田が指摘《してき》したように随分と着膨《きぶく》れていたが、それでもまだ頰《ほお》と鼻の頭を赤くして寒そうだった。

そうして、俺達を更《さら》に待たせること九分五十一秒。足取りも軽くやってきた鈴木を見た瞬間、俺達は目の痛みに襲《おそ》われた。

ショッキングピンクのスカジャン――それが鈴木の遠足ルックだった。しかも、その足にはスカジャンと同色のスキー板が装着されている。

すぐ近くの、目に優《やさ》しい緑で目を労《いたわ》ってから、俺たちは盛大なため息を吐いた。

「尾田、道に雪は残っていたか？」

「お正月に降った分はもう完全に解けてたと思うよ」

「……あれで歩いてきたなら、時間がかかったはずだわ」

「カニさん歩き……ですものね」

俺達は呆《あき》れながらもスキーは雪の上で使うものだということを、誰《だれ》も鈴木に伝えようとしなかった――無駄《むだ》だから。

「ごめんね、遅《おそ》くなって。でも、お鍋はばっちり持ってきたから！」

そう言いながら、回れ右をした鈴木の背中には、かなりでかい土鍋が背負われていた。

「いったい、何人前作るつもりなのかしら？」

「いや、その前に……どこの亀仙人《かめせんにん》だか聞いてもいい？」

山に登る前から、桑田と尾田の声と表情は疲《つか》れ始めていた。

「あの、私達、地味ですか？」

図《はか》らずも色違《いろちが》いで同じフリースを着てきた俺達と鈴木を見比べて、羽黒は心なしか肩《かた》を落としていた。

「花南ちゃん、私達が正しいのよ」

「……とにかく、熊《くま》が出た時には鈴木に任せよう」

不必要な落胆をする羽黒に桑田が真剣に訴《うった》え、その方向で俺達が意見の一致《いっち》をみた、直後。

「きゃーっ、多加良ちゃんだっ‼　彩波《いろは》だよっ、イチゴが大好き彩波だよっ‼」

聞き慣れた声に俺が振《ふ》り向くのと同時に、腕《うで》の中にダイブして来た物体――叶野学園理事長子女――和彩波《かのう》を俺は殆《ほとん》ど条件反射で受け止めた。中二とは思えない幼い顔立ちと体型の彩波を受け止めるのは簡単だが、彩波の動きに遅《おく》れてついてきたツインテールの髪《むち》をかわすのは至難の業《わざ》だ。けれど、今日はそれもクリアして、俺はまず尋《たず》ねた。

「彩波？　こんな所で会うなんてどういうことだ？」

「運命だよっ！」

「そんなわけないでしょう？　もしかして秋庭君に盗聴器《とうちょうき》でも仕掛《しか》けているの？」

彩波の答えにすかさず桑田が口を挟《はさ》む。様々な事情から俺達と彩波は浅からぬ付き合いをしているのだが、どうも桑田との相性《あいしょう》は悪い。その理由がわからないのが俺の目下の悩みだ。

「ああ、何だか寒くなってきました」

「カイロ、いる？」

「人肌《ひとはだ》もあるから、遠慮《えんりょ》せずにどうぞ！」

そのまま睨《にら》み合いを始めた二人の間を流れる不穏《ふおん》な空気に、尾田達は一歩退《ひ》く。

それを横目にみながら、俺は彩波を地面に下ろした。大抵《たいてい》は、ここで二人の睨み合いは終わるのだ。

「桑田美名人さん、その態度は彩波様に対して無礼ですわ」

「まったくですわ」

しかし、今日はそこで終わらなかった。二人の間に更に割って入る者があったからだ。

「私が彩波さんにどう接しようと文句を言われる筋合いはないと思いますが」

桑田は割り込んできた二人を睨み返しながら、慇懃《いんぎん》無礼に答える。

「メ、メイドさん？」

そう、驚《おどろ》いた羽黒が思わず声に出したように、その二人を端的《たんてき》に表現する言葉は〝メイド〟で間違いない。黒を基調としたワンピースにヘッドドレス――一度ヘアバンドと言ったらもの凄《すご》い勢いで彼女達に訂正《ていせい》されたので覚えた――今日はそこにエプロンの代わりにケープを羽織っている彼女達の支度《したく》は、某秋葉原《ぼうあきはばら》の名物とそう変わらないが、こちらは正真正銘《しょうしんしょうめい》の本職《ほんもの》だ。

はっきり言って、普通《ふつう》に街を歩いていたら驚かれるか写真を撮《と》られるかという存在だが、叶野市の、和邸周辺に限ってはそう珍《めずら》しくもない。

逆を言えば、叶野山という場所で会うのは彩波同様、おかしなことだったが。それに、彩波の外出に付くのは基本的に黒服《スーツ》の人間のはずだ。

「彩波さん、おはよう。えーっと、あと梅隊《うめたい》の方、おはようございます。あの、彩波さん、今日はどうしたの？」

彼女達と面識のある尾田は、俺と同じ疑問を抱《いだ》いたらしく、剣呑《けんのん》な三竦《さんすく》みの状態に介入《かいにゅう》を試みた。その顔は若干《じゃっかん》引きつっていたが、結果的に尾田のおかげで不穏な空気はどこかへ飛んでくれた。

「えっとね、今日は黒服さん達はお父様とお母様のお出掛《でか》けでたくさん出ちゃっている上に、遅いお正月休みの人がいて、人手が足りないからメイドさんのカズネちゃんとフタバちゃんと一緒《いっしょ》なんだよっ！」

いつもの笑顔に戻った彩波は、二人のメイドを示しながらそう答える。

「へえ、そうなんだ」

「それで、叶野山には何の用事で来たんだ？」

尾田に続いて俺が問うと、なぜかメイドの二人から突《つ》き刺《さ》さるような鋭《するど》い視線を注がれた気がした。まあ、桑田同様に俺も彼女達からはよく思われていない自覚があるから、それは気づかないふりだ。

「あ、そうだよそうだよっ！　彩波は今日はね、人命救助に来たんだよっ！」

「は？　誰か遭難《そうなん》でもしたっていうのか？」

「うんっ！」

「うん、ってそれは一大事じゃないの？」

余りに軽い調子の彩波を、思わずたしなめるように桑田が言えば、なぜかそこで彩波は首を傾《かし》げ、ツインテールを揺らす。

「僭越《せんえつ》ながら彩波様に代わって説明しますわ。正確には遭難ではなく、行方《ゆくえ》不明です。更《さら》に言うならば家出でしょうか」

「そうですわね。そして、その家出中の人物が叶野学園高校の生徒だったので、騒《さわ》ぎにしない為《ため》にこうしてわざわざ彩波様が足を運ばれたのですわ」

カズネに続いてフタバが流れるように説明してくれたのだが、二人の落ち着きぶりに、俺は違和《いわ》感を覚えた。

「生徒が行方不明って割に、落ち着き過ぎじゃないか？」

「もう殆ど行方不明ではありませんから」

「どういうことだ？」

「えっとね、多加良ちゃん。もうその子が御山《お》にいることはわかっているからだよ！　だから

もう少しで彩波の任務は終了《しゅうりょう》なんだよっ!!」

そこまで説明を受けて、俺はようやく事態を理解した。つまり、その行方不明の生徒の居場所を把握《はあく》するために、彩波たちは警察以外の力を借りたということだ。それで必要最小限の人数で動いているのだろう。

「叶野《かのう》市一の情報通の力を借りたんだな?」

俺が推測を向ければ、彩波は小さく頷《うなず》いた。

「でも、人捜《さが》しならば、人数が多い方がよくはないですか? 人捜しならば私も得意ですよ?」

どうにかメイドショックから立ち直ったらしい羽黒が、そこでようやく会話に加わってきて、自分の力をアピールする。

「あ、そうだよねっ! かのう様も御山の中に居るってことしか教えてくれなかったしね! ね、カズネちゃん、フタバちゃんみんなにも手伝ってもらおうよっ!」

「彩波様がそうお決めになるのならば、従いますわ」

二人は彩波の決定に揃《そろ》って頷き、ついでに彩波の首にファーを巻き、帽子《ぼうし》を被《かぶ》せた。おそらくカシミアだろうコートにそれらを加えれば彩波の防寒は完璧《かんぺき》だった——山に入る格好ではないという庶民《しょみん》感覚を頭から追い出して見れば、だが。

「よし、そうと決まれば早速《さっそく》出発、と言いたいところだが……鈴木、お前はさっきから一体何をやっている」

返答次第《しだい》によっては必要になるだろうEX45《エクストラ》の感触《かんしょく》をポケットの中で確かめながら、俺は低く問うた。

「セクハラかしら？」

「ええっ、曲がりなりにも鈴木さんがそんなことをなさるはずがありません」

俺達の視線の先には三人目のメイドを様々な角度から眺《なが》めている鈴木の姿があった。静かにしていると思ったら、やはりろくなことをしていなかったわけだ。

「ん？　んんん！　やっぱり桂《かつら》っちだね！」

「か、かつら！　そんな人様の秘密を大声で！」

「いやいやいや、羽黒さんそれはちょっと強引《ごういん》な間違《まちが》いだよ」

「……そうね。花南ちゃん、よくみてご覧なさい」

桑田の両手で頭を挟《はさ》まれながら、羽黒は改めて三人目のメイドの顔を確認《かくにん》して、俺と同様に脱力《だつりょく》した。

「伏見《ふしみ》、久し振《ぶ》りだな」

「あはっ。やっぱり見つかっちゃった」

「受験生がこんなところでコスプレですか？」

桑田が声も冷たく問えば、叶野学園三年の伏見桂はようやく顔をこちらに向けた。肩《かた》より少し長い髪《かみ》はゆるくウェーブがかかっていて、その髪に縁《ふち》どられた目鼻立ちのはっきりとした美《び》貌《ぼう》は間違いなく、伏見だった。ただし、身を包んでいるのは制服でなく、和家のメイド服だったが。

「厳しいわね。でも、ちゃんと理由があるのよ」

「理由というと？」

桑田に代わって、俺が更に追及すれば、

「その行方不明の子って、あたしの友達の加賀《かが》絢世《あやせ》なのよ」

髪をかき上げながら、伏見はそう言って、困ったように笑った。

「……で、メイド服の理由は？」

「この捜索《そうさく》に強引に入れて貰《もら》う交換《こうかん》条件よ。この服を着ないと一緒に連れて行けないって言われて。まあ、一度くらいは着てみたかったし、あったかいからいいんだけど……」

「カズネちゃんと、フタバちゃんが着なきゃだめって言い張ったんだよっ！」

彩波には何の悪気も無かっただろうが、二人のメイドはどこかバツが悪そうに俺達から目を逸《そ》らした。

数秒の何とも言えない沈黙《ちんもく》の後、最初に口を開いたのは俺だった。

「とにかく、叶野学園の生徒が行方不明なんだ。ひとまず遠足は中止にして俺達も捜索に加わるぞ。いいな、鈴木」

「うん、わかった。でも、無事に見つけたらその後はみんなでお鍋《なべ》を食べよう！」

「……ああ、やっぱりそこは諦《あきら》めないんだ」

尾田が呆《あき》れたように呟《つぶや》いたが、その声が鈴木に届くことはなかった。まったく、都合のいい耳をしている。

「それじゃ……くじ引きをしましょうか」

「くじびき？」

「くじ引きですか？」

桑田の言葉に、彩波と羽黒は同じタイミングで首を傾《かし》げたが、俺にはその意図がわかった。

「せっかく人数が集まったんだから、手分けして捜《さが》した方が早いだろ。そのチーム分けだ」

「多分、くじ引きが一番揉《も》めないよね」

なぜか桑田と彩波を交互《こうご》に見て、尾田はそう言い、一人したり顔で頷《うなず》く。

「わたくし達は彩波様と一心同体ですから、数には入れないでくださいませ」

「わかっています」

「あ、でもあたしは数に入れてね」

すかさず伏見が口を挟めば、桑田は少々不機嫌《ふきげん》そうに頷いた。そして、リュックの中からくじを取り出した――このリュックも鞄《かばん》同様に四次元的機能を備えているらしい。

くじは七本。

『せーのっ！』

かけ声と共に、俺達は各々定めたそれを引いた。

3

「ねえ、あたし達、道に迷ってない？」

ペアを組むことになった伏見の問いに応《こた》えたのは俺ではなく、用心のためにと桑田に持たされた熊避《くまよ》けの鈴《すず》だった。ちなみにそれを俺に手渡《てわた》しながら「細工は完璧なはずだったのに」とよくわからないことを呟いていた桑田は、よりによって彩波とペアを組むことになった。

あの二人が道中ケンカにならないかに気を取られていたから——ということもないはずだが、俺はうかつにも地図を忘れていた。叶野山の登山ルートは通常は表参道と裏参道の二ルートが使われる。けれどその二ルートは女子を擁《よう》する他ペアに譲《ゆず》り、俺達は普段《ふだん》は使われない沢伝《さわ》いのそれを選んだ、というわけだ。ただ、俺の頭の中に入っていないルートだった為に、現在、俺と伏見の足は止まっている。

「大丈夫《だいじょうぶ》だ。迷ってはいるが沢沿いに登っていけば赤鳥居で合流できる」

「わー、頼《たの》もしい。でも、小川が見えないどころかせせらぎすら聞こえないんですけど」

伏見の声は明るかったが、台詞《せりふ》は限りなく棒読みだった。そして、その指摘《してき》に俺は返す言葉がなかった。

「あのさ、もしかして秋庭くんって方向……」

「違う！　地図が無いから迷っただけだ！」

そこはしっかりと否定して、俺は周囲に視線を巡《めぐ》らせた。更《さら》なる追及《ついきゅう》をかわそうとしたわけではない。斜面《しゃめん》の植生を見れば少しは方角を知る手がかりになるかと思ったのだ。だが、常緑樹の他《ほか》は冬枯《ふゆが》れているし、平地と違い雪も残っていて、いま一つ判断材料にならない。

「せめてコンパスを持っていればよかった。悪かったな」

「……秋庭くんって俺様なわりに素直《すなお》に謝るわよね」

「あ？　俺は滅多《めった》なことでは謝らないぞ」

妙《みょう》な誤解をされては困るので、そう言い返す。確かに自分が悪いと思ったら謝るのは俺の数多い美徳の一つだが、俺が間違《まちが》えるようなことは滅多にないのだから。

「ふふっ。やっぱり秋庭くん、あたしをお嫁《よめ》さんにしない？」

「日本国憲法が変わってもノーサンキューだ」

伏見への苦手意識は、色々あって克服《こくふく》した俺だが、蠱惑《こわく》的な笑《え》みははねつけて、そこはきちんとお断りしておく。

「一度振《ふ》られた位じゃ、諦めないわよ」

「……なら、このまま捨てていく」

「ああっ、それは勘弁《かんべん》して。あたしは……加賀ちゃんに会わなきゃいけないから」

やけに強い目で俺を見ながら、伏見は言った。そういえば〝友達〟という他には加賀と伏見の事情を聞いていなかったことに俺はふと思い至る。

「人付き合いは狭《せま》く浅く……の伏見が友達って呼ぶからには、加賀とはそれなりに仲がいいんだな？」

「まあね。加賀ちゃんとあたしは同じ幽霊《ゆうれい》美術部員だったたし、ちょっと……似ているところもあったからね」

伏見は自身のある秘密を守るために、そういう交友関係を貫《つらぬ》いてきた。でも、加賀のことを語るその横顔に、伏見は決して孤独《こどく》では無かったと知って、俺は少し安心した。

「あれ、けど加賀は運動部じゃなかったか？」

いつも背筋をピンと伸《の》ばして立っている姿と一緒《いっしょ》に、加賀の恵《めぐ》まれた身長を思い出して、俺が尋《たず》ねれば伏見は、

「確かに背は高いけど、加賀ちゃんが人生で最も優先したいのは睡眠《すいみん》時間、だからね」

苦笑《くしょう》混じりにそう答えた。

「まあ、そこは人それぞれだろうが」

「うん。でも、この間ちょっと加賀ちゃんとケンカしちゃってさ。……秋庭くんの熱さがあたしに移ったせいかもしれないんだけど」

「俺のせいにするな」

「はは、ごめん。確かにあたしの問題ね」

声には自嘲《じちょう》の響《ひび》きがあったが、それでも表情は明るくそう言って、伏見は顔を俺の方に向けると——そのまま固まった。

「どうした？」

いくら俺が悪人顔でもメデューサ並みの威力《いりょく》はないはずだ。いや、無いと信じたい。

「ね、秋庭くん。やっぱりこの山には熊《くま》が居るの？」

「この冬の目撃《もくげき》情報は無いが、居たとしても冬眠《とうみん》中じゃないか」

「……冬眠中にうっかり目が覚めちゃうことは？」

「ないとは言い切れな……」

話しながら、伏見の顔がみるみる青ざめていくのを見て、俺も慌《あわ》てて肩越《かたご》しに振り返れば、十数メートル先の林の中に黒い影《かげ》が見え、それは明らかに木肌《きはだ》の色とは異なっていた。

「熊、か？」

俺は伏見との距離《きょり》を詰《つ》めるのと同時に、熊らしき影から距離を開けた。

「そ、そうだ！　桑田さんに貰《もら》った鈴《すず》！　鈴を鳴らせばいいのよ!!」

「ちょっ、待て、伏見！」

軽いパニックに陥《おちい》った伏見は、それをポケットから取り出すと同時に、激しく鳴らし始める。

カロンカロンカロン——という鈴の音色が林間に響き渡《わた》ったが、

「な、なんで？　なんで逃《に》げてかないのっ！」

伏見が叫《さけ》んだ通り、熊は逃げていくどころか俺達に近づいてきていた。

「当たり前だ。それはあくまで〝熊避《よ》け〟の鈴なんだっ！」

言いながら俺は伏見の手を押さえて、ようやく鈴の音を止めた。つまり一度遭遇《そうぐう》してしまえば鈴に意味はない。むしろそれを鳴らすのは逆効果かもしれない。

俺は間近に迫《せま》った黒い影に、最悪の事態を考えた——が、しかし。

「……あ、れ？　桂？」

ゆったりとした口調で、熊は伏見の名前を呼んだ。

どうやら俺には眼鏡《めがね》の調整が、伏見には視力検査が必要らしい。いくら黒い服を着ていたとはいえ、熊と人間を見間違えたのだから。

「棚《たな》からぼた餅《もち》ってこういうことかしら？」

伏見の諺《ことわざ》の使い方には若干《じゃっかん》の疑問があったが、期せずして目的の人物と出会ったという点においては正しいだろう。

俺達が熊と見間違えたのは——黒のパーカーを着込んだ加賀絢世だったのだから。

「どうして、こんな山の中に？　桂達も太鼓《たいこ》の音を聞いたのか？」

　髪全体の長さは短いが、前髪だけは少し長めで不揃《ふぞろ》いな加賀は、そのすき間から俺達の顔をじっくりと見つめた後、そう言った。伏見同様、その声は低めだが、加賀はれっきとした女生徒だ。

「太鼓の音は聞いていないが、お前が山の中にいる理由を聞きたいのは俺達の方なんだが？　家になんの連絡《れんらく》も入れずに丸二日も行方《ゆくえ》不明になれば、普通《ふつう》は大騒《おおさわ》ぎになって捜《さが》す」

「ああ……携帯《けいたい》持ってないからな」

　俺が加賀に向けた言葉に返ってきたのは論点のずれた台詞《せりふ》で、俺は軽い疲労《ひろう》感に襲《おそ》われた。切れ長のすっきりとした目が印象的で、もう少し身だしなみに気を遣《つか》えば某《ぼう》歌劇団のトップスターもかくやという中性的な容姿の加賀だが、中身はどうもとぼけた感じだ。

「いくら何でも呑気《のんき》すぎるわ、加賀ちゃん。和家が動いてくれなかったら、確実に警察が出動だったんだから」

「……書き置きはして、でた」

「何て？」

「ちょっと眠《ねむ》ってくる……と」

　伏見と加賀の会話のテンポと内容への苛立《いらだ》ちを、俺は無事で何よりだったという事実で抑《おさ》え込む。

「それで……なぜ桂までいる？」

加賀の口調も態度も素っ気ないが、伏見がそれを気にする様子はない。おそらく、これがいつもの二人のスタンスなのだろう。それに、二人には笑顔こそないものの、ケンカ中という気まずさも感じられない。少なくとも表面上は。

「どうしてって、心配だったからに決まってるでしょ。……それと、またあたしの絵の感想を聞きたいと思って」

伏見はしっかりと加賀の双眸《そうぼう》を捉《とら》えて、そう言った。やけに強い声でもって。

そして、二人の視線が交錯《こうさく》した次の瞬間《しゅんかん》。

身体《からだ》の底から湧《わ》きあがった痛みが、一気に眼球に到達《とうたつ》して、そこに集中した。奥歯を噛《か》みしめて、声は押し殺したが、足に力が入らなくなって、俺はその場に膝《ひざ》をつく。

「秋庭君？　どうしたの？」

「いや、ちょっと靴紐《くつひも》が……」

この痛みはもはや発作《ほっさ》のように馴染《なじ》みのあるものだったが、その前兆が無い上に、理由を知らない者には説明出来ないから、下手な言い訳をするしかない。

願いの植物《はな》――それが芽吹《めぶ》く時に、俺の目は痛む。この願いの植物の〝原石《たね》〟は叶野市に入った全《すべ》ての人間に蒔《ま》かれる。かのう様、と呼ばれ、叶野市の一部の者にだけ昔から信仰《しんこう》されている人ではないモノの手で。

本来ならば不可視どころか、存在自体を疑われるだろう〝かのう様〟は、だが確かに実在する。俺は基本的に目に見えないものは信じないが、出会ってしまった上、現在も不本意ながら〝ゲーム〟という形で関《かか》わりを持ち続けているからそう言うしかない。

そして、願いの植物——宿主とも言うべき人間の一番の願いに反応して芽吹き、それを糧《かて》に成長する——を咲《さ》かせて、摘《つ》み取ることこそが、俺とかのうのゲームだ。それは、花を全部で百本摘み取るまで終わらない。

やがて、鈍《にぶ》いが断続的に突《つ》き上げるような痛みは、訪《おとず》れた時と同じように唐突《とうとつ》に引いて。俺は一度身体から力を抜《ぬ》き、それから足に力を込《こ》めて立ち上がり……植物の芽《それ》を加賀の胸に見つけて、盛大なため息を吐《つ》いた。

「急にため息なんて吐いてどうしたの、秋庭君？」

「……何でもない」

俺の顔を覗きこんでくる伏見にはそう言ったが、遠足が家に帰っても続きそうな予感に、俺は頭痛を覚えていた。

「とにかく、一度みんなと合流する。加賀も来い」

「なぜ？　それに私はまだ眠るつもりでいるのだが？」

「惰眠《だみん》を貪《むさぼ》るのも時と場所を考えろ。いいか、現段階でお前はまだ行方不明者扱《あつか》いなんだぞ！」

「そうよ、加賀ちゃん。とりあえず和さんには無事を報告しないと」

かなり緊張感《きんちょう》に欠ける加賀を二人で言いくるめて、俺達は集合場所の赤鳥居にやっと向かうことになった――加賀を先頭に。

くれぐれも言っておく、俺は方向音痴《おんち》ではない。

4

山の中で数日過ごせるだけあって、赤鳥居を目指す加賀の足取りに迷いはなく、俺達は思いのほか早く全員と合流することが出来た。

「あ、多加良。良かった。地図を忘れていったみたいだから心配してたんだ」

「そうだよ、多加良っち。心配したんだよ」

尾田に同意するようなことを言いながら突進《とっしん》してくる鈴木――さすがにもう足下《あしもと》はスキーではなかった――を闘牛士《とうぎゅうし》の要領で避《よ》けて、俺は遅《おそ》くなったことをみんなにわびる。

「悪かった。でも、加賀は見つけてきたぞ」

「さすがね」

「うう、負けました」

勝負をしていたわけでは無いのだが、桑田が俺を称讃《しょうさん》するとなぜか羽黒は項垂《うなだ》れた。まあ、霊感《れいかん》少女としてのプライドもあっただろうから、そこには触《ふ》れないでいてやる。

「寝《ね》てただけですが、心配をかけました」

そして、加賀が彩波に頭を下げて、彩波のいう〝人命救助〟は終わった。

「ようしっ！　じゃあ後は頂上で鍋《なべ》っこだ！」

さっき木にぶつかった筈《はず》の鈴木は既《すで》に復活して、そう気勢をあげた。

「きゃー、お鍋お鍋!!」

すっかり便乗する気でいる彩波が、その隣《となり》でぴょんぴょんと跳《は》ねれば、

「あの、彩波様。山からは早く下りませんと」

カズネとフタバが揃《そろ》って眉《まゆ》を曇《くも》らせる。

「大丈夫《だいじょうぶ》だよっ！　だって、かのう様が彩波に御《お》山に行きなさいって言って、お父様も御山に入っていいって言ったんだからっ！」

「ですが今回は特別で……」

彩波とメイド達が和家の関係者にしかわからない話を始めたので、そっちは放《ほう》って置いて、
俺は尾田達を集めると、加賀の発芽を告げた。

植物を摘《はな》み取れるのは俺だけだが、尾田達は俺の事情《ゲーム》を知っている上に、かのうの姿を見ることも出来る、大切な理解者だ。

「やっぱり、彩波さんにはかのう様がついてくるわけね」

メイド達との話を早々に切り上げて、鈴木と鍋の話で盛り上がっている彩波を少々鋭《するど》く桑田

が見やれば、俺達は件《くだん》の存在を思い出して憂鬱《ゆううつ》になった。

ゲームの主催者《しゅさいしゃ》たるかのうは、名前からわかるように和家と縁《えん》の深い存在らしい。そして、その和家の直系である彩波は現在かのうの憑坐《よりまし》を務めているのだ。つまり、かのうが俺達の前に姿を現すためには原則的には彩波の体を借りなければならないということだ。だから、和家の招聘《しょうへい》にはかのうも応じなければならないらしい。

「それで、加賀の植物だが、どうも今回は伏見も絡《から》んでいるような気がする」

かのうのことはともかく、俺は自信を持ってその推測を皆に告げた。

なぜならば、発芽の瞬間《しゅんかん》、加賀の瞳《ひとみ》は伏見だけを捉《とら》えていたのだから。

「でも、伏見さんの植物はもう咲いて、摘み取ったんですよね？」

「ああ」

俺の言葉を聞いた羽黒が確かめてくるのに、俺は大きく頷《うなず》いた。一月程《ほど》前、俺は確かに伏見の胸に咲いた植物を摘み取った。

俺達の話題の中心に置かれていることなど露知《つゆし》らず、向けられた四対の目にも気付かず、二人は俺達から少し離《はな》れた所で並んで立っていた。身長も同じ位の二人は、ぱっと見似合いのカップルだった——性別等の諸問題を考えなければ。

ただ、なぜか二人とも黙《だま》ったままどちらも口を開こうともしていない。

「とりあえず、頂上までは一緒《いっしょ》に行って貰《もら》うか」

　俺がそう言えば、皆頷《みなうなず》いてくれた。

「発芽が今日なら、まだ時間はあるね」

「ええと、発芽から開花までは一週間が目安なのですよね」

「花南ちゃん、ちゃんと覚えたわね」

　そう、羽黒が言ったように、植物は大体一週間で蕾《つぼみ》をつけるまでに育つ。そして、願いが叶《かな》えば花は咲《さ》き開き、透明《とうめい》な水晶《すいしょう》のように結晶化する。そうなったら、植物を摘《つ》み取って俺の仕事は完了《かんりょう》となる。ではなぜ結晶化した植物を摘み取るのかといえば、そうしなければ植物は再び蕾をつけようと、宿主から養分を吸い上げ続け、二週間ほどでもっとも死に近い眠《ねむ》りへと導く。

　だから、俺は願いの植物を咲かせ、そして摘み取るというこのゲームを続けているのだ。植物は俺にしか摘み取れないから。

「伏見、加賀、とりあえず頂上まで付き合ってもらうぞ」

　大声で俺が呼びかければ、

「はーい。あ、あたしはいいけど加賀ちゃんはどうする？」

「悪いが断る」

　短い断りと共に、加賀は林の中へ戻《もど》って行こうとしたが、俺はそれを許すつもりはなかった。

「加賀、待て。いいか、俺達は今日、生徒会の結束を深める為《ため》の遠足の予定だったんだぞ？

そこをお前の捜索《そうさく》に切り替《か》えたんだから、頂上で一緒に鍋を囲む位いいだろうが」

実に不本意だったが、遠足を理由にして、俺は加賀を引き止めにかかる。

「そうですよ。それにここでまた山の中に入られたら僕達はまた加賀さんを捜《さが》さなければならなくなるんですが」

「でも、一度記憶《きおく》した人物を捜すなんてことは花南センサーをもってすれば簡単ですから。逃《に》げてもどこまでも追って行きますよ?」

「はいっ！　羽黒花南におまかせください！」

尾田、桑田と来て、最後に妙《みょう》な気合いの入った羽黒に畳《たた》みかけられて、加賀は少々怯《ひる》んだ。

その加賀を鈴木と彩波が両側から挟《はさ》む。

「彩波も加賀さんと、お鍋したいなっ！」

「鈴木もっ！　それに鍋っていうのは人数が多い方がいいんだよ！」

「そうそう、一人よりみんなで食べた方がおいしいわよ」

最後の一押しとばかりに声を上げたのは伏見だった。けれど、その言葉を聞いた瞬間、加賀の顔に浮《う》かんだのは、苦虫《にがむし》を噛《か》みつぶしたような表情で。

「……別に一人で食べてもご飯はご飯だと言ってなかったか?」

「え、あ、うん。でもさ」

伏見もその反応には面食《めんく》らって、しどろもどろになりながらなんとかその場を取り繕《つくろ》おうと

したが、

「……やっぱり、伏見は変わった」

加賀はそれを拒《こば》むように、強い口調で言うと、彩波と鈴木の腕《うで》を振《ふ》りほどき、踵《きびす》を返した。

「ちょっと、加賀ちゃん！　あー、彼女は責任を持ってあたしが山頂に連れて行くから」

俺達にそれだけ言い置くと、伏見は急いで加賀の後を追っていった。赤鳥居をくぐり抜《ぬ》けて
二人の背中が小さくなる。鳥居を抜ければその先にはもう頂上と神社があるだけだ。

「一応、上には登っていったから、しばらく伏見に任せるか」

俺は、願いの植物を開花させた伏見を信じて、少しの間、加賀を委《ゆだ》ねることにした。


「この土鍋《どなべ》はね、秋田の柳葉《やなぎば》君の鍋なんだよ」

「ふうん。彩波はねっ、おやつなら持ってきたよ！」

「あ！　そのおやつの数々を入れたら、鍋の属性が〝闇《やみ》〟になるからやめようね」

「そうですわ。彩波様がお腹《なか》を壊《こわ》されたら困りますもの」

叶野山の頂上——と厳密には言い切れない範囲も含めて——に到着すると、俺達はさっそく鍋の用意を始めた。

放っておくと更《さら》に暴走しそうな彩波と鈴木は、悪いが尾田とメイド達に任せる。彩波はともかく、スカジャンの背中に昇《のぼ》り竜《りゅう》ではなく愛と刺繍《ししゅう》してあるような奴《やつ》の相手をする冷静さは俺

にはないから、仕方ない。

俺が自分の分担の米を磨《と》ぎ終えて、竈《かまど》にかけても、伏見と加賀は合流してこなかった。

「ちょっと、二人を捜《さが》しに行ってくる」

結局俺はそうすることに決めた。その人間のことを知らなければ願いを叶え、植物を咲かせることは出来ないから、どっちにしろ俺は加賀を放《ほう》っておくわけにはいかないのだ。

その旨《むね》を桑田と羽黒に伝えれば、

「あ、はい。わかりました」

わかっている二人は、文句を言うことなく送り出してくれた。

いや、桑田の方は具が投入されつつある鍋を目の前にかつてなく険しい顔をしていて、どうやら意識は別方向を向いているようだ。

事前に決めた分担では、羽黒は野菜、尾田は肉、桑田は調味料を持ってくることになっていて、見る限り足りない物は無い。ちなみに、今回は醤油《しょうゆ》ベースのスタンダードな鍋になるはずだ。

「……ひとつまみ、とか適宜《てきぎ》とか、いったいどういうことかしら？」

料理は得意なはずなのに、桑田は何だか様子がおかしかった。

「桑田？　大丈夫《だいじょうぶ》か？」

「大丈夫って？　一体何を心配しているのかしら？」

だが、問えば小首を傾《かし》げ、お玉片手に余裕《よゆう》の笑《え》みを浮かべて見せたので、問題ないと判断して、俺は歩き出した。

先に鳥居をくぐった伏見と加賀は頂上には着いているはずだが、俺達が鍋の場所に選んだ辺りにはいなかった。となると、この先にはもう神社しか無いから、二人はそこにいる可能性が高いとみて、そこへ向かえば、案の定だった。

伏見と加賀は山頂の叶野山神社——正確な建立《こんりゅう》年月は不明だが、建物は古くともきちんと祀《まつ》られている——の境内《けいだい》に並んで座っていた。

だが、どうも割って入りにくい雰囲気《ふんいき》に、俺は茂《しげ》みから社の陰《かげ》へと身を隠《かく》した。聞き耳を立てるような趣味《しゅみ》はないが、仕方ない。

「あの、さ。自惚《うぬぼ》れるわけじゃないんだけど、今回の家出ってあたしが理由？」

膝《ひざ》の上で拳《こぶし》を握《にぎ》って、意を決したように先に口を開いたのは伏見だった。けれど、加賀は長い足を窮屈《きゅうくつ》そうに抱《かか》えて黙《だま》ったままだった。

「……家出ではない。眠《ねむ》りたかっただけだ」

だいぶ間を開けて返された加賀の声はどこか硬《かた》かった。

「そう。でも、相談もしないで進路を変えたこととか、勝手に絵のモデルにしたのは悪かったと思ってるから、謝るわ」

「……大学のことは特に約束していなかった。絵の方も、別にいい」

どこか拒絶《きょぜつ》するような口調に今度は伏見が黙り込んで俯《うつむ》き、膝に目を落とす。

「許せないのは、桂が変わったことだ」

「え？」

予想もしていなかった言葉に、伏見は顔を上げて、戸惑《とまど》いも露《あらわ》に加賀を見つめ返す。

「変わったのは絵のタッチだけかと思っていたが……それだけではなかったようだな。さっきも、以前の桂なら一人でも構わないと言ったはずだ。……だから、桂の隣《となり》は居心地がよかったというのに」

溜《た》まっていたものを吐《は》き出す加賀の口調は、さっきまでが嘘《うそ》のように激しかった。

「そう。あたしの隣はもう、居心地が悪いの。じゃあ……あたしの絵も嫌《きら》いになった？」

伏見は傷ついた目をして、けれど口許《くちもと》には無理矢理に笑みを浮《う》かべて問う。

そして、それを見て、今度は加賀が痛みを覚えたように胸を押さえ、唇《くちびる》を嚙《か》みしめる。

ここが潮時、かつ俺の我慢《がまん》の限界だった。

「加賀、その辺にしておけ」

「あ……」

わざと地面を踏み鳴らして、俺が姿を現せば、加賀はばつが悪そうな表情と共に、小さく声を上げた。

「秋庭君、聞いてたんだ」

安堵《あんど》と非難をない交ぜにしたような視線を一瞬《いっしゅん》向けて、伏見はそのまま俯いてしまった。

「悪いとは思ったがな。けれど、加賀。それが言いがかりだって自分でもわかっているんだろうな？」

「言いがかりでは、ない」

「本当にそう思っているのか？　伏見がお前の言うように変わったとして、でもそれは悪いことじゃない。伏見は顔を上げて、一歩前に踏《ふ》み出しただけだ」

俺は真《ま》っ直《す》ぐに、射貫《いぬ》くように加賀を見据《みす》えた。加賀は俺の眼差《まなざ》しを一瞬受けて、すぐに逸《そ》らしてしまったが、正面から見た胸の植物は既《すで》に葉を繁《しげ》らせていた。

「秋庭には、関係のないことだ。私が何をしようとも。……それに、たとえ桂が変わろうと、私は変わらない！　私は、眠り続けるだけだ!!」

そう叫《さけ》び終えるのと同時に加賀は俺達に背を向けて、再び林の中へ消えていく。

「ちっ、速いな」

俺はすぐさま加賀を追いかけようとしたが、上着の裾《すそ》を引かれて立ち止まる。

「なんだ、伏見？」

「……ねえ、秋庭くん。変わることは、裏切ること？」

縋《すが》るように見つめながら問われて、俺は伏見と正面から向き合った。

「お前は、今の自分が気に入らないか？」

「……気に入ってる」

逆に問い返せば、驚《おどろ》くほど迷いのない答えが返ってきた。双眸《そうぼう》にはひたむきな光だ。

「さっき言ってた、加賀を描《か》いた絵は？」

「気に入ってる。あたしの現時点最高傑作《けっさく》」

胸の前で拳を握って、力強く伏見は言い切った。それを聞いて、俺は嬉《うれ》しくなって、少しだけ笑った。

「なら、誰《だれ》も裏切っていない。よし、俺はこのまま加賀を追いかけるから、伏見は尾田達にこのことを伝えてくれ」

「わ、わわわかった！」

なぜか赤面している伏見に疑問を抱《いだ》きつつも、それだけ言い置いて、今度こそ俺は走り出した。


登山道を外れれば、やはり山道は険しかった。それでもスピードが乗ってきたところで俺は、またも地図を忘れたことに気がついた。けれど自分を信じてそのまま走り続けることに決めた、次の瞬間。

しゃらん、と金属の擦《こす》れ合うような、鈴《すず》にも似た音が近くで鳴って、

「このまま進んでも迷うのではないかのう」

高すぎず、かといって低すぎない女の声が耳元でしたかと思えば、俺の隣にはソレが居た。踝《くるぶし》までも届く銀糸の髪《かみ》と、黄金《きん》色の双眸を持ち、紅い唇に笑みを湛《たた》えた美しい女。けれど、両手首と同じように連環《わ》の嵌《はま》った足は地面に着いておらず、女は宙に浮いていた。

この女こそ叶野市限定で不可視の力を振《ふ》るう〝かのう様〟だった。

「なんでついてくる？」

超常《ちょうじょう》現象も慣れてしまえば日常だ。俺は視線を前に向けて、足も止めぬまま、短く尋《たず》ねた。

「たまたま進行方向が同じ……というのはありふれた言い訳かのう？」

「お前にしては、ひねりがないな」

腹黒いこいつが何の企《たくら》みもなく俺の前に現れることなど滅多《めった》にないから、俺はそう切り返した。

「うむ？　寝起《ねお》きだからかのう？」

わざとらしく、あくびをかみ殺してみせながら、かのうはそう言って首を傾《かし》げる。

「……お前も眠《ねむ》るのか？」

会話の主導権を握《にぎ》られつつあることに気づいたが、結局俺はそう尋ねてしまった。

「時にはのう。眠り夢を見ることは幸せだからのう……いや、人は幸せな夢を見たいから眠るのかもしれぬがの」

どこか遠い目をして言うかのうの横顔は、いつもと少し違《ちが》って見えて、俺は一瞬言葉に詰《つ》まった。

「ほほっ。いま妾《わらわ》の寝乱《ねみだ》れた姿を想像したのであろう?」

「……まだ春でもないのに頭が沸《わ》いたか妖怪《ようかい》。ああ、一年中春だったな」

言いがかりを通り越《こ》した発言に、俺の頭と声は一気に冷えた。

「別に想像してもいいのにのう……。まあ、とにかく道案内でもと思って出てきたのだ」

「どういう風《ふ》の吹き回しだ?」

短時間であれば彩波無しでも姿を現せることは知っていたが、かのうの指示に従えば、逆に迷わされるのではないかと勘《かん》ぐりながら問う。だいたい道案内をして、かのうに何の得がある?

「天気がよいから、かのう。それに……また眠り続けられるのも困るからのう」

そうして続く台詞《せりふ》のうち、後者がかのうの本音だと判断して、反射的に睨《にら》みつけても、そこには穏《おだ》やかな微笑《ほほえ》みがあるだけで。

「……俺は加賀を眠らせるつもりはない」

いまもただ眠り続けるあの人の姿が脳裏《のうり》を掠《かす》めたが、俺は強い意志をもってそう言った。

「そうか、の。ならばもっと急いだ方がよいのう。ここは少々特殊《とくしゅ》な場所故《ゆえ》、植物の育ちが早いかもしれぬ」

俺の言葉をどう受け止めたのか、表情はそよとも動かさず、続くかのうの発言は、ふいうちに近かった。

「そういうことは、早く言えっ！」

「寝起きだったからのう」

「しつこい」

「……あの者も、せめて良き夢を見ていればよいのう」

俺は更《さら》に足を速めて――かのうの呟《つぶや》きは聞こえなかったことにした。

結局、かのうの道案内を必要とせずに、俺は数分後には加賀に追いついていた。加賀は既《すで》に俺に捕捉《ほそく》されているとも知らずに、古めかしく小さな祠《ほこら》――というか木の小屋――の中に入っていった。ざっと周囲を見回せば、火を熾《おこ》した跡《あと》があって、加賀がこの数日をここで過ごしたことは明白だった。

「頂上に神社があるだけじゃなかったのか」

「なるほど、の。本命はこちらか」

そしてかのうは意味不明の台詞を残して、現れた時と同様にしゃらんという音だけを残して姿を消した。

かのうが勝手なのはいつものことだから、俺はいちいち気にせず、その祠の格子戸《こうしど》に手をかけると、ゆっくりと開けた。

加賀はさっきの今で、もう眠りに落ちていた。ご丁寧《ていねい》に枕《まくら》まで――和風のいささか個性的な枕だったが――持ち込んで、子どものように毛布の中に丸まっていた。

けれど、もう眠るのはやめてもらう。ましてや、二度と醒《さ》めることのない眠りにつくことを俺は許さない。

「加賀絢世、起きろ」

俺は静かに呼びかけたが、その声はまるっきり無視された。少しずつボリュームを上げていったが、毛布を頭まで被《かぶ》って加賀は抵抗《ていこう》を続けた。

そういうことならと、俺も少々強硬策《きょうこうさく》に出ることにする。俺は優《やさ》しいお母さんではなく、悪人顔の秋庭多加良なのだ。

「いい加減に、起きろっ!!」

びりびりと木の壁《かべ》が震《ふる》える大音声と共に、俺は加賀の体から毛布をはぎ取った。

「うわっ！」

加賀も必死に毛布の端《はし》を摑《つか》んだが、俺の方が勝った。身長では少し負けているが、俺にも男の意地があった。

だが、毛布をはぎ取って叫《さけ》びたくなったのは俺も同じだった。今日発芽したばかりの加賀の植物は既に蕾《つぼみ》を付けていたのだから。淡《あわ》い青にほんの少しだけ墨《すみ》を垂らしたような、不思議な色合いをした、小さな蕾。

字は違えど、〝かのう〟の音を持つこの山にはやはり何かがあると示すような、急成長だった。

「けど、それならそれで、俺は花を咲《さ》かせて摘《つ》むだけだ」

動揺《どうよう》している暇《ひま》はない。俺は独りごちて、すぐさま頭を切り替《か》えると、目の前の加賀と改めて向き合った。

「どうだ、目は醒めたか？」

「……まだだ」

俺が問えば、加賀は俺がはいだ毛布を再び手にとろうとする。だから俺は、毛布を丸めて小屋の隅《すみ》に放り投げた。

「そんなことは無いだろう」

「……秋庭、なぜ邪魔《じゃま》をする？　私はただ眠《ねむ》り続けたいだけだ」

眠り続けたい――それはささやかな願いかもしれない。けれど、そんなことでは願いの植物は芽吹《めぶ》かない。裏を返せばそれは加賀の本当の一番の願いではないということだ。

「なら、逆に訊《き》く。加賀、お前は何のために眠る？」

答えを探すように加賀は視線を彷徨《さまよ》わせたが、結局何も返さなかった。

「答えられないか。でも、眠り続けてなんていられなかっただろうが？」

「そんなことはない。私は眠り続けられる！　だって、起きていていいことなど一つも無いんだ！　桂も変わって、私を置いていくのだから……ならば眠り続けていた方がいいだろうっ！」

やっと、加賀は本心を語り始めた。けれど、まだ植物は咲かない――蕾は膨《ふく》らんでいても、本当の願いに加賀が気づかないから。

「だったら、こんな山奥にまで来る必要はなかった筈《はず》だ。本当に眠り続けられるなら場所なんてどこだってよかったはずだ」

図星を指された加賀は唇《くちびる》を嚙《か》みしめて、俯《うつむ》く。でも、もう逃《に》げようとはしない。

「加賀、確かに人間には睡眠《すいみん》が必要だ。疲《つか》れた身体《からだ》や心を休めるために。だけどな、人間は明日また目覚めるために眠るんだ！　眠っていて出来ることなんて、夢を見ることだけなんだっ!!」

叫びながら、刹那《せつな》、もう目覚めることのないあの人のことを俺は想《おも》った。もう〝今日〟も〝明日〟も迎《むか》えられない人のことを。

「でも、夢の中なら、現実で触《ふ》れられないものにも手が届く……」

「だが、夢の続きは現実の中にしかない！」

「だけどっ！　目が醒めても、私はいつも昨日の私と変わらない、んだ……」

「本当に、そうか？　目に見える変化なんてなくても、昨日と同じ人間なんて俺はいないと思う」

そう信じているから、それが生きているということだと思うから、俺は真《ま》っ直《す》ぐに加賀を見つめた。加賀が顔を上げるまで見つめ続けた。

「けれど、桂が描《か》いた私は、ずっとそこに在り続けて変わらない……真っ直ぐな木のようだったんだ」

「……真っ直ぐな木みたいっていうのはあってるけど、ちょっと解釈《メッセージ》は間違《まちが》っているわ。っていうか、あたしの腕《うで》がまだまだだってことだけど」

加賀の声に応《こた》えたのは、伏見だった。ここに来るまでに迷ったのか、メイド服は汚《よご》れて、髪《かみ》も乱れていた。でも、その双眸《そうぼう》は力強く加賀を捉《とら》えて離《はな》さなかった。

「確かに……前のあたしは時間《いま》を閉じこめたくて絵を描いていた。加賀が最初に褒《ほ》めてくれた絵もそういう絵だった」

「桂……」

「だけど今は違う！　あたしは、一人でいても、たくさんの人といても、しっかりと、真っ直ぐな木みたいに立っていられる加賀絢世を綺麗《きれい》だと思ってあの絵を描いた。でも、木はずっと同じじゃない。春には芽吹いて、花を咲かせて、夏には緑、秋には紅葉って、毎日変わっていくんだよ！　あたしはそこで変わらずにいる加賀を描いた覚えはないっ!!」

最後は叫ぶみたいに、掠《かす》れた声で伏見はそう言い放った。

そうして、伏見の吐《は》き出した真っ白い言葉がすべて空気に溶《と》けて消えた時、

「本当、か？　私は……私も動き出せる？　変われるのか？」

俺たちにというよりも、自分に語りかけるように加賀は言葉を紡《つむ》いで、けれど伏見はそれに大きく頷《うなず》いて見せた。

「加賀、眠っている時に見る夢は選べない。でも、起きて見る世界は選べる。目を開けてお前は何が見たいんだ？」

俺が問うと、加賀は俺と伏見の顔を交互《こうご》に見つめた後、ゆっくりと目を閉じた。

俺と伏見は、加賀が再び目を開けると信じて、その時を待った。

やがて、その胸の蕾《つぼみ》は大きく膨らみ、ほころんで。

「私は、ちゃんと起きて、目を開ける。……桂と同じでなくてもいい、きっと私にしか見えない物があるはずだ。それを……私にしか見えない世界を確かめたいっ!!」

叫《さけ》びながら、加賀はしっかりとその目を開き、世界を映した。

そうして、加賀の胸に開いた花はスノードロップに似ていた。そして、その花の色が夜空を映した雪の色から、朝日をはじき返す雪の色に変わっていくのを俺は眩《まぶ》しく見つめた。

人が変わっていくことを恐《おそ》れながら、誰《だれ》よりもそれに憧《あこが》れていた加賀の願いの植物の変化を。

そうして、見る間に結晶化《けっしょうか》した花を、掠めるように摘《つ》み取れば、それは俺の手の中で一瞬《いっしゅん》にしてはじけて消えた。太陽のきらめきを吸い取りながら。

そして、再び俺の耳には鈴《すず》の音にも似た金属音が響《ひび》いて——あの女が現れる。

しかし、双子《ふたご》の木のように、そっと寄り添《そ》う加賀と伏見には見えないから、俺にはかのうを睨《にら》みつけることしか出来なかった。

だが、その眼差《まなざ》しをものともせずに、床《ゆか》の上に降り立つと、かのうは加賀の枕《まくら》を拾い上げた。

それを左手で持ち、右肩《みぎかた》の上に載《の》せ、右手で軽く革《かわ》の部分を叩《たた》けば——

ぽおぉんっ
と、乾《かわ》いた小気味いい音が響き渡《わた》った。

「な、何っ？」

「私はさっきも、似たような音を聞いた」

すると、伏見は肩を揺らし、加賀はその発生源を探すように首を巡《めぐ》らせて。

「な、何だろうな？　鳥威《とりおど》しじゃないかっ？　きっとそうだ！」

その音色が二人の耳にも届いたことに驚《おどろ》きながらも、俺はそう言い繕《つくろ》った。

「枕じゃなくて、鼓《つづみ》だったのか」

俺はそれの正体を知って、かのうを鋭《するど》く見つめながら小さく呟《つぶや》いた。両側に革が張られ、胴《どう》が砂時計のようにくびれているそれは、まあ、枕のように見えなくもなかったが。

「よく、残っていたものだのう」

かのうはかのうで、俺の無言の抗議《こうぎ》など意に介《かい》さず、大事そうにその鼓を抱《かか》えて、また唐突《とうとつ》

にそこから姿を消したのだった。

「それにしても、よくこんな所で眠《ねむ》れたわね。寒くなかった？」

「湯たんぽもカイロも持ってきた。それに、枕もあったから、けっこう楽しい夢もみた」

「へえ、例えばどんな？」

「……昔の農民のような男が枕を叩いて、その側《そば》で可愛《かわい》らしい女の子が踊《おど》っていた」

「おもしろいっていうよりシュールね」

加賀の夢に対する伏見の感想はともかく、

「加賀、一つ言っておくが、お前が枕にしていたのは和楽器の鼓だ」

そこだけには訂正《ていせい》を入れた。

「……寝心地《ねごこち》は悪くなかったんだ」

伏見の爆笑《ばくしょう》を受けて、加賀は俯《うつむ》きながらそう言った。

鍋《なべ》の会場に俺達三人が戻《もど》ってみれば、調理は完了《かんりょう》して、あとは食べるだけという状態だった。

つまり、誰も俺達の心配をしていなかったということだ。

鍋の中をのぞき込んでフタバが何か呟いた。それは俺の耳には届かなかったが、隣《となり》のカズネにだけは伝わったようで、彼女は大きく頷き返した。

「ああ、全員集まったね。ほいほーい、それでは鍋を火から下ろしましょー！」

そこで、鈴木に任せたのがまずかったのだ。

鈴木が鍋を火からはずした直後——どこからかEX45が音もなく転がってきて、鈴木の足はその上に乗っかり、奴《やつ》は派手に転び——当然鍋も鈴木と運命を共にした。

土の上にぶちまけられた鍋料理を見て、俺達はしばし無言だった。

「……ええっと、ごめんなさい」

奇跡《きせき》的に無傷の鈴木は深々と頭を下げたが、それでも場を支配していたのは沈黙《ちんもく》だった。鍋の残骸《ざんがい》から白い湯気が虚《むな》しく空に上っていく。

「……怪我《けが》がなくて何よりだったわね」

そして、最初に沈黙から醒《さ》めて、鈴木に声をかけたのは、あろうことか桑田だった。

鈴木と桑田をのぞく全員が、雪が降り出しはしないかと一斉《いっせい》に空を仰《あお》いだが、冬の空は目が痛くなるほど青かった。

「みんな、大丈夫《だいじょうぶ》よ。こんなこともあろうかとカップラーメンを持ってきたから。もちろん、おいしいお茶もね」

「わーい、ジャンクフードだねっ!!」

彩波が妙《みょう》に喜んだが、俺はあることに思い至り、こっそりと尾田《おだ》に尋《たず》ねた。

「ええと、俺が炊《た》いていた飯は？」

「見事に真っ黒焦《こ》げ」

少し冷たい声に、俺は返す言葉もなかった。

「あ、鈴木さん、服が汚《よご》れていますよ」

「ん？　あ、鍋の汁《しる》が飛んだんだ。なんかすごい色。……みんな命が危なかったかもね」

よくわからないことを呟きつつ、鈴木はショッキングピンクのスカジャンを脱《ぬ》いで、風の子とばかりにTシャツ一枚になった。

そのTシャツのプリントを目にした瞬間、俺の視界は真っ白になり、次に怒《いか》りで真紅《しんく》に染まった。

「鈴木、データは削除《さくじょ》する約束だったよな？」

「うん、データはもう削除したけど？」

低く低く俺が問えば、軽く明るく鈴木は声を返す。

「じゃあ、そのTシャツは何だ？」

「限定100枚土下座Tシャツ！　もうパソコンさえあればなんでも出来る時代だね!!」

俺たちが鈴木に土下座をしているという例の写真がプリントされたTシャツを前に俺の理性は焼き切れた。

「いいよ、多加良。思う存分やっちゃって」

尾田の許可も出たので、

「鈴木、覚悟《かくご》はいいな？」

俺は奴《やつ》を叩《たた》きのめすマシーンと化した。
最後の理性で俺が思ったことは、一日も早く、絶対に生徒会長になってやる！　という一事のみだった。

COLUMN / SUNNY DAY

ひとりごと［天気晴れ］

見上げる空は青いのに、俺の心は虚しさで一杯だった。
休日は泡と消え、山頂で鍋料理を食べることも叶わず……。
だが、黄昏れている暇はない――
あの忌々しいTシャツを回収し終えなければ。
さあ、雲が太陽を隠す前に探し出せ、俺！
でなければ、次の生徒会長選の雲行きが一気に悪くなってしまう!!

ドンテンガエシ

1

見上げた空を覆《おお》う雲は分厚く、いつもよりもずっと濃《こ》い灰色をしていて、雪が落ちてこないのが不思議なくらいだ。天気予報もしばらくはくもりの予報しか出していないから、当分青空を拝むことは叶《かな》わないだろう。

日差しがなければ、それだけ冬の寒さも増すというもので、俺は制服《ブレザー》の上から着込んだコートの前をかき合わせた。

「寒いのならば、妾《わらわ》が暖めてやるがのう？」

そんなことを言いながら、俺の前で腕《うで》を広げてみせる約一名は天候などまるで無視した支度《したく》。黒の着物は素材は良《い》いのだろうが、薄手《うすで》であまり暖かそうに見えない上に、裾《すそ》からのぞく足は裸足《はだし》だ。だが、それでも寒そうなそぶりさえ見せないのは、コレが人外の存在だからに他《ほか》ならないだろう。

日の光がなくとも輝《かがや》く長い髪《かみ》は銀糸のようで、けれど双眸《そうぼう》は対照的な黄金《きん》色。形の良い紅い唇《くちびる》は今は意地悪そうに持ち上がっている。容貌《ようぼう》は美しいが、中身は腹黒いことこの上ないコレは〝かのう様〟と呼ばれ、叶野市の一部の者達の信仰《しんこう》対象となっている。

「必要ない」

ただし、俺はその範ちゅうに入っていないので、そんな申し出をありがたがるわけもない。

大体、暖めるも何も、姿は見えても、ここにいるかのうは実体ではないのだから、そんなことは無理だろう。仮に可能であった場合も俺は絶対同じように断るが。

「少しは頬《ほお》を染めるとかいう反応をしてみてはどうかのう？」

「……それで、何か用か？」

戯《ざ》れ言《ごと》は聞き流して、俺は話を進めた。

授業の間の休み時間、ふと窓の外に目をやった俺は屋上に妙な垂れ幕を見つけた。『乙女《おとめ》の聖戦まであと29日』と書かれた、恐《おそ》ろしいまでに品のないピンクの垂れ幕——意味はわからなかったが十中八九、鈴木の仕業《しわざ》と判断した俺がそれを回収に来たところ、なぜかかのうに遭遇《そうぐう》したのだ。

用もなくかのうが現れるはずはない。そしてそれはどうせろくな用事ではない。だが、かのうが俺一人の所に姿を見せたのが珍《めずら》しくて、無視することは出来なかった。

「せっかちだのう。妾は寛容《かんよう》だから許すが、これではおなごにもてぬのではないかの？」

「よけいなお世話だ」

「……うむ、まあよいか。ところでのう、多加良は〝お年玉〟とやらを貰《もら》ったかのう？」

「お年玉？　一月も半分以上終わったのにお前は何を言っているんだ？」

かのうの問いに、呆《あき》れた視線を向ければ、

「貰ったのかの？　貰わなかったのかの？」

ふいに真剣味を増した眼差《まなざ》しと共に、重ねて問われる。

「じいちゃんからは貰った」

仕方なく答えれば、それを聞いたかのうは、満足げな頬を緩《ゆる》めて、笑《え》みを口許《くちもと》に浮《う》かべた。

ものすごく嫌《いや》な予感がする。もしかして、この俺としたことが判断を誤ったか？

「世間の子どもが親戚《しんせき》まわりをして一山築くというに、それだけとは余りに不憫《ふびん》だのう」

そして、人を困らせては、楽しんでいるようなかのうが、憐《あわ》れむような台詞《せりふ》を口にすれば──

──俺の頭の中には緊急警報《アラーム》が鳴り響《ひび》く。

「いいか、それはごく一部の子どもだ。俺はじいちゃんから貰った分で十分だし、厄介事《やっかいごと》はごめんこうむる！」

先を読んで、俺は牽制《けんせい》したが、かのうはあっさりと聞き流してくれた。

「うむ！　それでは、太っ腹な妾が皆《みな》にお年玉をやろうかの!!」

「いらんっ！」

きっぱりと拒絶《きょぜつ》すると、俺はそのまま踵《きびす》を返した。とにかく、一刻も早くこの場を去ろうと決めて。

「だがの、妾は〝くりすますぷれぜんと〟も〝暮れの元気なご挨拶《あいさつ》〟も貰っておらぬのう」

お前とのゲームに付き合っているだけで十分だろうが！——と、喉《のど》まで出かけた言葉を苦しみながらも飲み込んで、俺は出口へと向かう足を止めなかった。

「そうだのう……交換《こうかん》条件といこうかのう」

限りなく独り言に近い、けれど確実に俺達を厄介事に誘《いざな》う台詞に、堪《こら》えきれず振《ふ》り向けば。

肩越《かたご》しに見たかのうは、まるで世界が己《おのれ》のものであるかのように、屋上の手すりの上に立って、叶野市を見下ろしていた。

冷たい冬の風が髪をなぶるにまかせたまま、くるりと振り返るとかのうは機嫌《きげん》のいい猫《ねこ》のように目を細めて、

「それがいいのう……すぐに準備をしてくるからの、期待して待っていて良いぞ」

しゃらん、という連環《わ》の擦《こす》れる音だけを残して、消えた。

2

ごとり——と、妙《みょう》に鈍《にぶ》く重い音と共に、叶野学園高校の生徒会室の机に落とされたモノを目にして、俺と尾田は数秒間、文字通り絶句した。
今日は生徒会の仕事が早々に片付いた為《ため》、帰宅の準備を進めていた俺達の前に突如《とつじょ》として現れたそれは、一見したところ、

「人間の手……」

だった。それも切断されていて、手首から先しかない手。

切断面が自分の方を向いていないだけましだったが、血の気の抜《ぬ》けた青白い皮膚《ひふ》の質感を見ているだけで、胃から苦いものがせり上がってきそうになる。

力なく投げ出されたその手を、同じく目にした尾田はどうだろうかと、その横顔を見れば、俺の予想を裏切ってひどく落ち着いた表情をしていた。

「……これは何ですか、かのう様？」

そして、そのままの顔で視線を上げこの手を持ち込んだ張本人——中空に佇《たたず》む女に静かな声で尋《たず》ねた。

「手……だのう」

「確かに形状はそれ以外に見えませんけど、僕はかのう様がこの、、、作り物を持ってきた理由を訊《き》いているんですが？」

「尾田、どういうことだ？」

どうも俺と尾田ではこの〝手〟の見え方が違《ちが》うらしいと察して訊けば、尾田は俺の方に顔を向けて、口を開く。

「多加良の側からは切断面《きりくち》が見えないからリアルに見えるんだよ。けど、こっちから見る限りこの手は本物には見えない」

言いながら尾田は、恐《おそ》れる風もなく〝手〟に触《ふ》れると手首を俺の方へ向けて見せた。

「ああ……確かにそうだな」

そうして向けられた断面はなめらかで、そこには骨も筋肉も、ましてや血も無かった。

「よく出来てはいるけどね」

ホラー映画の観賞《かんしょう》を趣味《しゅみ》としている尾田はそんな感想を漏《も》らしたが、これが作り物でも依然《いぜん》としてかのうの意図は不明のままだ。

「それで、これはどういうことだ？」

尾田の問いを俺が重ねれば、かのうは答える代わりに、空いている椅子《いす》の一つに腰《こし》を下ろした。

今日は羽黒は風邪《かぜ》で学校を欠席しているし、自分の仕事を終えた桑田は先に帰って、生徒会室の椅子は余っていたから、俺はそれを咎《とが》めることはしなかった。

〝生徒会長の椅子〟に座った場合は別だったが。ちなみに俺を差し置いて生徒会長の座に居座り続けている鈴木は現在行方《ゆくえ》不明だ。

そして、椅子に身を委《ゆだ》ね、足を組んだところで、ようやく口を開く。

「お年玉、だのう」

「……もしかして、昨日の話の続きか？」

「多加良、どういうこと？」

かのうがもったいぶって寄越《よこ》した台詞《せりふ》を受けて、俺がそう言えば、かのうに問うよりずっと話が早いと踏《ふ》んでか尾田は俺に説明を求めてきた。

昨日の事をかい摘《つま》んで俺が話し終えると、尾田は〝手〟とかのうの顔を交互《こうご》に見比べて、

「このお年玉はあまり嬉《うれ》しくないんですが」

疲《つか》れた声で告げた。

「同感だ」

「これこれ、早とちりをするのではないよ」

俺が心の底から尾田に賛同すると、かのうは含《ふく》みのある声と視線を送ってきた。

「早とちり？」

「そう、それをお年玉と思うのは早とちりだのう。この〝手〟はあくまで〝手がかり〟だからのう」

「つまらない駄洒落《だじゃれ》はやめろ」

当人だけは楽しげであったが、あまりのくだらなさに俺が冷たく返せば、温厚な尾田もさすがに、咎めるような視線をかのうに向けた。

「別に洒落を言ったつもりはないがのう。本当にそれが手がかりだのう……密室への、の」

かのうにしては珍《めずら》しく、真面目《まじめ》な顔をして、その紅い唇《くちびる》がその一言を紡《つむ》いだ瞬間《しゅんかん》、尾田の肩《かた》がわずかに跳《は》ねた。

――まずい。

長年の経験で、俺は尾田が今、かのうのどの台詞に反応したのか、はっきりとわかっていた。

「その〝手〟の持ち主はのう、妾《わらわ》も簡単には入れぬ密室におるのよ。……作り物とはいえ片手がなければ憐《あわ》れだのう」

「かのう、ちょっと黙《だま》れ」

俺は低く牽制《けんせい》したが、かのうは俺に一瞥《いちべつ》をくれただけで、その金の双眸《そうぼう》を尾田に据《す》える。

「それにのう、その手を辿《たど》れば持ち主と、密室に辿り着くというのは……なかなか楽しげな宝探しげーむであろう？」

「密室」

俺の声も聞かず、合計三回もかのうが繰《く》り返したその単語を、噛《か》みしめるように、改めて尾田は紡いでみせた。

「お、尾田。落ち着こう、な？」

そんなことを言いながら、俺はおそるおそる尾田の顔をのぞき込んで――その両目が常にないギラギラとした光を宿しているのを見て――諦《あきら》めた。こうなってしまった尾田は、俺でも簡単には止められない。

「多加良、落ち着いていられるわけないだろ？　密室なんだよ？」

口調は穏《おだ》やかだが、その声は妙《みょう》な迫力《はくりょく》に満ちていて、俺は反射的に頷《うなず》いていた。

密室――この言葉はミステリ好きの尾田にとってはマジック・スペルに等しい。一度「密室」と聞いた瞬間に、尾田の中のどこかのスイッチがオンになるのだ。

「かのう様、この〝手〟の持ち主は、本当に密室にいるんですね？」

ひたと見つめられれば、この反応を仕掛《しか》けたかのうも、少々驚《おどろ》いたような表情をして姿勢を正し、尾田と視線が交わったところで、大きく頷いてみせた。

「このゲーム、僕が受けます」

そして、見事にかのうの策略に嵌《はま》った尾田は、高らかに宣言し、かのうの唇にはいつもの笑《え》みが浮《う》かんだのだった。

「……尾田のゲームなら、俺はそれを手伝う」

尾田がその気なら、ため息は飲みこんで、俺の参加も大決定だ。

「ほほ、それでは、るーるを定めようかのう。とりあえず、明日の夕刻までを期限としようかのう？」

銀の髪に触れながら、かのうは早速そう定めてしまう。

「期限を決めるのか？　本当にかのうはルールが好きだな」

「不満かのう？　それとも自信がないのかのう？」

俺が軽く揶揄《やゆ》すれば、逆にそんな声が返ってきて、少しむっとする。

「そんなことはない。な、尾田」

「あ、うん」

「ならばよいな。それに手の持ち主を見事に突《つ》き止めた暁《あかつき》にはお年玉をやろうというのだから、そなたたちには得の方が多かろう?」

普段《ふだん》、自分の利益にならないことには手を出さないかのうがそれを言うのが、実に不気味なのだが、この点を指摘《してき》すると尾田が受けた試合《ゲーム》を潰《つぶ》すことにもなりかねない。

普段は俺のゲームに巻き込むばかりだから、今日くらいは尾田の意思を尊重したいのだ。

そんな俺の心中を見透《みす》かしたように軽く目を細めながら、かのうが椅子《いす》の上で足を組み替《か》えれば、足首の連環《わ》が笑うように鳴って。

「まあ、此度《こたび》はるーるは一つでいいかのう」

「わかりました。それで、とにかく手がかりはこの〝手〟なんですね?」

いまだ机の上に投げ出されたままのそれに目線を落としながら尾田は確認《かくにん》を取る。

「うむ。まずはその手をよおく、見ることだのう」

言いながらかのうは椅子からふわりと浮いた。そして、その体勢のまま差しのべた細く白い手で、軽く尾田の頬《ほお》を掠《かす》めると、

「楽しみにしておるから、の」

蠱惑《こわく》的な笑みを浮かべて、そのまま中空に消えた。

いつものように連環の響《ひび》きが消えるまでの数秒だけ、尾田の頬が紅く染まっていたのは、見

なかったことにしておいてやるのが友情だろう。

3

「手がかり、か」

「この〝手〟がね」

俺が呟《つぶや》けば、尾田はそう声を返しながら問題の〝手〟に触《ふ》れた。作り物だと知っても皮膚《ひふ》の質感が異様にリアルなそれに、けれど尾田が躊躇《ためら》うことはない。

「うわ、触《さわ》った感じも本物っぽい」

触った後はさすがに顔をしかめたが。

「とにかく、おかしな部分がないか、だな」

俺達はとにかく様々な角度から〝手〟の観察を始めた。

「大きさからして、大人の男の手には見えないな。骨張ってもいないから……子どもか女性の手だろう」

「うん、そして左手、だね。でも……形状《かたち》はただ伸《の》ばしている、っていう風じゃない」

尾田の指摘に俺は頷いた。〝手〟の指は殆《ほとん》ど真《ま》っ直《す》ぐに伸びているが、よく見れば力が抜《ぬ》けきった状態とは少し異なっていた。

「握《にぎ》るんじゃないとすれば、押さえる、か？」

俺がじっと見つめていると、尾田は〝手〟を半回転させて手の甲《こう》を上に向け、その状態でバランスをとらせた。

「……うん、そんな感じ」

その場で安定はせずにまたすぐ傾《かし》いでしまったが、その青白い手は甲が上を向いている方がしっくりきた。

「そうなると、やっぱりこの溝《みぞ》が気になる」

再び〝手〟を持って――慣れてきたのか、尾田の手つきにはだんだんと遠慮《えんりょ》がなくなっている――尾田はその部分に目を近づける。

この〝手〟には手相までしっかりと刻まれているのだが、それとは別に人差し指と中指の腹には線が刻みつけられていた。尾田が溝と呼ぶ程度には深いものが。

「これがポイントなんだろうけど……」

俺は眼鏡《めがね》のフレームに、尾田は顎《あご》に手をやったまま、しばらく互《たが》いに黙考《もっこう》する。

だが、こういう集中が必要なときに限って、あの静寂《せいじゃく》の破壊者《はかいしゃ》は足音も高くやって来やがって、俺と尾田はその騒々《そうぞう》しい足音に、揃《そろ》って眉《まゆ》をひそめた。

「ああ、匂《にお》う。匂うよ！　とっても素敵《すてき》な事件の香《かお》りがするっ!!」

いつも通り、宙に浮《う》きそうな軽さで生徒会室に入ってきた鈴木の姿を、俺と尾田は懸命《けんめい》に視

界の外に追いやろうとした。が、

「くんくんっ！　一体この匂いはどこからするのかね、ワトソン君っ」

「そんな匂いは気のせいです、偽《にせ》ホームズ」

思わず呼びかけに応《こた》えてしまってから、尾田は自分自身と鈴木の両方に向けてため息を吐《つ》いた。

そして、現れた鈴木は今日も今日とて、まともではなかった。内面《なかみ》は言うまでもないが、外観が本日はインバネス・コートに鹿打《しかう》ち帽《ぼう》という、かのシャーロック・ホームズのスタイルだった。もっともこの扮装《ふんそう》は作中にはなく、挿絵《さしえ》や演劇で作られたイメージなのだが。

「むっ？　このぼくを偽者呼ばわりするとは！　一体どこが偽者だって言うのさ？」

身の潔白を示すように鈴木は大きく腕《うで》を広げて見せたが、意味のない行動だ。

「そもそもフィクションの存在に本物も何も無いと思うけど、強いてあげるならパイプ？」

最初に声をかけてしまった責任を感じてか、尾田は律儀《りちぎ》に答える。

「いいや、一番足りないのは知性だ」

整ってはいるが、どこか間の抜けた鈴木の顔を見ながら冷たく言えば、さすがに鈴木も怯《ひる》むかと思ったが、それは俺が甘かった。

「パイプは未成年だから持ってないんだよ！　でも、知る人ぞ知るホームズのアイテム……そう、ヴァイオリンならあるっ!!」

無駄《むだ》に大きな声でそう言い放つと、鈴木はコートの下に背負っていたらしいケースを床《ゆか》に置いて、おもむろに蓋《ふた》を開けた。

「ほらっ！」

「何も無いけど？」

果たして中には尾田が言う通り、ヴァイオリン形のくぼみがあるだけで、空だった。

「あれぇ？　衣装《いしよう》ルームに置いてきたかな？　探してくるからちょっと待っててね！　ぼくのヴァイオリンの腕前《うでまえ》を披露《ひろう》するからっ!!」

弾丸《だんがん》のように飛び出していった鈴木の背を見送ると、俺は生徒会室の戸にしっかりと鍵《かぎ》をかけた。ついでに聞き逃《のが》さなかった衣装ルームは、近日中に摘発《てきはつ》すると心に決めた。

「あいつのヴァイオリンなんて絶対に騒音《そうおん》だ」

俺がそう断ずる傍《かたわ》らで、尾田はしゃがみこんで、鈴木が置いていった空のケースにじっと視線を注いでいた。

「どうした？　何かあったか？」

ブレザーのポケットに手を出し入れするのは、尾田が考え事をしている時の癖《くせ》だ。それを見て取って尋《たず》ねれば、尾田はその場で俺の顔を仰《あお》ぎ見る。

「あのさ、ヴァイオリンとかの楽器って、左手で弦《げん》を押さえるよね？」

「ああ、そうだな」

ヴァイオリン等《など》は自分で演奏となると機会は少ないが、楽器そのものや演奏者を目にすることは意外に多い。尾田の質問の意図はまだわからなかったが、記憶《きおく》の中から映像をひっぱりだしながら俺は頷《うなず》いた。

「あの弦を押さえれば多少は痕《あと》が付くはずだ。〝手〟についていた溝ももしかしたら……」

尾田の推測を受けて、俺は机の上の〝手〟をもう一度よく見た。指先に刻み込まれた二本の線は言われてみれば、弦を押さえたソレに見えなくもない。

「でも、ヴァイオリンの手はもっとこう、握る感じじゃないか？」

演奏経験は無いが、記憶を元に俺が言えば、尾田も立ち上がり再び〝手〟に目を落とした。

「確かに、そうか」

左手を握ったり開いたりしながら、尾田は眉間《みけん》に薄《うす》く皺《しわ》を寄せて頷いた。どうも尾田は俺の意見を否定のそれだと思ったようだ。

「でも、楽器っていうのはいい線だと思う」

俺は少し早口にそう言って、尾田の目を自分に向けさせた。

「そうかな？　なら、ちょっと楽器の方向で調べてみる？」

「ああ。でも、お互《たが》い楽器には疎《うと》いからな。まずは図書館で調べるか？」

「だね。……鈴木くんが戻《もど》ってくる前に、急いで行こう」

その意見には俺も大賛成で、俺達は早速《さっそく》図書館に足を向けることにした。

4

叶野学園高校の図書館は学校の施設《しせつ》としてはかなりの規模と蔵書を誇《ほこ》っている。これもまた、学園の創設者であり経営者である和一族の収集癖《へき》の賜物《たまもの》の一つと言えるだろう。

ただ、図書館は叶野学園の増改築の影響《えいきょう》が――皆無《かいむ》ではないのだが――少ない建物なので若干《じゃっ》老朽化《かんろうきゅうか》が進んでいる。書架《しょか》などは新しい物に入れ替《か》えてあるが、床はぎしぎしと音を立て、時折すきま風が入り込む。その為《ため》、他《ほか》の季節に比べて冬は利用者が少なかった。

さすがにコートは着ないが、寒さ対策に俺も尾田も首にマフラーを巻いて入館した。

「音楽関係の資料ってどこだろう？」

図書館に足を踏《ふ》み入れると、尾田は俺に尋ねた。だが、問われた俺の方もわからない。

「俺は普段《ふだん》は経済関係の資料しか読まないからな……。図書委員に聞いてみるのが早いか」

そう判断すると俺はカウンターへとつま先を向けた。

そして、丁度目が合った図書委員――二年四組東雲《しののめ》小蒔《こまき》に尋ねる。

「東雲、音楽関係の資料はどの辺りにある？」

俺は叶野学園の生徒に限り、学年が上であろうと下であろうと呼び捨てにし、敬語は使わないことにしているので、当然今日もそれに則《のっと》った。

「……音楽関係？」

記憶を辿《たど》るように東雲が首を傾《かし》げれば、腰《こし》までも届くまっすぐで豊かな髪《かみ》が、さらさらと流れた。全体的に小振《こぶ》りなパーツが、けれどもバランス良く配置された東雲の顔は日本人形のように愛らしいと評判だ。

「はい、思い出したデスョ。奥の方なので案内するのデスョ」

そう言いながらカウンター内から出てきた東雲は、立っていても座っている時と身長があまり変わっていなかった。ぎりぎり150センチは超《こ》えています！と言い張る羽黒よりも更《さら》に10センチ程《ほど》低い所に頭があって、俺にはそのつむじが見えた。

以前、廊下《ろうか》で女子に『こまちゃんっ』などとぬいぐるみのように抱《だ》きしめられて困っているのを見かけたことがあったが、それも無理はないと思えるコンパクトサイズだった。

「では、ついてくるといいデスョ」

東雲は歩幅《ほはば》こそ小さかったが、俺達の半歩先を行くその足取りに迷いはなく俺は安心して後に続いた。

「でも、めずらしいデスョ。副……秋庭くんが経済学以外の資料を探すなんて。尾田くんがミステリやホラー以外のジャンルを探すのもデスョ」

図書館という場所柄《がら》、東雲は声を潜《ひそ》めていたが、言葉が聞き取りにくいことはない。

「さすが図書委員だな。よく把握《はあく》している」

「僕は読書の趣味《しゅみ》が偏《かたよ》っているんでちょっと恥《は》ずかしいです……」

身長差のために、どうしても俺達を背伸《せの》びをするように見上げる東雲と目が合うと、尾田ははにかむように、俯《うつむ》いた。

えもいわれぬ甘酸《あまず》っぱい空気が二人の間に漂《ただよ》った気がして、俺はこれこそが普通《ふつう》の学園生活の雰囲気《ふんいき》かと、こっそり感動を噛《か》みしめた。

だが、そんな俺の感動を普通の時間は長く続かなかった。

「くんくんくんっ！　匂《にお》う、匂うよ！　多加良っちと尾田っちと、そして謎《なぞ》の匂いが!!」

さっきと同じようなことを言いながら、図書館に入ってきた鈴木は、だが先程《さきほど》までとはひと味違《ちが》っていた。

もちろん中身ではなく、外見が、だ。ホームズの扮装《ふんそう》はそのままだったが、そこに犬の耳と鼻の作り物が加わっていた。

「あの耳と鼻は何のつもりだろうなぁ？」

「懐《なつ》かしのアニメ特集で犬のホームズを見たことがあるけど……それかな」

「か、かか会長デスョッ」

鈴木の奇行《きこう》に慣れっこの俺達の声は冷え切っていたが、免疫《めんえき》の足りない東雲の声はその出現に、やや上擦《うわず》っていた。

「あー、多加良っち発見！　この鈴木くんの知性に犬の聴覚《ちょうかく》と嗅覚《きゅうかく》が加わったいま、隠《かく》れるだけ無駄《むだ》というものだよ！」

「誰《だれ》も隠れていない！　というかね、図書館では静かにするという常識を知らないんですか、ス・ズ・キ・サ・ン？」

目が合うと、俺は鈴木にそう叩《たた》きつけてやった。こんな最低限のルールも守れない奴《やつ》が生徒会長でいいのか、いや良くない！　抑《おさ》え込んでいた憤《いきどお》りが一気に俺の中に沸《わ》き立つ。

本当に、どうしてこの俺が副会長なんだ？

「あ、そうだった。図書館では静かに！」

自分で自分の額をぺちりとはたきながらそう言うと、鈴木は珍《めずら》しく俺の忠告を聞き入れて口を噤《つぐ》んだ。

しかし、図書館に静寂《せいじゃく》は戻らない。相変わらず騒音《そうおん》源も鈴木のままだ。

「あのさ、台車って乗り物だっけ？」

「運び屋2号の操縦は見事ですが、あれは乗り物としては遅《おそ》いデスヨ」

尾田と東雲の呟《つぶや》きからわかるように、問題は鈴木が乗っている台車――図書館の備品であるそれには名前も付いているらしい――だった。足で勢いをつけては荷台に飛び乗るということを鈴木は何度も繰《く》り返していた。

荷物を載《の》せて押し運ぶという、台車本来の用法を無視しているため、非常に遅い上に、がらがらと回る車輪の音はうるさい。

俺はポケットの中のボールの感触《かんしょく》を確かめた。あってよかった、EX48《エクストラ》。

「覚悟《かくご》は出来ているはずだよなぁ」

ひとりごちながら俺はEX48の縫《ぬ》い目を指先で確かめるようにしっかりと握《にぎ》りこんで、大きく振りかぶって――スイングした。

「んっ、スイングっ？」

「ああっ、多加良！　それボールじゃない！」

慌《あわ》てた尾田の声が耳に届いた時には、既に俺の体は半回転した後だった。

「は、ハリセン⁉」

「ちっ、気づきよったか」

結果的に空振《からぶ》りをした俺の耳には、そんな幻聴《げんちょう》が聞こえた。だが、声の主を見つけられずに俺が首を傾《かし》げていると、怪訝《けげん》というよりは、俺への疑念に満ちた表情で尾田に問われる。

「そのハリセン、一体どこから出したの？」

「それは俺が聞きたい‼　さっきまでは絶対にボールだったんだ‼」

「きっとツッコミの神様の思《おぼ》し召《め》しデスヨ」

俺の心の底からの叫《さけ》びと疑問にそう答えたのは、東雲だった。

「ツッコミの、神？」

「あ、いいえ、なんでもないデスヨ。秋庭くんの物でないのなら、そのハリセンは落とし物として図書委員がお預かりしますデスヨ」

　ハリセンの出現自体には、あまり驚《おどろ》きを見せていない東雲の様子をいぶかしく思いながらも、俺は素直《すなお》にハリセンを渡《わた》した。持っていても使わないし。

「東雲さんにハリセンって、似合わないね」

　確かに尾田の言う通り、ハリセンは、セーラー服と機関銃《きかんじゅう》レベルにそぐわなかった。

「それはそうと、俺のＥＸ48はどこだ？」

　今日はボールは一球しか持っていない。俺は周囲を見回したが、どこにも見あたらない。そうしている間にも、鈴木は書架《しょか》の間の狭《せま》い通路を暴走している。

　一体どうやって奴を止めたものかと俺が思案していると──突如《とつじょ》、鈴木の前に立ちはだかる影《かげ》があった。それと共に一陣《いちじん》の風が巻き起こり、一瞬《いっしゅん》視界を奪《うば》われる。

　そうして、次に俺が目を開けた時には、鈴木は台車もろとも縛《しば》り上げられ、気を失っていた。

　こんなことが出来そうな心当たりは、一人しかいない。

「桑田、ごくろうさん」

　俺の視線の先にはやはり、桑田美名人がいて、そう声をかければ、

「これも生徒会の仕事だから」

　静かな声が返ってきた。わずかに乱れた髪《かみ》を手櫛《てぐし》で直すその姿だけを見ていれば、とても武道の達人に見えないが、桑田の腕《うで》は確かだ。

「ところで、秋庭君と尾田君は図書館に何の用が?」

言いながら近づいてくる桑田は小脇《こわき》に菓子《かし》の作り方の本をたくさん抱《かか》えていた。

「ああ、一ヵ月切ったもんね。ギラギラしてるなー」

尾田の呟きは半分は意味不明だったが、桑田のその目が、いつにもまして鋭《するど》い光を放っているという点は俺も認めるが、ともかく東雲の注意が鈴木に向かっている隙《すき》をついて、俺は手短に今回の一件について説明した。

「そう。あの人がやりそうなことね」

東雲の手前、名前こそ出さなかったが、かのうの人を食ったような表情を思い出してか、桑田のまなじりは一瞬切れ上がった。

「それなら、私も手伝いましょうか?」

だが、すぐにその目元を和《やわ》らげると桑田はそう申し出てくれた。

「でも、桑田さんも忙《いそが》しいんじゃないの?」

腕の中の本をやけに気にして尾田が言えば、桑田はそれに首を振って答えた。

「大丈夫《だいじょうぶ》。本番まではまだ時間があるから」

「本番?」

「あ、ああ、秋庭君も気にしないで」

一瞬動揺《どうよう》したように見えた桑田だったが、すぐに追及《ついきゅう》を許さない強い眼差《まなざ》しを向けられて、俺はとにかく頷《うなず》いておいた。

「じゃあ東雲さん、改めて案内お願いします」

「鈴木ならそこに転がしておいていいぞ」

気を失ったままの鈴木を本の角で突《つ》く、という謎《なぞ》の行動をしていた東雲だったが、尾田と俺が声をかければ、図書委員の職務を思い出して、再び歩き出してくれた。


「ここデスヨ」

利用者が少ないからか、奥の書架はどうも寂《さび》しかった。だが、心おきなく資料を探すには都合が良く、俺たちはすぐに、本棚《ほんだな》と向かい合った——が、十分も経《た》たないうちに行き詰《づ》まる。

「音楽用語辞典や楽譜《がくふ》の類《たぐい》は揃《そろ》っているけど……」

「図版や写真の載《の》った大型資料が見あたらないわね」

尾田と桑田が首を傾《かし》げてそう言う通り、俺達の目的に合うような資料は見つける以前に、見あたらない。

「おかしいな。こんなに少ないわけがない」

本棚の前で俺が唸《うな》れば、俺の腕を軽く引いて、ようやく東雲が口を開いた。

「あの、大型の資料を探しているのデスカ？」

「ああ、オーケストラの編成がバーンっと載っているような資料を探してるんだ」

見上げるのも大変そうなので、俺の方が屈《かが》みその旨《むね》を伝えると、東雲は小さくため息を吐《つ》いた。

「そういうことは始めに言うデスョ。あのですね、大型資料は補修も兼《か》ねて、いま全部〝別館〟にいってるんデスョ」

東雲の口から〝別館〟と聞いて、俺達三人は顔を見合わせた。

「別館って言うと……」

「図書館別館、よね」

「どうしてまた、そんな所に？」

尾田が尋《たず》ねると、東雲は真《ま》っ直《す》ぐに腕を伸ばして、書架の最奥《さいおう》を指さした。

「あれデスョ。雨漏《あまも》りならぬ雪解け水漏《みずも》りデスョ。多分雪の重みで屋根がやられたんでしょうが、ちょうど大型資料のコーナーが被害《ひがい》を受けたんデスョ」

見上げれば、天井《てんじょう》には応急処置のビニールシートがかなりの範囲《はんい》で張られていた。

「それで、屋根の修理が済むまで、資料は修復も兼ねて別館送りデスョ」

図書委員全員が本好きである必要はないが、東雲はそれなりに本に愛着がある人間らしく、その口調は苦々しかった。

「じゃあ資料を見る為《ため》には別館に行かないとだめなのか？」

「叶野学園の蔵書を希望するのならデスョ」

別館と叶野学園の距離《きょり》を頭の中で思い浮《う》かべて、俺は悩《なや》んだ。さっきから俺達が再三口にしている別館は、正式には「叶野学園図書館別館」と言うのだが、早い話、学園内に収まらなくなった図書を保管している場所だ。ただし、学園からは少々不便な距離にある。

「別館って、中に入るのに許可がいるんでしたっけ？」

「正式には必要デスョ。でも、鍵《かぎ》を持った図書委員が同行するなら問題ないはずデスョ」

尾田が首を捻《ひね》れば、どこかいたずらっぽい目をしながら、そう言って、東雲はポケットから鍵の束を取り出して見せた。

「ちょっと用事があって、ワタシはこれから別館に行くんデスョ。良かったら一緒《いっしょ》にどうぞデスョ」

その申し出に少し驚《おどろ》いた後、尾田は、

「じゃあ、別館に行こうか」

微塵《みじん》の迷いもなく、俺の顔を見てそう言った。

「了解《りょうかい》。付き合う」

「では、行くんデスョ」

「あ……」

東雲と共に俺たちが歩き出そうとすると、引き止めるような声を桑田が上げる。

「そうだ、桑田さんはどうする？」

前へ踏み出しかけていた足を止め、尾田が尋ねると、桑田は腕《うで》の中の本と、東雲と──そしてなぜか俺を見て、困ったように唇《くちびる》を結んだ。

究極の選択を突きつけられたように迷う桑田を見て、東雲は何を思ったか、桑田に駆《か》け寄っていくと、背伸《せの》びをしてその耳元に何事か囁《ささや》いた。

「……物好き、ですね」

何を聞かされたのか、桑田は一瞬《いっしゅん》それと見て取れる驚きの表情を浮かべた後そう言って、肩《かた》から力を抜《ぬ》いた。それから安堵《あんど》した様子で、桑田は答えを決めた。

「私はまだ調べ物をしたいから、ここで失礼するわ。二人とも頑張《がんば》ってね」

微《かす》かな笑《え》みまで添《そ》えて言われて、桑田の急変に驚きつつも、俺と尾田はしっかりと頷いて見せた。

5

別館は叶野学園から見て西方に位置している──それは、はっきり言って町外れということだ。それでもバスの行き来があるのは、和一族の力によるところが大きい。

降車の際に、東雲が30円しか持っていなくて、尾田がバス代を貸した他《ほか》は道中特に問題もなく、俺達は日が落ちる前に別館に着くことが出来た。

別館は、図書館というより貴人の別荘《べっそう》という風情《ふぜい》の洋館だ。それもその筈《はず》で、元は和一族が別宅として使っていたらしい。殆《ほとん》ど建てられた当時のままの姿を残している別館は小窓にステンドグラスが嵌《は》められていたりと少々贅沢《ぜいたく》な造りだ。

ただ、その建物の周囲を囲むように植えられているのは竹。冬枯《ふゆが》れを知らない竹林は青々としているが、今日は曇天《どんてん》と相まって、別館をおどろおどろしく演出している。

「背筋がぞくぞくするね」

だが、尾田はこちらの方が好みらしい。妙《みょう》に目が輝《かがや》いていて、嬉《うれ》しそうだ。

「手入れすれば、まだ十分に住めそうだ……」

一戸建てとは名ばかりの借家住まいの俺がぼやけば、

「そこを倉庫にしちゃうのがきっとお金持ちなんだよ」

「庶民《しょみん》には理解出来ない感覚デスヨ」

尾田と東雲からは、何か悟《さと》ったような答えが返ってきた。

そんな風に心が寒くなってきたところで、更《さら》に冷たい北風が竹の葉を鳴らし、俺の頬《ほお》をなぶっていった。本当に身を切るような寒さに空を仰《あお》ぐが、やはりくもり空に雪の気配はない。

「ここまで寒いと、逆に降らないんだよね」

同じように空を見上げて、尾田が白い息で言う。

「だな。もう少し寒さが緩《ゆる》くないと雪は降らないだろうな」

雪深い叶野市にずっと住んでいるからわかる感覚に、俺と尾田は頷《うなず》き合った。

「二人とも、寒いから早く中に入るデスヨ」

東雲は、鞄《かばん》の中にしまい込んだ鍵の束を取り出すと、そこから別館と比べてかなり新しい鍵を選び出した。俺が脇《わき》からのぞき込めば、

「鍵だけは新しい物につけかえてあるんデスヨ。ここには希少本や和一族史のようなものも納めてあるからデスヨ」

東雲はそう教えてくれた。そうして、子どものように小さな東雲の手には余りそうな大振《おおぶ》りの鍵を、けれど慣れた手つきで扱《あつか》って、簡単に扉《とびら》を開けた。

開けた扉の向こうは〝図書館の匂《にお》い〟よりも〝他人《ひと》の家の匂い〟が勝《まさ》っていて、そして随分《ずいぶん》と埃《ほこり》っぽい空気に俺達は軽く咳《せ》き込んだ。

「人が住まない家はすぐに埃が溜《た》まるね」

見えないごみを払《はら》うような仕草をして、もう一度尾田は咳《せき》をした。

「大丈夫《だいじょうぶ》か？」

幼い頃《ころ》の喘息《ぜんそく》を思い出して、俺が聞けば、

「平気。あのさ、もう喘息は無いから」

少し憮然《ぶぜん》とした表情で返されて、俺は黙《だま》るしかなかった。

「やっぱり中は暗いデスヨ。ブレーカーを落としてることもありますから、ちょっと見てきま

すから、待っているんデスョ」

そう言い置くと、東雲は俺達に背を向けて、さっさと奥の方へと行ってしまった。

俺はその見た目から、東雲は大人しい、のんびりとした人間かと思っていたのだが、動きを見る限りどうも違《ちが》うようだ。

「……それで〝手〟はどうだ？」

わずかの間だが東雲の目がなくなったので、俺は尾田に尋《たず》ねた。すると尾田は鞄を開けて、中からハンカチでくるんだそれを取り出した。

「壊《こわ》れたり、形が変わったりはしてない」

生徒会室に置きっぱなしにしてくるわけにもいかず持ってきた〝手〟は、尾田の言う通り無事だった。かのうが制限時間を定めたからには、時間の経過によって何か変化があるのかと思ったが、そういうこともないらしい。

「ちょっといいか？」

やはり直《じか》に触《さわ》るのは気が退《ひ》けて、ハンカチごと俺が〝手〟を受け取った瞬間――首筋を冷たい何かに撫《な》でられて、俺は鳥肌《とりはだ》を立てた。

悲鳴こそ上げなかったが、取り落としてしまった〝手〟は床《ゆか》スレスレで尾田がキャッチしてくれて俺は胸を撫で下ろした。その直後、金属が擦《こす》れ合うような音が遅《おく》れて耳に届いて、俺は反射的に振《ふ》り向いた。

果たしてそこには、かのうの白い面《おもて》があった。ただし、上下が逆だったが。

「……妙なことをするな」

「かわいらしい悪戯《いたずら》のつもりだったのだがのう、そんなに驚《おどろ》くとは思わなかったのう」

浮《う》いているのか、それともどこかにぶらさがっているのか、開いたままの扉のすぐ外で、逆さまのまま、肩《かた》を震《ふる》わせるかのうへの怒《いか》りを、俺は拳《こぶし》を固めて抑《おさ》え込んだ。

「あの、頭に血が上りませんか？」

「妾《わらわ》に限っては問題ないのう」

「そうだ、尾田。妖怪蜘蛛《ようかいくも》女にはそんな心配は無用だ」

重力に逆らって、真《ま》っ直《す》ぐ天に向かう銀糸の髪を示しながら、俺がそう言うと、尾田は困ったように肩をすくめた。

「ええと、それでどうしたんですか？　僕達はまだ密室にたどり着いていませんけど」

あくまでも密室にこだわって尾田が尋ねると、かのうはきょとんとした表情で応じた。そして、その顔のまま体の上下《むき》を戻《もど》し、改めて俺達を見つめた。

「はてはて？　てっきり謎《なぞ》が解けてここにたどり着いたのだと思っていたのだがのう？」

困ったように言いながら、かのうは軽く目を伏せ、銀の髪《かみ》を指先でもてあそび始める。

「……それは、僕達はもう〝密室〟にたどり着いてしまったということですか？」

いつもより一段低い声で問う尾田の横顔に、俺は推理小説を読み始めたところで、犯人ないしはトリックを告げられた人間と同じ怒りを見た。

「一哉もたまには怖《こわ》い顔をするのだのう」

かのうは一瞬《いっしゅん》目を見開きはしたが、むしろ楽しげに尾田の表情の変化を受け止めて、笑った。

「その心配は無用だのう。まだ開いてはおらぬからのう、安心おし」

そう聞いて、尾田の表情はようやく普段《ふだん》の柔和《にゅうわ》なそれへと戻り、俺はこっそり胸を撫で下ろした。

「だが、あと一息だの。頑張《がんば》っておくれ。せっかく妾がお年玉を用意したのだからのう」

そうして、かのうはひらりと着物の裾《すそ》を翻《ひるがえ》し、連環《わ》の鳴る音を響《ひび》かせながら、消えた。


東雲に案内された一室は、聞いていた通り、資料の保存よりも修復の為《ため》の部屋だった。とにかく目的の本以外には絶対に触《ふ》れないよう釘《くぎ》を刺《さ》された俺達だ。

加えて火気厳禁の為にストーブをつけることも許されず、俺達はコートもマフラーも身につけたまま、水分で少しふやけてしまった大型資料のページを繰《く》っていた。

俺達に注意を与えた東雲は部屋の隅《すみ》で今は自分の捜《さが》し物をしている。

「ヴァイオリン、ビオラ、ギター。弦楽器《げんがっき》っていうとこんなところだが、やっぱりみんな左手はネックを握《にぎ》っているな」

厳密には親指を支点に弦を押さえているのだろうが——かのうが消えた直後に東雲が戻って

きたため、今は俺のコートのポケットに収まっている――〝手〟の形状と異なるという事実は変わらない。

尾田はページをめくる手を止めて、再び考え込み、俺もそれに倣《なら》う。

「あ、あったぁ！　幻《まぼろし》の写真集!!」

が、俺達の思考は東雲の大声に遮《さえぎ》られた。

本を頭上に掲《かか》げて、髪を振り乱《みだ》して喜んでいる東雲に、俺と尾田はしばし言葉を失う。

「あるっちゅう噂《うわさ》は聞いとったけど、ほんまにあろうとはっ！　これが若かりし頃〝貴公子〟て呼ばれとった師匠《ししょう》か！」

「し、東雲さん？」

興奮し、ひとりでまくし立てる東雲に奇異《きい》の視線を注ぎながらも尾田は、その名前を呼んだ。

「あ……あはは。驚いたデスカ？　ちょっと音読してただけデスョ」

どう見ても、東雲の持っている本はモノクロの写真集だったが、有無を言わせぬ強さが我に返った東雲の双眸《そうぼう》には宿っていて。

「……ここで、小咄《こばなし》を一つ。香港《ホンコン》映画のみならず、いまや世界各国で使われているワイヤーアクションですが、その元祖を二人の人間が争っているんデスョ。最初にピアノ線を使ったのはおれやー、わいやー、よって勝者はわいさんです。ワイヤーアクション!!　なんつって！」

どんな防寒着でも防げない冷たい空気がその場に満ちて、俺達は精神的に凍《こご》えそうだった。

その上、突然《とつぜん》乱心した東雲の目は焦点《しょうてん》が合っていなくて恐《おそ》ろしく、声も出せずに、俺は助けを求め尾田の顔を見た。

「……ピアノ線。そうか、そういえばピアノも弦楽器だったね」

だが、あろうことか尾田は東雲の小咄で何か閃《ひらめ》いたらしい。

「ぴ、ピアノ！　ピアノなら別館の物置にあるんデスョ」

「え、本当ですか？」

「はい。あるデスョ」

東雲は単に話題の転換《てんかん》を図《はか》っただけなのだろうが、更に尾田はそれに食いついてみせる。

「確かにピアノは弦楽器だが、でもな……」

「うん、あんまり期待は出来ないけど、まあ調べて損はないよ。行こう」

東雲に物置の場所を聞き終えると同時に、俺と尾田は駆《か》け出した。胸にしっかりと写真集を抱《かか》えた東雲はその場に残して。

別館の物置は天井《てんじょう》の四隅《よすみ》に蜘蛛《くも》の巣が張っており、雑然としていたが、埃《ほこり》は意外と少なく尾田が咳《せ》き込むことはなかった。

東雲が物置と言った通り、部屋に本はなく、代わりに壺《つぼ》や絵画といった和家の私物が収められている。

そして、そこには確かにピアノがあった。

「手がかりくらいはあればいいけどね」

殆《ほとん》ど期待はしていないという口ぶりだったが、その割に尾田がピアノを見つめる瞳《ひとみ》には熱が籠《こ》もっていた。

そんな尾田の目から隠れるように、俺はポケットからこっそりと〝手〟を取り出してもう一度それを見た。青白い〝手〟の形状は確かに鍵盤《けんばん》に指を置いた形に近いが、そうすると指の腹にある溝《みぞ》の説明がつかなくなる。だからといって可能性を否定する材料もないから、俺はやっぱりこの場は尾田に従おうと決めて、再び手を仕舞《しま》った。

そして、俺も部屋の中央に置かれた美術品のようなピアノに再び目を向けた。形はグランドピアノだが、学校の音楽室にある黒一色の物とは違《ちが》い、飴色《あめいろ》に磨《みが》かれた、木目も美しい逸品《いっぴん》だった。

「こんな所に放《ほう》っておくのはもったいないようなピアノだな」

俺は尾田を戸口に残して、ピアノの前に立つとその蓋《ふた》を開けた。

「そう言えば、同じピアノ教室に入ったけど、多加良は三回目のレッスンで先生とケンカしてやめたよね」

長い付き合いだから、尾田は俺に都合の悪い話もよく覚えている。

「あれは、あいつが絶対音感絶対音感ってうるさかったからだ。それに楽譜《がくふ》の読み方はマスターしたからやめたんだ」

にやにやと人の悪い笑《え》みを浮《う》かべて、まだ昔話を持ち出しそうな尾田の話を遮るべく、俺はボロロロンっと鍵盤を端《はし》から端まで撫《な》でて鳴らした。

「調律はしてあるみたいだな」

俺が聞く限り、音に狂《くる》いは無かった。呟《つぶや》いて、俺はそのまま鍵盤の前から離《はな》れ、ピアノの外側を半周して眺《なが》めてみた。

「外から見て特に変わったところも……」

ない――と言おうとした、その刹那《せつな》。

俺の世界は暗転した。


目が回るような無重力感を一瞬《いっしゅん》味わった後、腰《こし》を軽く打って、俺の体は止まった。

だが、目を開けても視界を埋《う》めているのはひたすらに濃《こ》い闇《やみ》。指先を確かめることすらかなわない漆黒《しっこく》の世界。

小さな子どもだったらパニック必至の状況《じょうきょう》に、俺はとにかく深呼吸をした。

「空気は、十分にある」

外部と断絶されたことには変わりないが、それだけはわかって、俺はもう一度深く息を吸い込んだ。これでどうにか平常心と脳《あたま》の働きは保てそうだ。

まず、俺が考えるべき問題は何が起こってこうなったかだ。

「多加良っ？　どこだっ？　僕をからかってるだけなら早く出てきなよっ！」

俺の声に被《かぶ》さった尾田の声は、かなり逼迫《ひっぱく》していた。俺の名前を呼ぶ声と同時にばたばたと足音が聞こえて、俺は自分がいまいる場所の大体の位置を把握《はあく》すると共に、希望を見いだした。

「尾田、聞こえるかっ？」

声を張り上げて、頭上へと呼びかける。

「声っ！　多加良、どこにいるっ？」

「真っ暗で何も見えないが、多分、尾田の足の下だ」

「それは床下《ゆかした》ってこと？　でもどうして？」

「さあな、俺にもわからない。ただ、可能性としては何かの仕掛《しか》けが動いたんだろうな」

だが、ここがかつて和家の所有物であったことを思い出せば、なんとなく納得《なっとく》できる。

「……だとしたら、迷惑《めいわく》な仕掛けだよ」

少し冷静さを取り戻《もど》した尾田の感想には俺も大いに同意したい。

「じゃあ僕は、床板《ゆかいた》でも剝《は》げばいい？」

「いや、それじゃだめだろうな。多分その部屋の中に仕掛けを解除するようなものがあるはずだ。それを探してくれ」

「……僕が？」

「尾田の他《ほか》に誰《だれ》がいる?」

自信の無い声に、逆に問い返せば、尾田は数秒黙《だま》りこくった。

「……そうだ。僕しかいない」

そして返って来た声は強くて、俺は暗闇《くらやみ》の中で小さく笑った。

「まかせたぞ」

「うん。でもまずは多加良の正確な位置を確かめよう。床下ってことは……今からさっき多加良が立っていた辺りまで歩いていくから、僕の足音が一番大きく聞こえたら合図、できる?」

さっきと比べて随分《ずいぶん》と通りのよくなった声に問われて、俺は頭上までどれだけの距離《きょり》があるかを確かめることにした。まず、腰は下ろしたまま腕《うで》を真《ま》っ直《す》ぐ上に伸《の》ばしてみた。けれど、手に触《ふ》れるものはなく、相変わらず闇しか見えない。

俺は足下《あしもと》に不安を感じつつも、仕方なくその場で立ち上がり、

「うわぁっ!」

すぐにバランスを崩《くず》した。それと同時にまた足下をすくわれるような感覚に襲《おそ》われる。

「多加良っ!」

「……尾田、いま立ち上がってみたんだが、正直ちょっとまずいことになった」

俺の辞書に弱気などという言葉は無いが、客観的事実を告げる声は多少掠《かす》れていたかもしれない。

「何っ、いったいどうした？　多加良がちょっとまずいなんていう時は、かなりヤバイんだろっ？」

思いがけず強い調子で、しかも図星を指されて俺は言葉に詰《つ》まった。実際言葉を発するのが難しい状態でもあるのだが。

俺はさっきまで、自分の体はしっかりとした足場の上にあると思い込んでいたが、結果的にそれは間違《まちが》いだったのだ。先程《さきほど》立ち上がった瞬間《しゅんかん》に、俺の体は大きく傾《かし》ぎ、バランスを崩したまま横滑《よこすべ》りした。

そして、滑っていった先には足場と言えるようなものはなく、いまの俺は板の端《はじ》っこにかろうじて片腕《かたうで》で摑《つか》まっている、そんな状態だった。

更《さら》に、災難というものは重なる時には重なるものらしく、その際に巻いていたマフラーの端がどこかにひっかかり俺の首を絞《し》め付けるのを、もう片方の手を間に入れて、ぎりぎり堪《こら》えているという状況だった。

「……どうも、この仕掛けは中途半端《ちゅうとはんぱ》に、作動している、みたいだ。このままの状態が続けば俺は下に……落ちる」

その前に窒息死《ちっそくし》する可能性もあるが、尾田には出来るだけ冷静でいてもらいたいから、これは黙っておく。

「落ちる!?　下までの距離はどの位あるっ？」

「さ、あ……暗くて目測もつかない。骨の一、二本で済む高さ、なら御《おん》の字だ、な」

そうは言ったものの、できればそんなのはごめん被《こうむ》りたい。喋《しゃべ》りながらも俺は片腕に力を込《こ》めて、何度か上に上がろうと試みたが上手《うま》くいかなかった。

「尾田、早く仕掛けを見つけて完全に、作動させてくれ。……考えの邪魔《じゃま》に、ならないように、俺は、ちょっと黙っておくか、ら」

なるべく尾田を不安にさせない言い訳を考えたつもりだったが、とにかく体を支えることに集中する為《ため》に、俺は口を噤《つぐ》んだ。

「多加良？　多加良っ⁉」

有言実行とばかりに彼が黙ってしまうと、急に不安が膨《ふく》れあがってきて、尾田は彼の名前を呼んだ。だが、声が返ってくることはなかった。

尾田は頭を強く振《ふ》って、気分を切り替《か》えると、とにかくいま目の前にある問題に集中することにした。

「早く仕掛《しか》けの正体を、突《つ》き止めないと」

「仕掛けって、なんや？」

独り言に応じる声があったことに、ひどく驚《おどろ》いて振り返れば、そこには東雲小蒔。

「まあ、秋庭っちがピンチなのはわかっとるから、とにかく尾田っちは考えてや」

関西弁らしき言葉と共に、全体の印象まで変わってしまった東雲に尾田は一瞬戸惑《いっしゅんとまど》ったが、その追及《ついきゅう》は後回しにすることに決める。今、優先すべきことは、たった一つなのだから。

「多加良がこの部屋に来て触《さわ》った物は限られている……扉《とびら》とピアノ」

あえて声に出しながら、尾田は思考する。でも、扉には鍵《かぎ》もかかっていなかったし、尾田も触れて何ともなかった。

「秋庭っちが消えたんはこの辺か？」

どこから、事の推移を見守っていたのか、東雲は正しくそこに立つと、尾田の顔を見た。

「ちょっと、落ちたらっ！」

「うちは落ちん。ってことは、ただ床《ゆか》が抜《ぬ》けたんとはちゃうってことか」

東雲は小柄《こがら》で、多加良とは十キロ以上の体重差があるだろうが、それでも彼女の言うことは尾田にも正しく思えた。

「誰《だれ》も彼も落ちてたら、ただの落とし穴と同じだ」

ということは、やはり仕掛けがあり、またそれは作動中なのだろう。

「やっぱりピアノが……」

だが、多加良がピアノの鍵盤《けんばん》に触《ふ》れてから彼の姿が消えるまでには少し時間があった。

尾田は多加良に倣《なら》って鍵盤《ピアノ》の前に立つと、褪色《たいしょく》した白鍵《はっけん》と黒鍵をじっと見つめた。やはり、ピアノの前に立っただけでは何も起こらない。だから、問題となるのは次の動作だ。

「多加良は、白鍵を全部鳴らしたんだ」

「なら、同じことしてみたらええんちゃう？」

いつの間にか尾田の隣《となり》に立っていた東雲は軽い調子でそう言うと、鍵盤に手を伸《の》ばした。

「ちょっと待って！」

だが、尾田はその手首を摑んで止めた。

「なんで止めるん？」

「70から80パーセント以上、このピアノに何かがあるんだとは思います。でも、どれがスイッチなのかわからないまま動かすのは危険です。それに、この仕掛けが完璧《かんぺき》に動いた時には、多加良がもっと危険な目に遭《あ》うかもしれない……」

多加良は仕掛けを完全に動かせと言ったが、尾田にはそれが最善だとは思えない。むしろ、この仕掛けを止める方法を探すべきだと思う。

「つまり、この仕掛けが賊《ぞく》よけの類《たぐい》だった時の心配を自分はしとるんやな？」

小さく首を傾《かし》げながら問いかけてくる東雲の言葉に、尾田は頷《うなず》いた。

「けど、うちの経験からすると、その可能性は少ない……いや、経験やなくて、金持ちの習性やろな」

声に微《かす》かな自嘲《じちょう》の響《ひび》きを宿しながら、東雲は長い髪《かみ》を軽くかき上げそう言った。

「習性？」

「ええか？　ここはあの和家の所有物や。とびっきりの金持ちのな。そんでな、金持ちっちゅうんは床下《ゆかした》には何かを隠《かく》すか、そうでなければいざという時の逃《に》げ道を作るもんや」

根拠《こんきょ》と言えるほどの物を東雲は示さなかったが、黒目が際《きわ》だったその双眸《そうぼう》は自信に満ちていた。

少し、羨《うらや》ましくなるくらいに強い瞳《ひとみ》。

そんな憧《あこが》れは、あの時、胸に咲《さ》いた願いの植物と共に多加良に摘《つ》み取ってもらったと思っていたのに、ふいに呼び覚まされた感情に胸がざわつく。

だが、いまは感傷に身を浸《ひた》している時間はない。代わりに深呼吸を一つして。

「……そう、か。それにこの建物は生徒が利用することもあるんだから」

「少なくとも、命を奪《うば》ってまうような危険な仕掛けは撤去《てっきょ》してるやろ。ちゅうわけで」

「いや、やっぱりもう少し調べてから。大体、全部に触って多加良はいまの状況《じょうきょう》なんだし」

いつの間にか尾田の口調は、東雲が一つ年上だということを忘れてくだけたものになっていた。それと同時に体からは余分な力が抜けて、思考がまた冴《さ》えてきた。

「ピアノの機構が詰《つ》まっているのは、箱の中だよね」

「せやな。じゃあ、こっちも開けてみる？」

言いながら、東雲はピアノの胴体《どうたい》――でいいのだろうか――の方の蓋を叩《たた》いてみせる。

尾田は、一瞬の逡巡《しゅんじゅん》の後、頷いた。

そうして、一枚の板の下から現れたのは鋼鉄の弦《げん》やハンマーといった内部構造。これを見せてもらってもなお、ピアノが弦楽器だということが信じられなかった自分を尾田は思い出す。

「ここまでしか、あがらへん」

精一杯背伸《せいいっぱいせの》びをして東雲は蓋を押し上げていたが、どこかがさび付いてでもいるのか、それは普通《ふつう》のグランドピアノの半分ほどしか上がっていなかった。

「とりあえず中は見えるから、そこの棒で固定しよう」

東雲に代わって尾田は蓋の重みを引き受けると、備え付けの支柱で固定した。

「簡単にわかるような仕掛けならいいけど」

腕《うで》の時計を見れば、多加良が沈黙《ちんもく》してから早くも五分が経過している。ここにいるのが自分ではなく多加良だったら、とっくに事態は解決しているだろう。一瞬そう考えて、尾田は軽く唇《くちびる》を噛《か》んだ。

——でも、いまここにいるのは僕なんだ。

そう思い直すと、尾田はピアノの中をのぞき込んだ。

「悪いけど、電気つけてもらえる？」

外は相変わらず曇《くも》っている上に、日が落ちてきて、窓からわずかに入る光では心許《こころもと》ない。

「うん……と、あれ？　この部屋スイッチが見あたらへん。だめやわ」

東雲の声を背中で聞きながら、尾田は更《さら》に腰《こし》をかがめてピアノの内部に目をこらした。

だが、不自然な突起《とっき》などはまったくもって見あたらない。図書館で見た本と、尾田自身の記憶の通り、ある種のストイックさを備えた、秩序《ちつじょ》のある構造。

「変わったところ、あらへんね」

ふいに腋《わき》の下から顔を出されて、尾田は思わず仰《の》け反り、蓋に頭を打ち付けた。

「い、痛っ!!」

「なにやってるん……」

呆《あき》れたような視線を向けられて、尾田は一瞬腹立たしく思ったが、当人はもう気にせずピアノの中に頭を突《つ》っ込んでいる。

「小さいと便利だね」

「ああっ！」

唐突《とうとつ》に東雲は声をあげ、尾中から田中からは自分の毒づきが聞こえたのかと焦《あせ》る。

「なあ、見て。そことそこと……そこだけ、弦に色がついとる」

だが、そうではなかった。腕を引かれて、尾田も彼女の指が指し示す所を見て、目を瞠《みは》った。

「しかも全部同じ青色や。いかにもって感じやな」

一度中から顔を出すと、東雲は得意げな笑《え》みを浮《う》かべて尾田にそう言った。

「本当に、いかにもだ」

尾田はポケットに手を入れながら、彼女に答える。そんな尾田をその場に放置して、東雲は再び鍵盤《けんばん》の前へと移動する。

「ごちゃごちゃ考えるだけ時間の無駄《むだ》や。赤は注意しながら進め、黄色はまだまだ行ける……で、青は何も考えんとゴーなんやから、一辺に叩いてみたらええ！」

信号の間違《まちが》った解釈《かいしゃく》を披露《ひろう》しながら、和音を奏《かな》でようと少女が鍵盤の前で大きく手を広げた。

その時だった。

突然《とつぜん》に厚い雲に隙間《すきま》ができて、ほんの少しだけ部屋の中の明るさが増す。そして、その光は少しだけ奥の方までピアノの中を照らして——そうして見えた部分に、尾田はどうしようもない違和《いわ》感を覚えた。

「ま、待った!!」

尾田は足をもつれさせながらも、ぎりぎりのところで東雲の手を止めることに成功した。

「なんやのっ！　急がんと秋庭っちだって限界やろが」

怒声《どせい》と共にきつく睨《にら》み上げられたが、尾田は怯《ひる》まなかった。

「そんなことはわかってるっ！　けど、もう一ヵ所おかしな所を見つけたんだよっ!!」

勢いのままに尾田は怒鳴《どな》り返したが、東雲はそれを聞くと、腕から力を抜《ぬ》いた。

「……どこや?」

「その、左奥のハンマーを見て」

さっきとは逆に、今度は尾田がその部分を指し示す。

「他《ほか》は全部ウィーン式アクションなのに、あの一カ所だけイギリス式アクションなんだ」

「は？　ウィーン？　イギリス？」

「……とにかく、そこだけ、ハンマーの向きが逆ってことだよ」

きょとんとして繰《く》り返す東雲に、尾田はものすごく簡単に説明した。音楽関係の資料を片《かた》っ端《ぱし》から当たっていたのが思わぬ所で幸いしたというわけだ。

「ただ僕の経験上、こういう場合はどちらかが……フェイクだ」

そして、尾田は重く告げた。


どこか重苦しい尾田の声を聞いて、俺はゆっくりと目を開けた。

体を支える右腕《みぎうで》はしびれ、首とマフラーの間に入れた左手も痛かった。まあ、一番の問題はそれでもきつく締《し》まってきたマフラーに呼吸を妨《さまた》げられていることだったが。

「……お、だ。尾田っ！」

名字が短くて良かったと、妙《みょう》なことに感謝しながら俺は喉《のど》から声を絞《しぼ》り出す。

「多加良っ！　仕掛《しか》けは見つけた！　でも、二つあって、だからちょっと待って!!」

尾田の声には焦りの色があったが、正直俺の方はもっとまずい状況《じょうきょう》だ。

「尾田、あと一分以上は、待て、ない」

強がりも限界で、俺は正直に告げた。

「一分て、秋庭っちどないしてん？」

どうも、東雲とは違う女子の声がするのに、俺は内心首を捻《ひね》ったが、いまはそれが誰《だれ》であるかを追及《ついきゅう》する余裕《よゆう》はない。

「首に、マフラーが巻き付いてて、いい加減、やばっ」

そこで更に首が絞《し》まって、俺は言葉を続けることが出来なかった。

「なんやてっ！　もう、仕掛けを試《ため》してなんていう時間はあらへんっ！　どっちか二つに一つや！」

「そんなっ！　多加良っ、弦《げん》とハンマーどっち？」

恐《おそ》らくもう答えは出ているのに、自信を持てないのか、尾田は俺に尋《たず》ねる。けれど、仕掛けをこの目で見てない上に、頭に酸素が足りないせいで俺の思考は鈍《にぶ》っていて、当てにならない。

だったら、出来ることは一つだ。

「どっちでも、いい。……これは、尾田のゲーム、だ。俺は、お前を信じ、る」

「僕のゲームって、そんなのはもうどうだっていいだろっ！」

悲鳴みたいに尾田は叫《さけ》ぶ。

そんな尾田に言葉を返すために、無理して息を吸えば、喉はひゅうっとおかしな音で鳴った。

「……人間なんて、弱いから、な。だから、みんな、考えて生きて、きた。……俺は、十分に考えてきた、尾田を、信じるだけっ」

もう、これ以上は声を出すことが出来なかった。目が霞《かす》んで暗闇《くらやみ》が滲《にじ》み始める。

「つっこみとしてはまだまだやけど、さすがは副会長、ええこと言うわ！　せやから、な、うちも一発かましたるっ！」

その、誰かの声のあと、俺の耳には――、あろうことか尾田の笑い声が届いた。

「よし、笑うたなっ！　これで緊張《きんちょう》は解けたやろ！」

そして、俺にはひどく長く思えた沈黙《ちんもく》の後。待っていた声が耳に届く。

「僕はまだ自分のことは信じられないけど……多加良が信じるっていう尾田一哉なら、少しは信じられる！　でも多加良っ、覚悟《かくご》は決めておいてよっ！」

「りょう、か……い」

ターン、ターン、ターン
そうして、大きく強く、ピアノの一音が、たった一つの音が響《ひび》き始めて、俺は再び落下した
――ただし、今度はピアノのテンポに合わせて、ゆっくりと。

6

「尾田っ！」

足が地面に着くと同時に、俺はマフラーをむしり取って、大きく空気を吸い込んだ。喉の痛

みに咳き込みそうになりながら、けれど吐《は》き出す息《せ》で尾田の名前を呼んだ。

「多加良っ！　大丈夫《だいじょうぶ》？　無事っ？」

「ああ、いま下に足が着いた。だからいったんピアノは止《と》めてくれっ」

「よ、良かった」

返ってきた声には心の底からの安堵《あんど》がにじんでいて、少し胸が熱くなった。

「やっぱり、尾田と俺の判断に間違《まちが》いはなかったな」

「……そう、だね」

その声は少し掠《かす》れていたけれど、いままでにない響きを持っていた気がして、俺はまた小さく笑った。

「まあ、上に戻《もど》る方法は自分で見つけなきゃ、だけどな」

それは小さく呟《つぶや》いて、俺は瞬《まばた》きをしながら辺りを見回した。降りきったそこは、どこからか光が入るのか、薄明《うすあか》るかった。

その光で、さっきまで俺が摑《つか》まっていたものを見れば、薄《うす》い板を紐《ひも》と歯車で動かすという、とても簡易なエレベーターのようなものだとわかった。どうりで安定感が無かったはずだ。

続いて見回せば、ここの広さも上の部屋と同じ位だろうと見当がついた。

「間違えなければ、帰《のぼ》りは簡単そうだ、な」

上に戻る仕掛けを探すために、俺は暗闇の中で更《さら》に目をこらし、やがて視界にソレを捉《とら》えた。

今度は一歩一歩を慎重《しんちょう》に近づいて、たどり着いたところで腰《こし》を折って、ソレ——地面から五十センチ程突出《ほどとつしゅつ》して、微《かす》かに発光している太い竹筒《たけづつ》の中を覗《のぞ》いてみた。

そこには『竹取物語《かぐやひめ》』よろしく人形が収まっていて、俺は着物を着た小さな人形を取り出してみた。

だが、台の上で箏《こと》をつまびくポーズをした人形の左手は、手首から先がない。

ふと思いついてコートのポケットから例の〝手〟を取り出してみれば、俺の手の中でそれはみるみる小さくなり、人形にぴったりの大きさに戻った。

「尾田……悪い。密室に先に着いた上、開けてしまった」

それを見て、俺は全《すべ》ての仕掛《しか》けに気付き、理解し、申し訳なさで一杯《いっぱい》になった。

つまり、この地下に降りる仕掛けと、密室が開く仕掛けは連動していて。人形の入っていた竹の一節という空間《うつほ》こそが密室だったということだ。

さっきとは別種の、やたらと長い沈黙の後、

「………多加良、暫《しばら》く話しかけないで」

返ってきた尾田の声は、一転してひどく暗かった。

「和楽器は想定外だったとはいえ、この大きさの違いはなんの嫌《いや》がらせだ？」

かのうのにやついた顔が、脳裏《のうり》を掠めて、俺の頬《ほお》はひきつって、

周囲に誰《だれ》もいないのをいいことに、俺はしびれの残る手を拳《こぶし》の形に握《にぎ》り、副会長どころか、

金魚の餌《えさ》当番からもリコールされそうな罵《ば》詈《り》雑言《ぞうごん》の限りを尽《つ》くした。

「密室、密室が……」

多加良が上に戻る仕掛けを探している間、尾田はため息を吐《つ》き続けていた。

「ああもう、うっとうしいな」

しばらくは傍観《ぼうかん》を決め込んでいた東雲もさすがに苛立《いらだ》ちを口にして、尾田を軽く睨《にら》んだ。

「……もう聞いてもいいよね。どう考えても関西弁でこのキャラの方が地なのに、普段《ふだん》はどうして猫被《ねこかぶ》っているわけ？」

「猫《ねこ》と一緒《いっしょ》にかつらも被ってるで！」

言いながら東雲は先程そうしたように、長い黒髪《くろかみ》のかつらを一瞬《いっしゅん》外してみせた。

「だ、だからっ、それは反則っ!!」

腹を抱《かか》えて笑いながら尾田が抗議《こうぎ》すれば、東雲は、なぜか満足そうな顔をしながらかつらを元に戻した。

「よし、二回もウケた。……まあ、詳《くわ》しいことはいまは秘密や。ただな、これはうちが一人前のお笑い芸人になるための修業と思うとってくれたらええ」

「どんな修業なんだか」

「ふっ、それはうちが見事に鈴木はんを相方としてゲットしたときに明らかになるっ!!」

「はっ？　鈴木君を相方？」

さすがに尾田が面食《めんく》らって問い返しても、東雲は鷹揚《おうよう》な態度を崩《くず》さなかった。

「あのボケのセンス、常人にはあらへん。せやけど、秋庭はそれを活《い》かしきれてへんのや。せっかくのハリセンも無駄《むだ》にしよるし。あ、このEXなんちゃら、あとで返しといてな」

東雲はそこで表情を曇《くも》らせ、どっぷりとため息を吐き、そしておもむろに尾田に視線を向けた。

「つーわけで、暫定《ざんてい》的に鈴木はんのつっこみは、尾田、自分にまかせた」

「は、い？　どうして僕が」

「安心せい、尾田にはその才能がある。うちがしっかり鍛《きた》えてやるでっ！　あ、それと、うちの関西弁と特大猫のことはくれぐれもヒ・ミ・ツ・デ・ス・ヨ」

なぜか、東雲に見込まれてしまった尾田は、自分の先行きを思って、本日最大のため息を吐くしかなかった。

けれど、東雲の笑顔《えがお》を見ながら、いま、ほんの少しだけ尾田は、自分自身と、たとえ時間がかかっても導き出した答えを信じてもいいような気がしていた。

明らかに和家の所有物《もの》だろう人形を勝手に持ち帰るのは気が退《ひ》けたが、ゲーム終了《しゅうりょう》の為《ため》には仕方がないと生徒会室に持ち帰れば、中ではすでにかのうが待っていた。

「おお、無事に〝手〟の持ち主は見つかったようだのう」

机の上に置かれた人形と、原寸大に戻った〝手〟を目にしたかのうは、心底楽しそうに顔を綻《ほころ》ばせた。

その表情のまま、人形の上でかのうが腕《うで》を一振《ひとふ》りすれば、次の瞬間にはとれていた左手は元通りになり――それと同時に、突如《とつじょ》人形は動き出した。

ていーん、ていん、ていーん

小さな人形は、小さな手と箏《こと》で、けれど本物のそれと変わらない妙《たえ》なる音色を奏《かな》でてみせて。

俺達は、しばしその音楽に耳を傾《かたむ》けた。

ちらりとかのうを盗《ぬす》み見れば、何かをひどく懐《なつ》かしむような横顔で、人形を見つめていた。

「……あ、れ?」

俺の隣《となり》で、同じく人形の奏でる調べに聞き入っていた尾田はふいにそんな声をあげると瞬《まばた》きを繰り返した。

「どうした?」

小さく問えば、尾田は答える代わりに手で両目を擦《こす》ってから、中空に目を凝《こ》らす。

「……なんか、いま人形の側《そば》に桃色《ピンク》の着物を着た女の子が見えたんだけど」

「女の子?」

言われて、尾田の視線を追ったが、俺には何も見えなかった。

「いや、もういないし。一瞬だったから気のせいかな。……でも、なんだかとっても嬉《うれ》しそうにこの人形を見ていたよ」

「そうか」

その女の子とやらは多少気になったが、言い出した尾田が、どこか嬉しそうな笑みを浮かべながら再び人形に目を戻《もど》してしまったので、俺はそれ以上追及《ついきゅう》をしなかった。

やがて人形は一曲を終え、動きを止めた。そしてかのうは、人形の上で再度腕を振《ふ》るい――翻《ひるがえ》った着物の袖《そで》が人形を掠《かす》めたかと思えば、もうそこに人形は無かった。

「ちょっと待て、人形をどこに隠《かく》した？　あれは和家のものだろっ？」

いささか慌《あわ》てて俺は抗議したが、かのうはどこ吹《ふ》く風だ。

「泥棒扱《どろぼうあつか》いされるのは僕達なんですけど」

「ほほほ、それは問題ないよ。あれは……あのからくり人形はもとは妾《わらわ》の物だからのう」

続けて、うんざりした表情でもって尾田も抗議をすれば、かのうはそう言って。

「……和家に何か言われたらお前のせいにしておくからな」

いい加減疲《つか》れて、俺は責任を放棄《ほうき》した。

「うむ。それではの、約束通りにお年玉をやろうかのう」

妙《みょう》にもったいぶった仕草で、着物の袂《たもと》に手を入れると、かのうは巾着袋《きんちゃくぶくろ》を取り出し、机の上に置いた。

「ええと……この中にお年玉が？　開けても？」

「かまわぬよ、さあ、開けてみよ！」

よほど中身に自信があるのか、かのうは大きく胸を反らせながら、尾田を促《うなが》した──けれど、小さな巾着袋の中を見た尾田はがっくりと肩《かた》を落とし、項垂《うなだ》れた。

そんな尾田の脇《わき》から俺も袋《ふくろ》の中身を覗《のぞ》いて、もう言葉が出てこなかった。その中はビー玉でいっぱいだったのだから。

「……ビー玉ですか。ん？　でも何だか違《ちが》うのも？」

「ふふ、やはり当たりは一哉が見つけたのう」

「これが、あたり？」

首を傾《かし》げながら尾田は巾着袋の中から、少々歪《いびつ》で球体とは言い難い物を取り出すと、明かりにかざして見る。水晶《すいしょう》とは異なる、ある程度の透明《とうめい》度を持ったそれは鉱石のようだ。

「あ……すごい。結晶《けっしょう》の中に別の鉱物が閉じ込められているんだ」

眼鏡《めがね》のフレームを押し上げながら、俺も尾田の手の中の石をよく見た。半透明《はんとうめい》の鉱石の中には確かに、鉛《なまり》のような黒っぽい球体が見えた。

「それもまた、誰《だれ》にも開けられぬ密室ではないかのう？」

歌うような口調でかのうがそう言うと、尾田は軽く目を伏《ふ》せて、口許《くちもと》だけで笑い、鉱石をそっと握《にぎ》りしめた。

「で、どうして〝お年玉〟がビー玉になるんだ？」

考えても理由がわからずに、俺はかのうにそう尋《たず》ねた。

「うん？　何か不満があるのかのう？　お年玉、というのは〝玉〟をあげるのであろう？」

実に屈託《くったく》のない答えが返ってきて――しかもそこにはいつものような裏もないようで。

俺は、その場にゆっくりと膝《ひざ》をついた。試合に負けた高校球児のごとく。

駄洒落《だじゃれ》なのか、それとも単なる勘違《かんちが》いなのか――もう、誰でもいいから決めてくれ。

COLUMN / CLOUDY DAY

ひとりごと［天気 曇り］

なぜだ。なぜだなぜだ、どうしてだ？
どこをどう間違えればお年玉＝ビー玉という回路に繋がるんだ？
かたやお金、かたやガラス玉だぞ？
尾田に――というか、かのうに――半分押しつけられたビー玉に曇りはないが、
俺の疑問は永遠に晴れない気がする。
ああ、もやもやする！
いっそ雨でも降って、この気分を洗い流してくれないか？

アメノチウンツキ

僕はあなたに嘘《うそ》をつく。
砂漠《さばく》の旅人が水を求めるように。
あなたが嘘を欲《ほっ》するのなら。
僕はあなたに嘘を贈《おく》る。
いつか、この身を苛《さいな》む毒になるとしても。
あなたが、僕の真実《うそ》に気付かぬ限り。
僕は、祈《いの》る代わりに、嘘を吐く。

1

ただでさえ短い二月が駆《か》け足で去っていき、気付けばカレンダーは三月に変わっていた。そこには、春の花が描《えが》かれているが、叶野市が花に彩《いろど》られるには、まだ時間がかかる。それでも、叶野学園高校にも卒業式は間近に迫《せま》っていた。

叶野学園は進学校の割に校風は自由だ。それは「自主自律」を掲《かか》げる教育方針が偽《いつわ》りではないという証明であるのと同時に、学校行事においても生徒の自主的活動に多くが委《ゆだ》ねられるということだ。

よって、次期生徒会長の俺をはじめ、生徒会執行部《メンバー》にとって三月は多忙《たぼう》を極《きわ》める月だった。

が、ここ数日は思うように仕事がはかどらない。この俺を差し置いて、なぜか生徒会長に納まっている鈴木が、仕事もせずに今日も校内を走り回っているのはいつも通りだ。たとえ、その身にまとっているのが犬の着ぐるみであったとしても——連日着用しているそれはそろそろ悪臭《あくしゅう》を放ち始めていると報告を受けているが、真に公害になった時が捕獲《ほかく》の時だから——問題ない。問題は、

「ああ、今日は女の子の節句だね。全《すべ》ての女の子が本日に限ってはお姫様《ひめ》になるって法律で決まったのを知っているかな？　というわけで僕の可愛《かわい》い花南姫、今日という日を記念して我が倶楽部《くらぶ》に入部するというのはいかがでしょう？」

歯が浮《う》くどころか抜《ぬ》けそうな台詞《せりふ》を、無駄《むだ》に長い手足でオーバーアクションを交えつつ、殆《ほとん》ど息継《いきつ》ぎもせずに言い終えた約一名だった。作業の手も止めて尾田が呆《あき》れた視線を送っているが、当人は全く意に介《かい》していない。

それもそのはずで、今現在、男——名前を間宮樹《まみやいつき》という——の眼差《まなざ》しは羽黒花南にのみ注がれているのだから。

「あの、何度も言いますが、私は間宮さんの倶楽部には入れませんから」

好意からではなく、装飾過剰《そうしょくかじょう》な間宮の言葉に仄《ほの》かに頬《ほお》を赤くしつつも、羽黒は今日もその申し出を断った。俺のかなり確かな記憶《きおく》によると、羽黒は同じ主旨《しゅし》の言葉をこの三日で九十回以上言っている。

全て同じ相手——間宮に向かって。

「うん？　それは嘘だよね？」

「いいえ、本当です。本当に私は間宮さんの倶楽部には入れません」

百回目へとカウントダウンが始まっている台詞を羽黒は繰《く》り返し——俺は間宮の胸の植物を見ながら、事の始まり、三日前へと記憶を遡《さかのぼ》らせた。


その日の朝、久々の快晴と冷え込みの緩《ゆる》さに、登校する羽黒の足取りは軽かった。だが、未《いま》だに氷の水たまりの脅威《きょうい》が去っていないことは承知していたので、足下《あしもと》に注意を向けながら歩くことを羽黒は忘れなかった。結果としては、それがあだとなってしまったわけだ。

足下に気をつけながら歩いていた羽黒は、「見つけなくていいもの」まで見つけてしまった——即《すなわ》ち、通学路に倒《たお》れている人間を。

学園まで残りほんの数メートルという所でその人間は倒れており、そこは既《すで》に私道なので車通りは皆無《かいむ》に等しい場所だった。その面では安全であったが、羽黒は人が一人倒れているという事実に慌《あわ》てて駆け寄った。

そうしながら、同じく登校していく周囲の生徒が、誰《だれ》一人その人間に近付かないことを不審《ふしん》に思ったそうだ。

でも、羽黒はいわゆる霊感《れいかん》の持ち主であったため、その理由について少々特殊《とくしゅ》な思考が働いた。

――みなさん、お気付きでないのでしょうか？　もしかするとあの方は幽霊《ゆうれい》なのかもしれませんね。

という風に。避《さ》けた方がいいような生身の人間だとは思わなかったのである。

「あの、もしもし。大丈夫《だいじょうぶ》ですか？」

傍《かたわ》らに膝《ひざ》をつくと、羽黒はまず声だけをかけた。登校中の俺が羽黒の姿に気付いたのは、ちょうど、羽黒が彼に二回目の呼びかけをしようとした時だった。、、、

遠目に羽黒と倒れている約一名を確認《かくにん》して――それがあの間宮だとわかった時点で俺は走り出した。結果的に、間に合わなかったわけだが。

「大丈夫ですか？　救急車を呼びましょうか？　それとも……幽霊さんですか？」

「……幽霊、か。どうやら噂《うわさ》は本当のようだ」

「え、ええと？　幽霊さん？」

「いいえ、違《ちが》いますよ。はじめまして、になるはずだね、かわいい嘘《うそ》つきさん。そして……僕の希望」

戸惑《とまど》う羽黒に対して、間宮は地面に手を突《つ》き、ゆっくりとまず半身を起こした。

「さあ、この偶然《ぐうぜん》の出会いに感謝しつつ、高らかに告げましょう。羽黒花南さん、僕の倶楽部に入りませんか？」

そして、両腕を伸ばして一気に残りの体を起こして立ち上がると、前髪《まえがみ》をかき上げて、次の瞬間《しゅんかん》には間宮はその手にバラの花を生じさせていた。

「これは、お近付きの印です」

「え、バラの花？　一体どこから出したのですか？　もしかして、手品クラブの方なのでしょうか？　確かに、部活動には興味があるのですが……」

何も知らぬ羽黒は、素直《すなお》にバラの花を受けとってしまう。

「おお、それは都合がいい。もしかしたら僕達は運命という赤い糸で結ばれているのかもしれないね？」

そんな事を言いながら、間宮はわざと腰《こし》を落として、下から羽黒の顔を覗《のぞ》き込んだ。

間宮は日本人にしてははっきりとした目鼻立ちだが、決してくど過ぎないその顔は羨《うらや》ましい位に整っている。身長も高く、その容姿と華《はな》やかな雰囲気《ふんいき》から叶野学園における女子の人気を独占《どくせん》している――もちろん皆、その言動に問題ありと承知した上で、だが。

そんな間宮に計算されたアングルと、至近距離《きょり》で囁《ささや》かれれば、羽黒の頬も耳も見る間にその手のバラと同じように赤く染まったところで、

「羽黒、そいつからは離《はな》れた方がいいぞ」

俺は、やっと羽黒の許《もと》へ辿《たど》り着いた。

「あ、秋庭さん！　おはようございますっ！」

なぜかバラを背中に隠して、妙《みょう》にはきはきと挨拶《あいさつ》をすると、続いて羽黒は首を傾《かし》げた。

「あの、た、確かにお友達の距離には近すぎるので、離れます。でも、確認したところ、この方は幽霊ではなく……ええと、お名前は？」

「おっと、これは紳士《しんし》にあるまじき行いだ。でもレディ、どうかお許しを。僕は三年四組の間宮樹です。以後お見知りおきを。気安く部長と呼んでくれて構わないから、ね？」

名乗りながら、間宮は恭《うやうや》しく頭《こうべ》を垂れると、その場に膝をつき、手袋《てぶくろ》がはまった羽黒の手をとると、軽く唇《くちびる》で触《ふ》れた。

見ているだけでも鳥肌《とりはだ》が立つ気障《きざ》ったらしい一連の動作に、俺はしばし絶句した。

「な、ななな何をっ！」

俺ですらそうなのだから、羽黒が顔から首まで更に赤く染まったのは無理もない事だった。

日本人の文化には無い行為《こうい》だし、始業時間に合わせて登校してくる生徒の数は増えているし、何より羽黒には免疫《めんえき》がないのだから。十六歳にして初恋《はっこい》と失恋《しつれん》を同時に知った羽黒には刺激《しげき》が強すぎる。

結果として、羽黒は一気に一メートル間宮から距離を置いた。

「離れた方がいいとわかったな？」

「は、はいっ」

まだ赤い頬《ほお》を両手で押さえながら、羽黒は何度も何度も頷《うなず》いた。その度《たび》に長い三つ編みがマフラーのように首に巻き付いても頷いた。

「いいか、間宮は生徒会㊙ブラックリストに載《の》っている、要注意人物だ」

「ブラック――黒はいいね。高貴な色だ。しかしながら、叶野市流行色発信協会は今年の流行色を白としたそうだよ？　故《ゆえ》に今日の僕は白いシューズで決めているのだよ」

俺が改めて羽黒に注意を促《うなが》せば、間宮はふざけるように俺の前に足を突き出して見せる。

「嘘をつくな。俺にはその靴《くつ》はこげ茶色にしか見えない。それに、そんな協会は叶野市に無い」

俺は間宮の嘘を、きっぱりと切り捨てた。

「ふふ、よくぞ嘘と見破ったね、さすがは生徒会長の次に偉《えら》い副会長、秋庭多加良だ」

感心したように間宮は腕組《うでぐ》みをして頷いたが、その言葉は俺にとっては侮辱《ぶじょく》に他ならない。

「間宮、よく聞け。一度しか言わないからな……今後、二度と俺をその肩《かた》書きで呼んでみろ、卒業出来なくしてやるからな」

低く低く俺が告げれば、大抵《たいてい》の人間は逃《に》げ出さないまでも、腰が退《ひ》けるのだ、が。

「うーん、それはそれで我が倶楽部《くらぶ》の為《ため》にはいいかもしれないな。しかもこんな至近距離で秋庭に、その黒く濡《ぬ》れた瞳《ひとみ》でもって懇願《こんがん》されては、全《すべ》ての乙女《おとめ》に捧《ささ》げたはずの僕の心も揺《ゆ》らぐというものだよ」

間宮には、俺の悪人顔の威力《いりょく》も半分以下らしい。さすがはブラックリストに名を連ねるだけの事はある。

「でも、少し遅《おそ》かったな。僕はもう嘘《うそ》つき倶楽部の次期ホープを羽黒花南ちゃんに決めてしまったのでね」

「は？　嘘つき倶楽部？　何のことですか？」

「生徒会《うち》の羽黒をお前の倶楽部にやる気は無い！　大体今は同好会で会員はお前一人。廃部《はいぶ》は決まったも同然だ」

羽黒の戸惑いは置き去りに、俺はとにかく間宮にその事実を突きつけた。

「……確かに、同好会だ。でも花南ちゃんも今は臨時採用だろう？」

しかし間宮は動じず、笑顔と共に逆に問い返してくる。

「それは、そうだが……」

「ならば、我が倶楽部にもチャンスは与《あた》えられてしかるべきだろう。だからこそ、僕はこうして朝から行き倒《だお》れた振《ふ》りまでしていたんだからね」

「ええっ、振りだったんですか！」

これだけ元気に喋《しゃべ》り倒《たお》している姿を見ていながら、羽黒は今そのことに気付いたみたいに、目を大きく見開いた。

「えーと、仮病という持病が僕にはあってね？」

「そんな病気はありませんよ」

「そうだよね。その点は嘘つき倶楽部の名にかけて、謝罪します。ごめんなさい」

羽黒が抗議《こうぎ》の眼差《まなざ》しを向ければ、間宮はあっさりと頭を下げて謝罪した。

「謝っていただければ、いいです。でも、〝嘘つき倶楽部〟とは何ですか？　それになぜ私の名前をご存じだったのですか？」

羽黒は当然の疑問と一緒に、今更《いまさら》とも思える問いを間宮に投げかけた。けれど、自分を見上げる羽黒に甘く微笑《ほほえ》むと、

「よくぞ聞いてくれたね。我が倶楽部は〝愛ある嘘〟を提供するという活動をしているんだ」

間宮は迷うことなくそう答えた。

「ほう……有償《ゆうしょう》で誰《だれ》とでもデートをする、という行為をそのように称《しょう》するとは知らなかった」

しかし、俺と間宮の見解は著《いちじる》しく違《ちが》っていた。喩《たと》えるならアマゾン川ほどの隔《へだ》たりが俺達の間にはある。

「あ、愛ある嘘？　有償でデート？」

当然、俺達の間に挟《はさ》まれた羽黒は混乱して頭を抱《かか》えた。まあ、どちらが信頼《しんらい》に足る意見かというのはすぐにわかるはずだが。

「あれ、秋庭はどうも我が倶楽部の活動を誤解しているようだね」

しかし間宮は、軽く肩を竦《すく》めただけで、悪びれもせずにそう言ってのけた。

「誤解？　かなり正確に把握《はあく》しているだろうが。言っておくが、今まで見逃《みのが》されてきたのは、

会員がたった一名で、廃部が確実だったからだぞ」

「そこは、繰《く》り返さなくても僕もよくわかっているよ。だからこそ、受験という呪縛《じゅばく》から解放された翌日からこうして部員探しを始めたんだからね。……ああ、花南ちゃん、僕が君の名前を知っていたのはね、運命の女神《めがみ》が僕に囁《ささや》いたからだよ」

そして、間宮は俺から顔を背《そむ》けると、そんなことを言いながら羽黒の肩《かた》をごく自然な仕草で抱《だ》き寄せた。

「な……ななにゃーっ!」

恐《おそ》らく、羽黒の人生においてそれは初めての経験だったのだろう。羽黒は再び赤面すると同時に奇声《きせい》をあげ、それからぶんぶんと頭を振って——長い三つ編みが首に三重に絡《から》まったところでようやく停止した。

「な、なんだか随分驚《ずいぶんおどろ》かせてしまったようだ、ね」

これにはさすがに間宮も驚《おどろ》いた顔をして、すぐさま羽黒の肩から腕《うで》を外した。俺はふらつく羽黒を確保すると同時に、間宮からひき離《はな》した。

「本当に失礼。でも、元気なのはいいことだよ、うん。そして、ね、君という美しい花を前に触《ふ》れずにいられなかったこの僕を許しておくれ」

だが、懲《こ》りずに微笑みを添《そ》えて間宮が言えば、羽黒は悪い魔法《まほう》にかかったように素直《すなお》に頷《うなず》く。

これは、早い内に間宮の実態を認識《にんしき》させないとまずそうだ。

「羽黒、よく聞け。間宮は女性であれば誰にでもこんな甘い言葉と、微笑みを向ける人間だ。いいか、女たらしの節操無しで、嘘つきなんだ！」

俺は羽黒の両肩を軽く掴《つか》みながら、強く訴《うった》えかけた。

「は、はあ……」

けれど、まだ頬《ほお》に赤味を残した羽黒の反応は実に心許《こころもと》なかった。

「うーん？　確かに嘘つきなのは認めるけど、しかし僕の嘘には愛があるよ。たとえ、他人《ひと》に理解されなくても」

その時、声の調子はそのままで、不意に、間宮の双眸《そうぼう》を強い光が掠《かす》めて。

ズクンッ。

俺の目には痛みの衝撃《しょうげき》が走り——そのまま持久走を始めた。途切《とぎ》れることなく頭に響《ひび》くような痛みはやがて全身に巡《めぐ》っていく。

足の爪先《つまさき》まで痛みが到達すると、何か縋《すが》りつく物を探して、だが結局見つからずに、俺は羽黒の肩に手を置いた。

「……秋庭、さん？」

「ちょっと、頼《たの》む」

間宮には聞こえないよう、小さく伝えて、俺は痛みをやり過ごす為に奥歯を噛《か》みしめた。

「あ……れ？　秋庭、どうした？」

けれど、思いのほか敏感《びんかん》だった間宮に異変を悟《さと》られてしまう。

「なんでも、ない」

「何でもないことないだろう？　何か持病でもあるのか？　とにかく座れ。薬は？」

妙《みょう》に断定的だが、的確な指示を送ってくる間宮に俺は少々驚いた。ただ、病気ではないので、逆に対処に困る。

これは、願いの植物が発芽する——その痛みだから。突然《とつぜん》に訪《おとず》れて、突然に去っていくこの痛みに効く薬があるなら俺こそ知りたい。

「あの……病気ではありませんよ。足、足がつったんだそうです」

俺を座らせようとした間宮の動きを制したのは、羽黒だった。中々に上手な嘘《うそ》でもって。

「足が、つった？　本当に？」

「そ……だ」

何とか絞《しぼ》り出した声に合わせて、俺はふくらはぎに手をやって見せた。

「なんだ。足がつっただけか。そういえば、どうして〝足がつった〟って言うのか花南ちゃんは知ってる？」

そうとわかると——実際は違うが——間宮はすぐに元に戻《もど》って、早速無駄話《むだばなし》を繰り出す。

「いいえ、知りません」

「その昔、釣《つ》り人が自分の足に釣り針をひっかけてしまってね、その時に……」

「嘘、ですよね」

羽黒……学習の成果だろうが、この場合はその成果を披露《ひろう》するよりも、間宮の話を遮《さえぎ》らず長引かせるべきだ。痛みを堪《こら》えながら、俺が恨《うら》めしげに見やれば羽黒は、そこでようやく悟ったらしく、自分の両手で口を塞《ふさ》いだ。

「うん、嘘だね。ところで秋庭、足がつるってことは、体に水分が不足してるってことだから、今日は水をたくさん飲むといい」

「……それは、本当の知識みたいだな」

今日は意外と短い時間で痛みの発作《ほっさ》は俺の身体から引いていった。しっかりと地面に足をつけて顔を上げれば、ほっとしたような羽黒の顔にぶつかって、俺は軽く頷いておいた。

羽黒にしては、臨機応変な対応を褒《ほ》める意味もそこに込めて。

けれど、俺が息をつけたのは一瞬《いっしゅん》だった。

なぜならば、姿勢良く目の前に佇《たたず》む間宮のその胸に、願いの植物が、その始まりの双葉《ふたば》も見つけてしまったから、だ。

ようやく目の痛みから解放されたというのに、俺は続いて頭痛に苛《さいな》まれることになった。

そして、そんな俺の耳に始業前のチャイムの音が届く。

「おっと、嬉《うれ》しくてつい長話をしてしまったね。自由登校とはいえ、残り少ない学園生活は有意義に過ごさねば！　それでは、また昼休みにでも会いに行くよ花南ちゃん、ついでに秋庭。

まった。

「アデュー！」

羽黒にウインクを投げ、ついでに一方的な約束を残すと、間宮はコートの裾《すそ》を翻《ひるがえ》し行ってしまった。

「あ、あでゅー。……と、あれ、この模様なんでしょう？」

羽黒は律儀《りちぎ》に間宮を見送った後、奴の去った地面に落書きのような物を見つけてそう言ったが、俺の頭はこれから先のことで一杯《いっぱい》で羽黒に答える余裕はなかった。

「……間宮。最後まで俺の手をわずらわせるのか」

呟《つぶや》きが、多少恨めしげだったとしても、この場合は許されるだろう。

間宮の発芽と、羽黒の勧誘騒動《かんゆうそうどう》を伝えると、桑田と尾田は「発芽はともかく」と前置きした上で、入部に反対を表明した。

「発芽の件は別件として考えろ。とにかく、羽黒は嘘つき倶楽部《くらぶ》に関《かか》わるな」

そして、味方を得た俺は改めて羽黒にそう告げた。

その時に、ちらりと生徒会室の施錠《せじょう》を確認したのは、昼休みにまた、と言った間宮を警戒《けいかい》してのことだ。

ちなみに中にいるのは鈴木を除く生徒会メンバー。例の犬は久々の晴天を喜んでグラウンドでサッカーに興じている。これで汗《あせ》をかけばまた臭気《しゅうき》は上がるだろうが。

「間宮さんも、まあ個性的だけど悪い人ではない。でも、〝嘘つき倶楽部〟も含《ふく》めて羽黒さんの手には負えないと思うよ」

「そうね。一週間で七人の女性と付き合ったっていう伝説があるような人だしね」

それぞれ昼食の手を休めながら、尾田と桑田はかわるがわる間宮についての風評を羽黒に語って聞かせる。〝嘘つき倶楽部〟についてはもう十分に説明したから言及《げんきゅう》しなかったが、問題のある倶楽部という認識《にんしき》は皆一致《いっち》していた。

「今年のバレンタインは丁度間宮さんの受験と重なってたから騒《さわ》ぎは無かったみたいだけど、昨年とかは凄《すご》かったらしいね」

「……かわりに今年は鈴木が騒いでくれたけどな」

尾田の言葉に約半月前の事を思い出して、俺は怒《いか》りに拳《こぶし》を固めたが、見れば桑田も同じように膝《ひざ》の上で両手をきつく握《にぎ》りしめていた。微《かす》かな震《ふる》えまで見て取れるのだが、半分俯《うつむ》いたその表情はぴくりとも動いていないのが逆に恐《おそ》ろしく、俺はこの話題を封印《ふういん》することにした。

「あの、でも……間宮さんが卒業されたら廃部《はいぶ》になってしまうんですよね。私が入部すればそれは免《まぬか》れるのですか？」

優《やさ》しいのは羽黒の長所だが、時々それが過ぎることもある。俺達はどこかいつも困っているように見える羽黒の表情を見て、揃《そろ》ってため息を吐《つ》いた。

「花南ちゃんが入ったとしても、嘘《うそ》つき倶楽部は活動の更新《こうしん》を承認されないと思うわよ」

桑田の言う通りだった。叶野学園の部活動は三年に一度、学園側から活動の許可を得ることになっている。これは野球部やサッカー部といったメジャーで歴史のある部活には大した問題ではないが、マイナーな弱小部には結構なプレッシャーだ。なぜならば、三年間の活動実績と部員数によっては、実に簡単に廃部にされるからだ。

ただ逆に、新規に承認される部活は実績を出すまでに三年という執行猶予期間《モラトリアム》を与《あた》えられるので、少なくとも三年は活動できるというわけだ。そして確か、嘘つき倶楽部はこれが発足後はじめての承認になる。しかし、

「活動実態がデートじゃ、絶対に承認されないぞ」

九割方、確信をもって俺はそう言った。

「仮に承認されたとして……日替《ひが》わりデート、よ？　花南ちゃんには無理だわ」

「確かに。性格的にも経験値的にも無理そうだ。人気の面ではまあハグラーがいるから問題ないかもしれないけど」

一応補足しておくと、尾田が言ったハグラーというのは、羽黒ファンクラブの会員の総称《そうしょう》である。

「何より、花南ちゃんと〝嘘つき〟っていう看板が合わないもの」

ようやく冷静さを取り戻《もど》した桑田が、羽黒の顔を覗《のぞ》き込むようにしながらそう言えば、俺と尾田も頷《うなず》いた。

「あの……私も人間ですから、嘘くらいつきますよ？」

まるで聖人のように言われて、居心地が悪かったらしく、羽黒は反論を口にした。

「でも、すぐにばれちゃうでしょう？」

「そ、そんなことはっ！」

と、羽黒が更《さら》なる反論を試みようとした、その時だった。

しっかりと鍵《かぎ》をかけておいたはずなのに、突如《とつじょ》生徒会室の扉《とびら》の錠《じょう》が解除される音がはっきりと聞こえて。間髪《かんはつ》入れずに大きく扉が開かれて。

現れたのは、左目に大きな丸い斑点《ぶち》がある着ぐるみの犬——というか、鈴木だった。

「ワンワンワン！　ワンワワンッ」

とうとう人語も忘れて吠《ほ》える鈴木を見て、このまま色々と、特に自分が生徒会長であるということを中心に忘れて欲しい、と俺は本気で思った。

それでも、どうやら二足歩行はまだ覚えているらしい鈴木犬は、当然のように中に入ってくる。

「足の裏は綺麗《きれい》なのかしら？」

「わんわん」

桑田が探《さぐ》る眼差《まなざ》しを向ければ、鈴木犬は右足と左足の裏を交互《こうご》に見せた。そこに砂の一粒《ひとつぶ》でも見つければ、すぐさま桑田が外へと放《ほう》り出してくれたはずだが、残念ながら、その着ぐるみの土管のような足には、塵《ちり》の一つもついていなかった。

「もしかして、足の部分だけ履《は》き替《か》えられるようになっているのかも」

「そうかもな。時に尾田、相談なんだがそこの戸にもう二、三個鍵を増やすのはどうだ？」

「多加良がポケットマネーで買う分には止めないけど、きっとまた開けられるから止《や》めた方が賢明《けんめい》じゃない？」

まるでどこかの怪盗《かいとう》の話のようだったが、これ鈴木のことで、俺達には奴ならばそれをやってのけるだろうという確信があった。

「……あの、鈴木さん。大変に申し上げにくいのですが、その着ぐるみはもうお洗濯《せんたく》をするべきでは？」

すっかり鈴木に注意を奪われていた俺がどこかくぐもったような声に視線を動かせば、そこには鼻と口許《くちもと》を押さえる羽黒の姿があった。隣《となり》では桑田も同じようにして顔の下半分を手で覆《おお》っていた。

「わーう？　くうぅん？」

鈴木犬は、そう言われると鼻を鳴らす声に切り替えたが、それで問題の臭《にお》いが消えるはずはなく、汗が酸化したようなすえた臭いはやがて、俺の許にも漂《ただよ》ってきた。

「寒いけど、換気《かんき》しようか？」

同じく臭いに顔をしかめている尾田の提案に、俺が頷いた時だった。

「おーい、会長。そろそろ入ってもいいかい？」

ノックを三回。その後顔を出したのは話題の間宮だった。

「わん」

そして、鈴木犬がその手引きをしたことは明白。俺はポケットの中でEX58の感触《かんしょく》を確かめた。悪臭《あくしゅう》レベルからしても、もう仕留めて問題は無いはずだ。

「『さあお入りなさい』と。ありがとう会長。やっぱり鍵をかけるような人間とは器《うつわ》が違《ちが》うようだねぇ」

しかし、非常に不愉快《ふゆかい》な台詞《せりふ》と共に入室してきた間宮が鈴木との間に入ってしまい、俺はEX58から手を離《はな》すしかなかった。

間宮は朝と変わらぬ制服姿だったが、コートの上からでは見えなかったシャツの襟《えり》はなぜか立っていて、手にはまたバラの花。

「僕のお姫《ひめ》様は元気でいるようだね。いやいやもちろん桑田さんも麗《うるわ》しいけれどね、この花は花南ちゃんの許で咲《さ》きたいと言っているので、ね」

その登場に桑田は無表情のまま青ざめ、俺の隣では尾田が鳥肌《とりはだ》を立てていた。どうも間宮の言葉は聞き慣れない人間の体温を奪《うば》うか上昇《じょうしょう》させるかのどちらかのようだ。

「……わーうぅ」

感心したように一声鳴いたのは鈴木だけだった。

　そして、言葉と共に髪に勝手にバラの花を飾《かざ》られた羽黒はといえば、硬直《こうちょく》し——次いで耳から湯気を出しそうな勢いで赤面した。今日は羽黒の顔面の毛細血管は大忙《おおいそが》しだ。

「ということで、参りましょうか？」

「……は、い？　どこへですか？」

「我が嘘《うそ》つき倶楽部《くらぶ》へ、ですよ」

　間宮は例によって下から見上げるアングルで、羽黒に仕掛《しか》けた。その胸に願いの植物を揺《ゆ》らしながら。植物はまだ双葉《ふたば》のままだったが、朝よりは丈《たけ》が伸《の》びているようだった。

「あ、あのっ、考えましたが、お断りさせていただきます」

　間宮の甘ったるいマスクに迫《せま》られたものの、残る理性を総動員してヤツから顔を背《そむ》けると、羽黒は一息にそう告げた。

「いま何と？　僕の耳が聞き間違えたのかな？　それとも、花南ちゃんはこの僕を苦しめたくてそんなことを言うのかなあ？」

　わざとらしく胸を押さえ、やや身体《からだ》を傾《かたむ》けながら苦悩《くのう》に顔を歪《ゆが》める間宮——というのをその辺の女子が見たならば、黄色い声を上げただろうが、この場にはいなかったので、ある意味無駄《むだ》な行動だった……いや、約一名鈴木犬だけが『ハートを打ち抜《ぬ》かれちゃったワン』というパントマイムと共に床《ゆか》に倒《たお》れ込んだが、皆《みな》きっぱりと無視した。

「とにかく、羽黒は考えた末に断ったんだから、ここで退《ひ》くのが紳士《しんし》の振《ふ》るまい、じゃない

か？」

「秋庭の言うことには、確かに一理ある。でもね、こっちもギリギリの瀬戸際《せとぎわ》にいる以上、あがくほか無いね」

声の調子は軽かったが、またも間宮の目をよぎったのは強い強い意志の光。

「でも、そんなに部を……いえ、同好会を存続させたかったら、もっと早くに手を打てば良かったと思いますけど」

ようやく、間宮の気障《きざ》ったらしい台詞の衝撃《しょうげき》から立ち直った桑田は、だが、間宮の微妙《びみょう》な変化には気付かず、冷たい声と表情でそう告げた。

「確かに。毎年二人ずつでも部員を増やしていけばギリギリ同好会は存続できたはずだ」

もっとも、この場合は俺が存続を許さなかった気もするが。俺が桑田に加勢すると、間宮は困ったように肩《かた》をすくめた。その目に先程《さきほど》の光は既《すで》にない。

「その点は確かに二代目部長と僕に怠慢《たいまん》があったと認めるよ。でもね、嘘つき倶楽部の入部審《しん》査《さ》は厳しいんだ」

さらり、と髪《かみ》をかき上げながら間宮は訴《うった》えかけるような眼差《まなざ》しを俺達に向ける。それは真摯《しんし》に見えたので、

「どんな風に厳しいんだ？」

俺達もとりあえず聞いてやることにした。

「私もぜひ伺《うかが》っておきたいです」

自分の何が認められたかという点には興味があるらしく、羽黒も重ねて尋《たず》ねる。

「うん、我が部にふさわしいのは、愛ある嘘がつける人物だ！」

「また、曖昧《あいまい》なことを言いますね」

きょとんとする羽黒に変わって、反応を返したのは尾田だった。

「それじゃあ、結局間宮さんの裁量次第《しだい》ってことですよね」

尾田の言うことは概《おおむ》ね当たっている気がするのだが、間宮はゆっくりと首を振って、

「いいや、ダウジングだよ」

またあからさまな嘘で答える。

「とにかく、条件が〝嘘つき〟なら羽黒は間違いなく失格だ」

だから俺は真実で対抗《たいこう》することにする。

「そうよ。羽黒ちゃんの嘘は猫《ねこ》にも通用しないほどよ」

「……美名人ちゃん、それはひどいです」

桑田の発言にさすがに羽黒も抗議《こうぎ》をしたが、桑田はそれを小さな笑《え》みでもってかわした。

「花南ちゃんが嘘つきではないと？　でも僕の目は確かだよ？　じゃあ、花南ちゃんに一つ質問をしてみようか？　花南ちゃん、いいかな？」

そう前置きをして、間宮は羽黒に指先と顔を近付けた。今度は赤面はしなかったが、羽黒は

一歩だけ後退《あとじさ》った。

「はい。わかりました」

それでも、ちゃんと間宮と向き合うために顔を上げる。

「南棟《みなみとう》の三階の女子トイレにオバケの花子さんがいるというのは本当かい？」

間宮の問いは余りにも脈絡《みゃくらく》がなかった。そのくせ羽黒に近付けたままの顔は真剣《しんけん》そのもので。

「花子さん……は、いらっしゃらないようですが、須磨子《すまこ》さんならばいらっしゃいますよ」

だから、羽黒も真《ま》っ直《す》ぐに間宮を見返して、律儀《りちぎ》に答えた。

「……そのトイレを使うのはこれからやめるわ」

桑田は小さく呟《つぶや》いた。それはつまり、羽黒の言うことを真実として捉《とら》えているということだった。それは、俺と尾田も同じだったけれど。

「花南ちゃん、ありがとう。これで良くわかったよ」

「何がです？」

「花南ちゃんが、僕の見込んだ通りの嘘つきだということが、だよ」

けれど、間宮はよりによって、口許《くちもと》に笑みを浮《う》かべながら、そんなことを言いやがった。

「それも、みんなの夢を壊《こわ》さない〝愛ある嘘〟をつける、かわいいウソツキさんだ」

霊感《れいかん》の事を嘘と断定されて、憤《いきどお》る俺達とは対照的に、羽黒は諦念《ていねん》のような笑みをその白い面《おもて》に浮かべた。

「ふざけるなよ？　自分に幽霊《ゆうれい》が見えないからって羽黒を嘘つきよばわりするとは、何様のつもりだ？」

「秋庭さん。私は平気ですから」

その上、俺が間宮に迫《せま》れば、制服の裾《すそ》を摑《つか》んで止める。だが俺を止めても尾田と桑田も間宮を睨《にら》みつけている。そして気付けば鈴木も着ぐるみの頭を取って、間宮をじっと見据《みす》えていた。その心の中を図《はか》ろうとするように。

鈴木にはそれで、何かが見えるのかもしれない。でも、俺には間宮の胸で存在を主張する小さな植物しか見えなかった。

「……そうか。君達はみんな、花南ちゃんを、花南ちゃんが見ている物を信じているんだね」

そんな俺達を、眺《なが》め回して、

「これは気を悪くさせたかな。悪かったね」

間宮は軽く肩をすくめると、その後で頭を下げた。

「花南ちゃんも、ごめんね。少し嫌《きら》われてしまったかな。けど……それでも僕は花南ちゃんが我が倶楽部《くらぶ》に入部してくれると信じているよ！　僕と倶楽部には花南ちゃんが必要だ！」

羽黒を嘘つき呼ばわりしたのと同じ口で、間宮はそう言った。瞬間《しゅんかん》、俺は一瞬間宮を殴《なぐ》り飛ばしてやろうかと思ったが——そのタイミングで、間宮のポケットに入っていた携帯《けいたい》電話が震《ふる》えた。

「ちょっと失礼」

俺の殺気に気付かなかったわけがないのに、間宮は悪びれず一言断りを入れると、携帯を取り出して、メール画面に目を走らせた。

「……地球防衛隊本部から呼び出されてしまったよ。というわけで、お姫《ひめ》様達また明日！」

またろくでもない嘘を言う間宮に、俺は今度こそ拳《こぶし》をお見舞《みま》いしてやろうと思ったのだが――

――なぜか、間宮の笑っている目元が泣いているように見えて、拳をおさめた。

そして、間宮は携帯をポケットに仕舞《しま》い込んで、騒《さわ》ぐだけ騒ぎ去ったのだった。

2

いま考えれば、あの時に息の根を止めておくべきだった。

三日連続で生徒会室に喧騒《けんそう》を振《ふ》りまいている間宮を見て、俺は少々物騒《ぶっそう》なことを考えた。

だが、この三日で天気が快晴からくもりへと移行していくのに合わせるように、羽黒のテンションは下降していて、そんな状況からすればまあ自分の思考も妥当《だとう》だと思う。

加えて生徒会の仕事もはかどらない。それでも、追い出せない理由はただ一つ――その胸の植物だ。この植物を咲《さ》かせて摘《つ》まない限りどうしようもない。

間宮の植物は順調に育ち、今は葉を繁《しげ》らせている。それでもまだ蕾《つぼみ》を付けるまでには至っていない。だからといって悠長《ゆうちょう》に構えていていいというわけではないが、結果的に間宮のペースに巻きこまれている現状では、間宮の願いは図りかねる。

ただ、唯一《ゆいいつ》言えることは間宮がこうして毎日のように生徒会室を訪《おとず》れている理由は、部の存続とは別の所にある——ということだ。

「僕と一緒《いっしょ》に愛ある嘘を届けられるのは、花南ちゃんだけだよ」

そう、間宮が執着《しゅうちゃく》しているのはあくまで、羽黒だ。もっともらしい理由をつけているが、真実、倶楽部を存続させたいのなら、誰《だれ》か一人に拘《こだわ》ることなどやめて、手当たり次第《しだい》に声をかけ、人を集めるのが一番だ。

「ですから……私は嘘をつきたくないんです」

恐《おそ》らく、羽黒もそのことに気付きつつある。だから余計に、隣《となり》に腰掛《こしか》け、距離《きょり》を詰《つ》めてくる間宮に対して戸惑《とまど》うのだろう。それでも、告げる言葉は曲げなかったが。

「愛ある嘘でも？」

でも間宮は引き下がらず、それが自然というように羽黒の手を取って、静かに問う。

「はい。大体〝愛ある嘘〟とおっしゃっていますが、嘘は嘘ですよね」

けれど、羽黒がそう言った次の瞬間、不意に部屋には沈黙《ちんもく》が落ちた。

そして、羽黒は驚《おどろ》いたように目を見開くと、自分の手に重ねられた間宮のそれから、逃《に》げることが出来なくなった。だが、羽黒が何に驚いたのか俺にはわからないまま、

「……よーし、わかった！　こうなったら我が倶楽部の活動実態及《およ》び実績——つまり〝愛ある嘘〟の素晴《すば》らしさを花南ちゃんにご覧に入れよう!!」

間宮は突然《とつぜん》椅子《いす》から立ち上がり、そんなことを言いながら机を叩《たた》き。それから大きな決断をした、という重々しい表情で俺達の顔を見渡《みわた》して一つ頷《うなず》いてみせた。どこか芝居《しばい》がかった言動に俺達は束《つか》の間反応に困り、その一方で手が自由になった羽黒はほっとしたように自分の胸に手を当てる。

羽黒には後で色々聞くことにして、だが間宮が今言ったことは、俺達にしてみればやはり今《いま》更《さら》だ。以前間宮が提出した部活動報告書には、ただ一言「デート」としか書いてなかった。各部に予算を振り分けていた尾田は、この報告書に思い切り頭を抱《かか》えていたが。

「えーと、それってデートですよね」

あの時の悪夢が甦《よみがえ》ったか、渋面《じゅうめん》で尾田が問えば、間宮は曖昧《あいまい》な笑《え》みを浮かべるだけで何も答えなかった。

「百聞は一見にしかずと言うことで、ね。でも気になるのなら尾田君も見に来ればいい」

「は、あ」

結果的に追及をかわされた尾田は、少々間の抜けた声を上げ。

「とにかく愛ある嘘《うそ》の真髄《しんずい》をお見せすると約束する。ということで花南ちゃん、明日の薔薇色《ばらいろ》の休日午前十時に、あいがも総合病院の前に集合だよ。明日は天気予報によると雨だからね、どうかこの病身に追い打ちをかけるような事はやめておくれ」

わかりにくく、絶対に来てくれと告げると、間宮は今日の用件は済んだ、とばかりに踵《きびす》を返し――というかターンだあれは――戸口に向かっていく。

「病身？　え、間宮さんどこかお悪いのですか？」

が、真《ま》っ直《す》ぐにその言葉を受け止めた羽黒が誤解と共に勢い込んで、その背に尋《たず》ねれば、

「僕は恋《こい》の病に罹《り》患《かん》中だよ。もうずっとね」

身体《からだ》を半分だけ返して、間宮は甘い笑みを羽黒に向けると、そのまま生徒会室を後にした。

三日もあればその笑顔にも免疫《めんえき》が出来るらしく、羽黒は軽くため息を吐《つ》くと首を振った。

「笑顔には慣れましたけど……でもさっきはびっくり、しました」

その疲《つか》れた声に、俺は同情を禁じ得なかった。けれど、記憶《きおく》が鮮明《せんめい》な内にと思い、俺は羽黒の言葉尻《じり》を捉《とら》え、尋《たず》ねることにした。

「それで、さっきは何に驚いていたんだ？」

「間宮さんのお顔にです」

「表情《かお》？」

「……上手《うま》く説明出来ませんが、怖《こわ》いくらいに真剣《しんけん》で、でも何だかとても悲しそうに、見えて。いつもの間宮さんとは違《ちが》っていて驚いたんです」

「……そうか」

俺の問いに、羽黒は懸命《けんめい》に言葉を探してくれたが、羽黒にだけ向けられたその顔と感情を、俺が想像することは出来なかった。でも、

「やっぱり、間宮の目的は羽黒か……」

その考えにはより確信を抱《いだ》いた。

「見ている限り、そうね。でも、ただ好きっていうのとは、ちょっと違うかしら、ね」

お茶を淹《い》れる手を休め、続けて桑田が言えば、羽黒と尾田も頷いた。

「でも、なぜ私なのでしょう?」

戸惑いを隠《かく》さずに、羽黒は俺達に問いを投げかける。けれど、誰も答えることは出来なかった。少なくとも今はまだ。

「わからない。けど、その理由も、間宮の願いも一緒に探せばきっと見つかるから、大丈夫《だいじょうぶ》だ」

軽く沈んだ羽黒を、そう勇気づければ、羽黒は淡《あわ》く笑《え》んで、頷《うなず》いた。

「そう……ですね。入部は無理でも、何か出来ることがあるならばお手伝いしたいです。……間宮さんはいい方ですから」

確かに羽黒の言うように、裏表がないという点では、間宮は俺が考えていたよりはずっと良《い》い人間だった。まともかどうかは微妙《びみょう》で、一緒にいると少し疲れるのも事実だったが。

でも、その胸に願いの植物があるならば叶《かな》えてやりたいと、思う。それは羽黒も俺も同じだ

った。

「それで、一方的に明日の約束していっちゃったけど、羽黒さんどうするの？」

「もしも私が行かなければ、本当にずっとお待ちになっているのでしょうか？」

尾田が尋ねると、間宮の事がわかってきた羽黒は心配そうに言って、目を伏《ふ》せた。

間宮の言葉には過剰《かじよう》な装飾《そうしよく》と共に、時折嘘が織り込まれる。けれどそれは＝《イコール》ジョークのようなものであると、今ではもうわかっているから、羽黒は対処に困っているのだ。

「そうね、待ち合わせが、あいがも総合病院なら──間宮さんならその気になればいくらでも待っていられるはずね」

羽黒の前にカップを置きながら桑田が呟《つぶや》けば、

「え？　本当ですか？　やっぱりご病気だからですか？」

眉《まゆ》を八の字に寄せて、羽黒は不安に表情を曇《くも》らせる。

「いや、あいがも総合病院は、間宮の父親が院長なんだ。だからまあ、その気になれば仮眠室《かみん》でもなんでも借りられるだろうが、な」

あいがも総合病院は個人経営の病院の割には医者も設備も充実《じゆうじつ》していて、なかなか評判の病院だ。間宮もああ見えて、進学先は医大だったりする。

場所は叶野学園からは南東に位置していて、ぎりぎり通学区に入るという所にある。

「私も小さい頃《ころ》はよくお世話になったわよ」

記憶を辿《たど》りながら桑田はそう言った。確かに桑田の家からは、あの病院が一番近い。

「あの、では、寮《りょう》からはバスで行けますか？」

「ええ、多分路線バスが出ているわ。行くつもりなの？」

「いえ、まだ迷っているのですが」

桑田が問い返せば、迷いの見える表情そのままの答えが羽黒からは返ってきた。間宮の力にはなりたい、けれど嘘つき倶楽部《くらぶ》に入る気はないから期待はさせたくない、そんな風に見えた。

そして、羽黒がどうすべきなのか俺達も考え始めた瞬間《しゅんかん》、そのわずかな隙間《すきま》に、しゃらんという、鈴《すず》にも似た音が滑《すべ》り込んできたかと思えば——窓際《まどぎわ》には一人の女が佇《たたず》んでいた。音を立てたのは、その両手両足に嵌《はま》った連環《わ》だった。

銀の髪《かみ》に黄金色の虹彩《ひとみ》という、人間にはあり得ない組み合わせの色彩を備えたそれは、かの様という。叶野市限定で不可視の力を操《あやつ》り、人の願いを叶えるという、人間ではない存在《モノ》——別名、

「元気そうだな、〝腹黒妖怪《ようかい》〟」

という。俺の呼びかけに気を悪くした風はなく、

「うむ、退屈《たいくつ》はしているがのう、元気ではあるかの」

鷹揚《おうよう》に頷《うなず》いて見せる。だが、退屈と言った紅い唇《くちびる》には楽しげな笑《え》みが既《すで》に浮《う》かんでいる。背後に背負うどんよりとした曇《くも》り空とは対照的なそれが。

「……退屈」

その一言を聞きとがめて、小さく繰《く》り返した尾田の顔には「嫌《いや》な予感がする」と書いてあった。恐《おそ》らく、俺と桑田、そして羽黒の顔にも同じ文字が浮かんでいるはずだ。

経験上、かのうが退屈した時に、俺達の身に降りかかるのは厄介事《やっかいごと》と相場が決まっているからだ。

「さて、花南。此度《こたび》は妾《わらわ》が有益なあどばいすをしてしんぜよう」

「アドバイス、です、か？」

羽黒の表情はさながら怯《おび》えるウサギのようであったが、きっぱりと無視すべき所を反応してしまったのが、致命《ちめい》的なミスだった。

「うむ。明日はその病院に行くのがよい」

託宣《たくせん》を降すがごとく、かのうは羽黒にそう告げると、あくの強い笑みを浮かべた。

「……なんで、そんなことを勧《すす》める？」

そして、更《さら》にそう尋《たず》ねてしまったのは俺のミスだろう。かのうの言動の裏には必ず何か企《たくら》みがあるとわかっているのに、我ながら迂闊《うかつ》だった。

「うむ、それはのう……いい男だからかのう」

その迂闊さを俺はすぐさま後悔《こうかい》し、わざとらしく蠱惑《こわく》的な仕草で髪をかき上げてみせるかのうには、うんざりとした眼差《まなざ》しを送った。

「なに、やきもちを妬《や》く程《ほど》のことはないからのう。多加良、心配するでない」

見事に俺の表情を読み間違えて、何が楽しいのかかのうは喉《のど》で笑ってみせる。

「誰《だれ》が、誰にやきもちを妬くっていうんだ」

「そうね。かのう様、ちょっと自意識過剰なんじゃありませんか？」

俺が言えば、桑田が援護《えんご》に加わってくれた。その目元が少々きついのは、桑田もまたかのうの悪ふざけに怒《いか》りを感じているからだろう。

「じいしきかじょー、のう？　まあのう、妾の場合過剰だからして過剰にならざるをえぬからのう」

言いながら、なぜかかのうは着物の上から自分の胸元《むなもと》と桑田のそれを見比べて、人の悪い――人ではないのだが――表情をその陶器《とうき》のような顔の上に浮かべた。

その次の瞬間、実体でないかのうには、当たるどころかかすりもしないと十分に知っているはずの拳《こぶし》を桑田は振《ふ》るっていた。

「み、美名人ちゃん、落ち着いてっ！　大丈夫《だいじょうぶ》です、私達はまだ成長期なんですからっ！」

羽黒が桑田をなだめようと声を張り上げたが、俺にはそのフォローの意味がよくわからない。

「……乙女心《おとめごころ》はデリケートだからさ、僕達はここは黙《だま》っておこう」

だから、尾田の提案に、俺は異を唱えなかった。

「危ないのう……」

いつの間にか、天井《てんじょう》の辺りにかのうは逃《に》げて、そこで汗《あせ》を拭《ぬぐ》うような仕草をしてみせる。

「……卑怯《ひきょう》だわ」

桑田の声が聞こえなかったはずはないのだが、気まぐれな妖怪もどきはそれを無視することにしたらしく、俺と羽黒にのみ、その黄金の双眸《そうぼう》を向ける。

「なぜ、花南なのかを知りたいのならば、行くがいいよ。それとのう、妾はあの者の嘘《うそ》に興味があるのだよ。〝嘘の中の嘘〟にのう。そして、その者にどのような花が咲《さ》くのかに、のう」

瞬《まばた》きさえせずに、黄金の色の視線を注がれて、俺と羽黒は一瞬それに呑《の》まれたようになる。

だから、ゆっくりとかのうが瞼《まぶた》を下ろした時、正直ほっとした。

「随分《ずいぶん》、間宮が気になるんだな」

けれど、その動揺《どうよう》を気取られたくなくて、すぐに口を開けば、

「いい男、だからの」

返ってきたのは、再びどこかからかうような言葉と笑《え》みだけで俺は憮然《ぶぜん》と口を閉じた。

「話は済んだかしら？」

その声と共に、下方から上空への空気の流れが俺の頬《ほお》を掠《かす》めた。驚《おどろ》いて小さく首を動かせば、桑田がめいっぱい天井へ向かって――正確にはかのうに向かって、跳躍《ちょうやく》していた。

「まったく、乱暴だのう。まあ、怪我《けが》をする心配はないがの、恐ろしいから妾はもう暇《いとま》しようかの」

桑田の拳は届かなかったが、確かに放つ殺気は凄《すさ》まじく、かのうが恐ろしいというのにも、こっそり頷きそうだった。実際は、十分に桑田をからかって気が済んだからだろうが。

「それでは、またの――もし、困ったことが生じたらのう、いつでも呼びや」

ただ、いつものように消える直前そんなことを言ったかのうの目は、いつもよりわずかながら真剣《しんけん》に見えた。多分、気のせいだろうが。

「……逃《のが》したわ」

憤懣《ふんまん》やるかたないといった表情で、拳を固めたままの桑田に、羽黒はおそるおそる近付くと、落ち着かせるように横から軽く抱《だ》きしめた。

「あ、ら、花南ちゃん。ごめんね、熱くなりすぎたわ」

「いいですよ」

羽黒のお陰《かげ》で、桑田がクールダウン出来たところで、俺は間宮の提案について再考してみることにした。

この提案をはねのけるのは簡単だ。明日、待ち合わせの場所にいかなければいい。けれど、もしも間宮の本当の願いが、嘘つき倶楽部《くらぶ》の存続ではないのならば、その願いの原因《もと》は学園の中では見つけられないかもしれない。間宮が羽黒に執着《しゅうちゃく》する理由も。

そして、正直俺は、かのうの残していった言葉が気になっていた。

〝嘘の中の嘘〟というそれが、耳から離《はな》れなかった。

「羽黒……入部はお前の意志でいい。けど、俺も一緒《いっしょ》に行くから、明日頼《たの》めるか？」

だから、俺は結局そうすることにして、羽黒の返事を待った。

「はい。私もちゃんと、間宮さんのことを知りたくなりましたから」

そうして、羽黒は優《やさ》しい笑顔でもって、快く承諾《しょうだく》してくれた。

3

そして、翌日。せっかくの休日だというのに、空は朝から黒い雲に覆《おお》われていて、俺は出がけに折りたたみ傘《がさ》を鞄《かばん》の中に滑《すべ》り込ませた。

最寄《もよ》りのバス停から三十分ほどバスに揺《ゆ》られれば、目的地に着いた。待ち合わせの病院前には既《すで》に羽黒の姿があって、俺は小走りに駆《か》けつける。

羽黒は今日もいつもと同じ三つ編みに、黒のコートとスカートという、ある意味羽黒らしい出立《いでた》ちで俺を待っていた。

「待たせたか？」

「いいえ、さっき来たところです」

「尾田と桑田から連絡《れんらく》はいったか？」

「はい、昨晩のうちに」

昨日の昼の段階では、尾田と桑田も今日は同行する予定だったのだが、それぞれ帰宅後、より優先しなければならない用事が出来てしまったという連絡が来た。

桑田は、最近稽古《けいこ》を休みすぎたとかで、父親から集中鍛錬《たんれん》を命じられ、尾田は、寄席《よせ》に強制連行される、ということを暗澹《あんたん》とした声で伝えてきた。

そんなわけで、今日は俺と羽黒のみになっていた。本当は約一名『ぼくも行くんだワン』などと言っていたような気もするが、来てないところを見ると、気のせいだったのだろう。

「で、間宮はまだか」

腕時計《うでどけい》を見れば、ちょうど十時になろうとしている。だが、周囲に目をやっても間宮の姿は見えない。

「よく考えると病院の前っていうのは、曖昧《あいまい》だな」

あいがも総合病院はあまり広くはないが敷地《しきち》内に庭があり、天気のいい日には入院患者《かんじゃ》が散歩する姿も見られる。そして、庭を横切って門から正面玄関《げんかん》までは短いながらも並木が作られていた。

「門の前ではなくて、正面玄関という意味だったのでしょうか？」

「かもな。とにかくそこまで歩いてみるか」

相談の結果、俺達は並木へと足を踏《ふ》み出した。夏は青々としていた並木は冬枯《ふゆが》れてしまうと、随分《ずいぶん》と寂《さび》しくなるのだが、少し見上げてみれば、梢《こずえ》にはわずかながら彩《いろど》りがあった。

「ハコヤナギか」

「この木はハコヤナギと言うのですか？」

俺は羽黒に頷《うなず》いて見せた。ハコヤナギはいわゆるポプラの仲間だ。真《ま》っ直《す》ぐに伸《の》びた樹皮には灰白色で、菱形《ひしがた》の割れ目模様がある。

「別名はヤマナラシ。今は葉っぱが無いけどな、葉柄《ようへい》が長く扁平《へんぺい》になっているから、葉が風でパタパタとか、さらさらってよく音を立てるところからきているらしい」

「あの、赤い猫《ねこ》のしっぽみたいなのが、花ですか？」

「ああ。葉より先に花が咲《さ》くんだ」

そして、羽黒が指さしたように、高いところにある梢にはもう猫柳《ねこやなぎ》にも似た濃《こ》い赤で、穂《すい》状《じょう》の花がついていた。

「可愛《かわい》いですね。でも葉っぱが鳴るなんてなんだか楽器みたいですね」

「そうだな」

楽器ならば、やはり打楽器系になるのだろうか、などと俺が呑気《のんき》なことを考えていると、

「あれ？　これは何でしょう？」

木肌《きはだ》からその根本へと視線を移した羽黒が、地面に何かを見つけて声を上げた。羽黒に倣《なら》って目線を落とせば、そこにはアステリスクマークのような、見ようによっては花にも見える模様がうっすらと描《か》かれていた。

「こどもの落書きか？」

「そうでしょう、か？　私は前にも見たことがある気がするのですが」

そう言われると、俺もどこかで見たことがあるような気がしてくる。それも最近だ。

謎《なぞ》のマークを前に、二人して考え込んでいると、背中を軽く叩《たた》かれた。

「おはよう、お二人さん。二人も来てくれるなんて本当に嬉《うれ》しいよ」

振《ふ》り向けば、そこには間宮が立っていた。ニットキャップにダウンベスト、それにデニムという、意外と落ち着いた格好に正直俺は驚《おどろ》いた。

「秋庭、その顔は何かな？　もしかして、僕が普段《ふだん》は白いスーツか王子様みたいなカボチャパンツをはいていると思ってた？　残念ながら、そんな格好をするのはごくたまにだよ」

俺の思考を見事に読んで、悪戯《いたずら》っぽく笑ってみせる間宮に、

「……中身はいつも通りだな」

俺は努めて平静を装《よそお》いながら言った。けれど、俺の目は第二の驚きと共に、間宮の胸に吸い寄せられたままだった。昨日までは数枚の葉を付けているだけだったというのに、今、その植物には既《すで》に小さいとは言い難い蕾《つぼみ》が付いていた。

昨日から今朝までの間に、何かあったのか？

急成長の理由を俺は間宮の表情の中に見つけようとしたが、羽黒に向ける甘い横顔からは、何も読み取ることが出来なかった。

「二人して、何を見てたんだい？」

「あの、これを見て、何かと考えていたんです」

羽黒が地面を指し示せば、間宮もそこに視線を向けて、

「ああ、これは僕が描いた花の絵だよ」

なぜか、声音《こわね》を落とし、間宮はそう言った。

「……そういえば、先日間宮さんが倒《たお》れていらっしゃった場所で、私はこの絵を見たんです！」

「うん。最近は暇《ひま》さえあれば、こうやって足で描いている――もう、癖《くせ》かもしれないね」

言いながら、間宮は実際に右足のつま先で器用に件《くだん》のマークを描いて見せた。

「花の絵か……何か意味でも？」

願いの植物に関《かか》わり始めてから、俺は前よりずっと、花やそれを模したデザインに興味を持つようになった。だから、何となく聞いてみたくなったのだ。

「意味っていうか、おまじないみたいなものかな。……昔、叶野という地には何でも願いを叶えてくれる、神様みたいな存在がいたそうでね。その神様は花が大好きで、綺麗《きれい》な花と引き替《か》えに、願いを聞いてくれるんだって」

多少異なっているが、間宮が語ったそれは、まるでかのうのことを指しているような昔話だった。俺の知る腹黒い実物とは違《ちが》い、随分と優《やさ》しげな神様として、優しげな声で間宮は話した

が、その表情は裏腹に、妙《みょう》に苦しげだった。

そして、間宮の胸の蕾もあえぐようにその身を揺《ゆ》らして──それまで一度も見たことのない、昏《くら》く深い絶望がその双眸《そうぼう》に宿ったのを、俺は見たと、思う。

「と、まあ、そんな昔話を最近ある人から聞いてね。愛ある嘘《うそ》を極《きわ》めたい僕としては、こんな風に花のマークを描いていれば、いつかその花の神様が僕の前に現れるかもしれないと思ったんだけど……花南ちゃんはこの神様を見たことがある？」

けれど、その暗闇《くらやみ》を間宮は一瞬《いっしゅん》にして消し去り、今度は真摯《しんし》な眼差《まなざ》しを羽黒へと向けた。

「……ありません」

きっと、俺と同じように間宮の嘘の奥に隠《かく》れているものを羽黒も見たのだろう。だが、羽黒の選んだ答えは嘘だった。厳密に捉《とら》えれば、花の神様とかのうはイコールでは無いから嘘とも言い切れないが、少なくとも、羽黒は今、嘘として告げたのだろう。

「そうか、それは残念。本当に美人かどうか確かめておきたかったんだけど。でも、僕には花南ちゃんがいるから、いいか」

そして、間宮は最後は自らの言葉をちゃかし、この話題を終えた。

「……それで、私は今日、その〝愛ある嘘〟を見せていただけるんですよね？」

「俺達を待たせた分の価値はあるんだろうな」

羽黒はそんな間宮を見て、逡巡《しゅんじゅん》し、だが結局話題の転換《てんかん》を図《はか》った。俺もひとまずは羽黒に便乗してみる。

「そんなに待たせてないと思うけど？　待っていたと言えば花南ちゃん、僕なんかずっと待っていたんだよ？」

「ええ？　そんなはずはありませんよ？　私は約束の時間の三十分前には……」

「いいや、花南ちゃんという候補が現れるのを僕は三年も待っていたんだよ？」

羽黒の眉間《みけん》の前で人差し指を振りながら、間宮はそんなことを言い、羽黒はまた困った顔でため息を吐《つ》いた。

「それはそれとして。今日はきっと花南ちゃんが嘘つき倶楽部《くらぶ》に入りたくなるような、一幕をお見せいたしますよ」

そう言いながら、間宮は芝居《しばい》の開演を宣言するように大きく腕《うで》を広げて見せたのだった。

「観客席が繁《しげ》みの中とはな……」

数分後、間宮の指示の下、俺達は病院の庭のベンチに近い生け垣《がき》の中にいた。紳士《しんし》的な心《こころ》遣《づか》いとやらで羽黒の座っているところには間宮のハンカチが敷《し》かれているが、それ位では居心地の悪さはどうにもならなかった。

「一体何が始まるんでしょうね？」

窮屈《きゅうくつ》そうではあったが、羽黒の顔に不満が現れていないのが救いといえば救いだ。

「……間宮さんの植物はもう蕾を付けたんですよね。一体、何を願われているのかわかりましたか?」

ただ、その横顔には微《かす》かな不安が影《かげ》を落としていた。羽黒も植物が蕾のまま、花開かなければ、その宿主が眠《ねむ》りにつくという法則のことは知っているからだろう。

「願いは、まだわからない」

でも、嘘つき倶楽部のことを語っている時の間宮は、ただただ楽しそうで、そこにはさっき見たような暗い感情はまったく見て取れなかった。だからこそ、願いは別の所にあると俺は考える。

「……では、私が間宮さんに出来ることもまだ、わかりませんね」

それが辛《つら》いというように、羽黒は唇《くちびる》を嚙《か》みしめる。その横顔を見ながら、羽黒に答えをやれない自分への歯がゆさを、俺は奥歯で嚙み殺した。

やがて、間宮は一人の女性を伴《ともな》って現れた。既に老年の域だろう女性は綺麗な白髪《はくはつ》で、とても品良く見えた。また、顔色はいいのに杖《つえ》をついているところをみるに、悪いのは足だけで他《ほか》は健康なのだろう。

間宮はベンチまで女性をエスコートして、彼女を先に座らせると、自身もまたその隣《となり》に腰《こし》を下ろした。

そして、時に女性の手を取り、時にその顔を至近距離《きょり》で覗《のぞ》き込み、巧《たく》みな話術で女性を笑わせる——まさに、間宮の本領発揮である。

とはいえ、学校での間宮といったい、何が違《ちが》うのか、俺にはわからなかった。隣の羽黒を見れば、それでも目の前の光景に真剣《しんけん》な眼差しを送っていたが。

俺達のすぐ近くで繁みが鳴ったのは、間宮が女性とベンチに座ってから、十分程《ほど》経った時だった。息を潜《ひそ》めながら、羽黒とゆっくりとそちらへ首を巡《めぐ》らせれば、そこでは女性と同年代位の男性が、ベンチの二人——というか主に間宮を——睨《にら》みつけていた。

一応、俺達は気配を抑《おさ》えていたが、男性はベンチの二人に夢中で、すぐ近くにいる俺達に気付く様子は皆無《かいむ》だった。

更《さら》なる不測の事態に備えつつも、今の俺には見守ることしか出来ない。何しろ、間宮に「何が起きても心配ないから、繁みからは出ないでくれ」と念を押されてしまったのだ。

「くそ、やはり我慢《がまん》ならん。いくら院長先生の息子《むすこ》でも、わしより五十歳も若くてもっ!!」

そして、老人はぶつぶつと呟《つぶや》くと、拳《こぶし》を固めて突如《とつじょ》繁《しげ》みから飛び出していった。外見からは想像できない程の勢いとスピードでもって。

「四半世紀も生きていない若造に、わしの好子《よしこ》さんはわたさーん!!」

大絶叫《だいぜっきょう》と共に、老人はベンチの二人の前に躍《おど》り出ていた。

「いいか、若造!　好子さんを、好子さんを心から好いているのは、この平五郎《たいらごろう》だ!!」

「ほほう、平さん。それがあなたのお気持ちですか。僕は今日はじめて知りましたけど。好子さんは？　平さんの気持ちをご存じでしたか？」

「い、いいえ」

ゆったりとした動作で立ち上がると、間宮は二人の――好子さんと五郎さんの顔を交互《こうご》に見やった。

「ふむ。僕も好子さんも平さんの気持ちを知らなかったんですから、僕がこうして好子さんと楽しくお付き合いしていても、平さんに文句を言われる筋合いはありませんよね？」

いつも以上に芝居がかった声と仕草で、間宮は五郎さんにそんな問いをぶつける。

「そ、それは……。だが、だがわしは好子さんが好きなんじゃーー！」

額に血管を浮き上がらせ、叫《さけ》びながら、五郎さんは自分よりずっと身長の高い間宮に挑《いど》んでいくと、その頬《ほお》に一発パンチを見舞《みま》った。間宮はそれを受けると――というより受けに行ったように見えた――ふらりとよろめき、地面に手をついた。

「ご、五郎さん。素敵《すてき》」

そうすれば、好子さんの目はうっとりと、五郎さんに向けられて、もうちらりとも間宮を見ていなかった。後はもう、二人の世界が始まって、間宮の入る隙間《すきま》はどこにも残っていない。

いや、その前に間宮は自らフレームアウトしていた。ベンチに並んで腰掛《こしか》ける老いたカップルを、途中《とちゅう》に一度だけ幸せそうに見やって、それから間宮は病棟《びょうとう》の上の方に目を向け、小さくガッツポーズをして見せたのだった。

「我が嘘《うそ》つき倶楽部《くらぶ》の素晴らしき活動実態をその目に収めてくれたかな？」

再び並木に戻《もど》ると、間宮は期待がこもった眼差《まなざ》しで俺達二人の顔を見た。

「ずっと見てはいたが、嘘つき倶楽部の活動というのはつまり……ボランティアか？」

先程間宮が相手にしていたのが二人とも老人であったことから、俺は率直な問いを間宮にぶつけてみた。

「概《おおむ》ね、正解だ。確かにある種のボランティアだよ」

ニットキャップを脱《ぬ》いで、髪《かみ》を風に遊ばせながら間宮は頷《うなず》き、更に詳《くわ》しい説明を始めた。

「たとえば、男子生徒Aに好意を寄せていて、そのAの好意を自分に向けたい女生徒Bがいたとする。この場合、手段はいくつかあるが、我が倶楽部の常套手段《じょうとうしゅだん》は、男子生徒の嫉妬《しっと》を煽《あお》るという方法だ。例えば部長であるこの僕とデートをしたりして、ね。そうすれば数日後には八割の確率で、新しいカップルが誕生しているというわけだよ」

間宮の論理展開に俺は半分呆《あき》れ、半分はさっき見た光景をふまえて、納得《なっとく》するしかなかった。

「ようするに、間宮さんは今まで嘘のデートをなさっていたと？」

羽黒の声には責めるような響《ひび》きがあったが、間宮は悪びれることなく頷いた。きっとその行《こう》為《い》に迷いが無いからだろう。

「そうなるね。でも、デートをしているその時間は僕は恋人《こいびと》に向けるのと同じ尊敬を少女達に向けていたよ。もちろん、昔のお嬢《じょう》さんにも、ね」

「ならば、それは許される嘘だとでも？」

「それは、わからないけどね。でも〝愛ある嘘〟だと僕は信じているよ」

予想以上に強い声と眼差しを返されて、羽黒が間宮にそれ以上言葉を向けることはなかった。

そして、何かを考えるように、目を伏《ふ》せてしまう。

「でも、デート費用だけは奢《おご》り、と」

次いで俺が追及《ついきゅう》すれば間宮は一瞬《いっしゅん》だけ顔をひきつらせて、それも認めた。

「あははは。そこだけは〝初代〟からの決まりでね」

初代——その単語を口にする時、間宮がほんの少しだけ苦しいような表情をすることに、俺はこの時やっと気付いた。

「ということで、ね、花南ちゃん。今日から僕の事を部長と呼んでくれますか？」

そして、俺がそれに気付いたとは知らず、間宮は忠誠を誓《ちか》うように左手を胸にあてると、軽く俯《うつむ》き右手を羽黒の前に差し出した。

この申し出を受けて入部するならば手を取れと、そういうことだった。

「それは……」

当然、羽黒は言い淀《よど》み、困ったように両手を胸の前で組み合わせながら、俺の方を見た。だが、俺も以前のように頭ごなしに〝嘘つき倶楽部〟を否定できずに、答えあぐねる。

けれど、羽黒が恐《おそ》らく最後となるだろう答えを出す前に、間宮のポケットでまたもや携帯《けいたい》が震《ふる》えた。きっかり五回だけ震えて止まったそれは何かの合図だったようで、間宮はろくに画面も見ずに、携帯の電源を切った。

「ごめん、急いで行かなきゃならない呼び出しが入ったんでね、僕はこれで失礼させて貰《もら》うよ。花南ちゃん、返事はまた聞かせて貰うから」

少し早口に言うと、間宮は踵《きびす》を返し、俺達の答えも待たず病院の中へと消えていった。

「なんだ？　誰《だれ》か知り合いでも入院しているのか？」

間宮の行動に戸惑《とまど》いつつも、その背中を引き止める理由も無くて、俺と羽黒はそれを見送るしかなかった。

「んん？　ねえねえこれは、間宮君の落とし物じゃないかな？」

だから、目の前にビニールでくるまれた小さな木の板を差し出された時、俺達は少々無防備だったと言える。

それが、着ぐるみを着ていない鈴木の手だと気付くのに多少時間がかかったのもそのせいだと……思う。

「す、鈴木さん！」

「うん、山口さん家《ち》の三軒隣《げんどなり》の鈴木くんただいま参上！」

久々に着ぐるみを脱いだ所を見たが、無駄《むだ》に整った顔は残念ながら鈴木に間違《まちが》いない。

「……今頃《いまごろ》来ても、もうイベントは全《すべ》て終了《しゅうりょう》しているぞ」

或《ある》いはそこを狙《ねら》って来たのかもしれないと、俺が胸の中で疑いを深めれば、

「ああ、やっぱり……だっておかーさんが今日こそは着ぐるみをクリーニングに出すって言って、聞かなかったんだもん！」

何も考えていないだろう答えが返ってきた。

「それは聡明《そうめい》な母親だな。っていうか、お前が着ぐるみを脱がないってだだをこねたんだな」

「はうっ！　裏の裏を読んでくるとは、さすが多加良っち!!　もしやエスパー!?」

裏の裏は即《すなわ》ち表だというのに、鈴木は大袈裟《おおげさ》に驚いて、一歩後退する。

「あのあの、それで、その板……ですか？　それは本当に間宮さんの落とし物なのですか？」

話がおかしな方向に転がる前に、軌道《きどう》修正を図ったのは珍《めずら》しくも羽黒だった。

「うん、そうだよ。この間学校で間宮君が先生にその木のことを訊《き》いているのを見たしね。それにただの木はビニール袋《ぶくろ》に入っていないはずでしょ」

鈴木にしては理論立てて説明したので、俺と羽黒はそれ以上鈴木を疑う事は出来なかった。

「じゃあ、大切なものなのかもしれません」

「それか、貴重な資料だな」

鈴木の手の中のものをよく見れば、かまぼこ板くらいの大きさのそれには、小さな穴が穿《うが》た

れていて、何かの一部であるようにも見える。

「……仕方ない、捜《さが》して渡《わた》すか」

俺がそう言えば羽黒も鈴木も頷《うなず》いて、俺達は携帯《けいたい》電話の電源を切ってから病院の中へと足を踏《ふ》み入れた。

4

病院の中に入れば、わざわざ人に尋《たず》ねて回る必要はなかった。間宮の甘言にどこかうっとりとなった女性がいる場所を辿《たど》っていけば、やがてゴールに行きつく。

辿りついたゴールは入院病棟《びょうとう》の一番奥にある個室で、305号という数字の下に九条千映弥《くじょうちはや》という表札が出ていた。少なくとも俺はその名に覚えが無く、羽黒と鈴木も同じく首を振《ふ》った。

病室のドアはほんの少しだけ隙間《すきま》が開いていて――覗《のぞ》いてくださいと言わんばかりだった。故《ゆえ》に、鈴木は何の躊躇《ためら》いもなくそれを実行に移していた。羽黒も迷った末に鈴木の行動に倣《なら》う。

俺は、そんな二人をみてもまだ躊躇った。聞き耳を立てることよりも、病室の中を覗くということに。もし、その中で誰かが眠《ねむ》っていたらどうしようかと、そう思って。

あの人のように、病室で眠っている人を見るのは少し怖《こわ》かった。

「あ、いたよ、間宮っち。でも、ちょっと邪魔《じやま》できない雰囲気《ふんいき》」

「これで、やっと学校とは違う間宮さんが見られるかもしれません」

落とし物を届けるはずが、約二名の目的はすっかりずれていた。でも、確かに今は優先すべきは間宮の植物だから、その開花の為《ため》の情報を得《う》る方法には拘《こだわ》ってもいられない。

俺は覚悟《かくご》を決めると、鈴木と羽黒の後ろから、室内を覗いた。

「お疲《つか》れ様。依頼《いらい》した通りのいい仕事だったね」

だが、俺の位置からは中にいる人の姿までは見えず、綺麗《きれい》なソプラノの声が聞こえるだけだった。

「いえいえ、そうでもあります」

その女性――おそらく部屋の主の九条さんだろう――の声に続いて聞こえたのは、どこか甘い響《ひび》きを持つ間宮の声。

「ところで、お加減はいかがですか?」

「そうね、結構悪いわよ」

間宮の問いに返ってきた答えは、病院で聞くと冗談《じようだん》とは思えないものだった。その声の調子が明るいことに救われていたが。

「ということは、調子がいいんだ。残念」

けれど、その物言いに慣れているのか、間宮もまた同じような調子で声を返す。

そして、二人が俺達の存在に気付かないのをいいことに、鈴木は扉《とびら》の隙間を更《さら》に広げた。

慌《あわ》てた表情で、羽黒が止めに入ったが、結局間に合わなかった——あとで、絶対に説教してやる。

だが、お陰《かげ》で俺にも室内の様子が見えるようになった。

ベッドの上で半分だけ身体《からだ》を起こしているのはまだ年若い女性だった。多分、まだ二十歳《はたち》そこそこという所に見えるその女性は、羽黒のように長い三つ編みを肩《かた》から落としていた。全体的に線が細い印象だが、意志の強そうな目のせいか弱々しさは感じなかった。

間宮はその傍《かたわ》ら、南側にある窓に背を向けて椅子《いす》に腰掛《こしか》け、彼女と対峙《たいじ》している格好だった。

いつもより、更に優《やさ》しい笑《え》みを口許《くちもと》に浮《う》かべて。

「ね、眩《まぶ》しいから窓を閉めてよ」

ふいの女性のその言葉に俺達は首を捻《ひね》った。

「外はくもりだよねぇ？」

「そうですよね」

小声で会話し、鈴木と羽黒は同じタイミングで同じ方向に首を傾《かし》げる。

「はいはい、お姫様《ひめ》」

だが、間宮は頷くと窓の方に体を向けて、薄手《うすで》のカーテンを大きく開け放った。すると女性は満足げに頷いた。

「とっても不満だわ」

でも、出てきた言葉はそれで——俺は彼女が逆さ言葉で遊んでいることに気付いた。

「思っていることと逆の表現をして遊んでいるみたいだな」

俺が言えば、羽黒と鈴木は納得し、また一緒《いっしょ》になって頷いた。

「ねえ、また晴れるのかしら？」

今度はそんなことを言いながら、顔をしかめている。つまり、雨になるのだろうかと、そう訊きたいのだ。

「大丈夫《だいじょうぶ》。ちょっと太陽が隠《かく》れているだけだから」

振り向いて、再び彼女の方に顔を向けると、間宮はそう答えて——それから、口許に手を当てて数秒黙《だま》ると、

「ええと、雨は好きでしたっけ？」

悪戯《いたずら》っぽい光を目に宿して、逆さ言葉ゲームに加わった。

「ええ、大好き」

入院生活とは余《よ》程退屈《ほどたいくつ》なのだろう。間宮がゲームに加わると、女性は嬉《うれ》しそうに笑った。

「もう雪は降らないわね」

「ああ、降らないよ」

「寒いのは好きだから悲しいわ」

窓の外に目を向けながら女性が言えば、間宮もその視線を追いかける。

「楽しそうだね、二人とも」

「ええ、とても」

「……ああ」

女性が笑えば笑って、間宮は彼女と一緒にそうしていることが、ただ共に居ることがとても幸せだと、そんな表情をしていた。穏やかな時間がそこには流れていた。

それは確かに、学校では見ることの出来ない間宮のもう一つの顔だった。でも、かのうが言った〝嘘《うそ》の中の嘘〟とやらはまだ見えてこない。或《ある》いは、それはかのうの嘘だったという可能性もあるが。

けれど、楽しげな二人の空間《じかん》は、女性が一度咳《せ》き込むと一瞬《いっしゅん》にして崩壊《ほうかい》した。

ひゅうっという笛のような呼吸音に、間宮はすぐに反応した。

「大丈夫っ⁉」

「……だい、じょ、ぶ」

「ってことは、苦しいって事だね、部長！」

女性の身体を支え、左手でその背中を撫《な》でさすりながら、右手では繰《く》り返しナースコールのボタンを押す。緊迫《きんぱく》しているのに、間宮の動きは妙《みょう》に慣れて見えた。

「……あいかわら、ず、ゲホッ……慌てる、わね、ごほごほっ……あたしの身体《からだ》がポンコツだって、ケホッ、三年も前から、知ってるく、せにっ」

「お喋《しゃべ》りは、時と場合を選べよっ!!」

俺達は、その時初めて間宮の怒声《どせい》を聞いた。けれど、女性がそれに怯《ひる》むことは無い。

「ゴホッ、樹が、あたしとの、約束……忘れてるみたいだ、から、いけないのよっ」

「覚えて……いるよっ！」

「ならっ、いいわ、よゲホッ……あたし、は、長生き、するん、だからっ」

「わかってる……部長が永遠に生き続けるよう、花の神様に頼《たの》んだから！」

咳き込む女性と同じくらい、下手したらそれ以上に苦しげに、間宮は声を絞《しぼ》り出した。どこからどこまでが本当で、どこからどこまでが二人の嘘なのか、俺にはわからなかった。

やがて、数人のせわしない足音が近付いてきて、俺は扉《とびら》から慌《あわ》てて離《はな》れた。

「羽黒、行くぞ」

「で、でも」

「ぼく達がここに居たら、治療《ちりょう》の邪魔《じゃま》になるから、ね」

そこから離れたがらない羽黒の肩に手を置き、なだめたのは鈴木だった。

「……はい」

そして、なんとか納得《なっとく》した羽黒を伴《ともな》い、引き返す道で、医師と看護師の集団とすれ違《ちが》いながら、俺達はその場を後にした。

今日はこのまま帰るつもりになっていた。今更《いまさら》思い出したように、落とし物を届けられる雰《ふん》囲気《いき》ではなくなっていたから。

そう、帰るはずだった。エレベーターホールで、あんな会話を耳にしなければ。

「……樹ぼっちゃんも可哀想《かわいそう》よね。305号のお友達、悪いんでしょう？」

「ええ、春を迎《むか》えられるかわからないらしいわ」

看護師ふたりの会話は、密《ひそ》やかなものだったけれど、俺達の耳に届くには十分な音量だった。

そうして、それを聞くやいなや、羽黒は駆《か》け出していた。

＊＊＊

迷子の子どもみたい——病室に戻《もど》ってみたものの、そこに間宮の姿を見つけられず、自分の感覚を頼《たよ》りに捜《さが》して、彼を病院の裏手の林に見つけた時、羽黒はそんな思いを抱《いだ》いた。

表と違い、整えられていない林の中に、ただ立ちつくして、前にも後ろにも進むことが出来ないでいるような間宮に、今朝までの優しいけれど少し強引《ごういん》な人の面影《おもかげ》はない。

今の間宮とさっきまでの彼のどちらかの顔が〝仮面〟であったと言われたならば、その方が余程納得できそうだった。

けれど、いつまでも遠巻きにしているわけにもいかないと、意を決して近付けば、その足下《あしもと》

に日陰《ひかげ》解けしていない氷の水たまりを見つけて、

「早く氷が解けますように」

何となく、羽黒がそう呟《つぶや》いた次の瞬間、間宮は弾《はじ》かれたように振《ふ》り向いて──そこに羽黒の姿を認めると、ごく自然な笑顔《えがお》を浮かべて見せた。

「……やっぱり、あの時も花南ちゃんだったんだね」

そして、一人で小さく呟いた後、

「おや、まだ帰っていなかったの？　どうしました？　まさか舞踏会《ぶとうかい》に行く途中《とちゅう》で迷われましたか、お姫様《ひめ》」

少し大げさに首を傾《かし》げて見せた。

「いえ、その……」

また、おどけてみせる間宮に、羽黒は何を言っていいのかわからなくなり、口ごもる。そして、自分がその場の感情だけで間宮を追いかけていたことにようやく気付く。

「落とし物を、届けに」

でも、コートのポケットを探《さぐ》ればそこには丁度いい〝落とし物〟が入っていて、羽黒は間宮にその板を返す。

「ああ、これか。ありがとう」

間宮はそれを受け取り、それを渡《わた》しても帰らない羽黒を不思議そうに見返してくる。

「あれ、秋庭はどうしたの？」

「あ……置いてきて、しまいました」

訊《き》かれて、羽黒が呆然《ぼうぜん》と呟けば、間宮は大きく噴《ふ》き出した。

「あ、秋庭が、あの秋庭が花南ちゃんに置いて行かれたって……面白《おもしろ》すぎっ！　あの綺麗《きれい》すぎる顔が、置いてかれて、ど……どんな」

間宮は何とか喋ろうとしているのだが、笑い声がそこに混ざってしまい不明瞭《ふめいりよう》な言葉しか出てこない。

「笑いすぎですよ」

それが一分を超《こ》えれば、さすがに羽黒も小さく抗議《こうぎ》の声を上げた。

「い、いや失礼、しました」

そうすれば、何とか間宮は笑いの発作《ほっさ》を収め、優雅《ゆうが》な礼をして見せて——もう常の彼に戻りつつあった。でも、それが自分の望む姿で無いということは、羽黒にももうわかっていた。

「……また、花の絵を描《か》いてらしたんですね」

足下の模様のようなそれを目敏《めざと》く見つけると、今の間宮を逃《のが》さないという意志を込《こ》めて、問うた。

けれど、間宮は羽黒から目を逸《そ》らすように、俯《うつむ》いて自ら描いた花を見て——自嘲《じちよう》するように笑った。

「……さっきも言ったよね、癖《くせ》みたいな、おまじないのようなものだって」

「でも、おまじないというのは何か願いがあるからするのではないですか？……何を願っておいでですか？」

間宮が誤魔化《ごまか》そうとするのを許さず、羽黒は単刀直入な問いをぶつけた。今の羽黒にはそれしか術《すべ》が無いと思ったから。

「別に、何も？　何も……願っていないよ」

「なぜ、嘘《うそ》を吐《つ》くのですか？」

なのに、間宮から返ってきたのはしらけるような誤魔化しで。仮面のような笑顔で。

「……嘘つきは、嫌《きら》われるだけです。そして、私は嘘つきの人間を知っています。……嘘つきの居場所は決められているんですよ。太陽の光が届かない、青空の見えないところなんです。間宮さんは、それでもいいんですか？」

そんな姿を見ていたら、喉《のど》でつかえていた言葉は一気に飛び出していった。言うつもりの無かったことまでも一緒《いっしょ》に。

でも、それでも間宮樹という人間の本当の姿を知りたいと、心の底からそう思ったから羽黒は眼差《まなざ》しにありったけの力を込めて彼を見つめた。

「嘘つきの居場所……か。それはとても寂《さび》しい場所みたいだね。出来れば、そんな所には行きたくないな」

そうすれば、笑顔と戸惑《とまど》いを交互《こうご》に浮かべた後、

「でも、花南ちゃんが一緒にいてくれるなら、行ってもいいかな」

間宮は泣きそうな表情になって、羽黒を見つめ返し、そして手を伸《の》ばす。

「だめです。私はあなたとは一緒にいられません」

「どうして？　花南ちゃんは僕が嫌い？」

絶望がその双眸《そうぼう》に宿っても、羽黒はその手をとらなかった。

「いいえ。でも、私が聞きたいのは間宮さんの〝願い〟なんです」

そして、もう一度だけ、求める。真実を。それだけを求める。

そうすれば、間宮は困ったように笑って、それから静かに目を伏《ふ》せた。

「……もしも願いが叶《かな》うのならば、僕はあの人の病気を治して欲しい。そして、僕が彼女についた嘘を……真実に変えて欲しい」

静かな声音《こわね》は、あっという間に林の木々の中に消えた。

「あの人と、いうのは？」

「嘘つき倶楽部《くらぶ》の初代部長で……僕がとても愛している人だよ。花南ちゃんとは違《ちが》って、僕に嘘をつき続けろなんて言う人だけど」

それが誰《だれ》だかわかっていたけれど、羽黒はあえて間宮に訊《き》いた。そして返ってきた答えには深い深い想《おも》いがこもっていた。

「その方は病気でいらして、お悪いんですね」

「ああ、とてもね。だから……僕は花南ちゃんを部に勧誘《かんゆう》した」

倶楽部の存続の為《ため》ではない、もう一つの理由を語ろうとしているのがわかったから、羽黒は黙《だま》って頷《うなず》きだけを返した。

「僕がこれから言うこと……笑ってくれても構わない。怒《おこ》ってもていいよ。でも、聞いてくれ」

「はい」

まるで子どものように透《す》き通った目で自分を見つめる間宮の声を拒《こば》むことなど羽黒には出来なかった。

「羽黒花南……もしも君が不思議な力の持ち主で。もしもあの人が話してくれた、あの昔話のような、花の神様がいるのなら、どうか見つけてくれないか？　ここに呼んでくれないか？」

それが、間宮が羽黒を求めた理由だった。

その存在を羽黒花南は知っている。

その名前を羽黒花南は呼びたかった。

でも、呼んで来てくれるのだろうか——彼女は羽黒の神様では、ない。そんな迷いが頭を掠《かす》めて、さっきは嘘をついた。

けれど、繰《く》り返される懇願《こんがん》に、呼ばずにいられなく、なった。

想いを込めて。間宮の願いを込めて。

「……かのう様」

羽黒花南はその名を呼んだ。

でも、待ってもその存在は羽黒の呼びかけに応じてくれなかった。

「かのう様」

もう一度、呼ぶ。さっきよりも大きく、はっきりと。

それでも、望む姿は、現れなかった。声さえも聞こえなかった。

「……ごめん、なさい。私には無理でした」

自分には、やはりその名を呼ぶ資格はないのだと、アレは己《おのれ》の神ではないのだと気付いて。ようやく絞《しぼ》り出せたのはそんな答えで。自分の無力さに羽黒は泣きそうだった。

「ああ、やっぱり花南ちゃんも嘘《うそ》つきだったんだね」

そんな羽黒に次に間宮が向けたのは、何かを悟《さと》ったような眼差しと、言葉《こえ》。責める色も響《ひび》きもそこには無くて、彼の目はもう、ひどく静かな湖のようだった。

「そう、ですね。私は嘘つきです、ね」

「うん、神様の名前を知っていて教えてくれなかったんだからね。でも……花南ちゃんには見えても僕には見えないそういう世界があるのは真実で、そこに触《ふ》れられる花南ちゃんが呼んでも答えがないってことは……僕の願いは叶わないんだろう。だけど……」

そこで、間宮は一度言葉を切った。

「いいよ、それでも。でも花南ちゃんは僕の側《そば》にずっと居てくれる?」

そして、羽黒の後ろに誰かの姿を透《す》かし見ながら、再び手を差し出して、間宮は言った。

ああ、間宮が静かなのは、もう諦《あきら》めてしまったから、何も望んでいないからか、と、羽黒はふいに気付いた。

「どうして、私なんですか?」

「……早く氷が解けるようにって、祈《いの》っていたからかな。いつか、あの人もそう言った」

静かな静かな声に、羽黒は今度こそ泣きそうに悲しくなって、唇《くちびる》を噛《か》んだ。

それが、間宮が羽黒に執着《しゅうちゃく》したもう一つの理由だと知って——ならば、たとえ一瞬《いっしゅん》でも自分は彼の手をとるべきなのかと、思い、右手を伸ばそうとした。

秋庭多加良が林から躍《おど》り出たのは、その次の瞬間だった。


「話は半分……以上聞かせてもらった」

俺がそう告げると、羽黒は俺と鈴木に交互《こうご》に縋《すが》るような眼差《まなざ》しを向けてきた。問わずとも、何を訴《うった》えたいのかはわかっていた。

一度は間宮に伸《の》ばしかけた手を引いて。唇《くちびる》をかたく結んで、声には出さず。

間宮の願いを叶えてくれと、俺か鈴木ならばそれが出来るだろうと——そう言っているのだとわかった。

鈴木は、今は叶野市で人間として暮らしているが、その正体は正真正銘《しょうしんしょうめい》の〝神様〟だと、俺や羽黒といった一部の人間は知っている。だからこそ、羽黒は祈るように鈴木を見つめた。

けれど、鈴木は力なく首を振《ふ》った。

「ぼくは、人の形を作るだけだから。……死には干渉《かんしょう》できない、よ」

小さくて、人に聞かせるつもりがあるのかわからないような声で鈴木はそう告げて。

「……そん、な」

絶望に染まっていく羽黒の顔を黙《だま》って見つめるしかなかった。仕方が無いことなのだと。

そう、たとえ鈴木が神様でも、出来ないことはある。

そしてそれは、かのうも同じだった。

定められた死に関《かか》わる願い——叶野市限定で大きな力を振るい、人の願いを叶える者にも、それは叶えられぬ願いだった。

それ程《ほど》までに、死とは厳粛《げんしゅく》で不可侵《ふかしん》なのだ。

けれど、それでも間宮の胸の植物は、蕾《つぼみ》を綻《ほころ》ばせ、いまにも咲《さ》こうとしている。

ならば、俺に叶えられるのは、きっともう一つの願いだけだ。

「間宮、どうしてお前は初代部長……だったか？　その人の病を治したいと願う？」

「どうして？　おかしな事を聞くね」

俺にそう言ったのは、間宮ではなく鈴木だった。羽黒と同じような、泣くのを一生懸命堪《けんめいこら》えている顔でもって。

「黙っていろ。……俺は自分に割り当てられたことはちゃんとやる」

あくまで静かにそう宣言すれば、鈴木は唇を引き結んで黙った。ついでに、羽黒にも視線を送って頷《うなず》けば、祈るように胸の前で手を組みながら、頷き返した。

「確かに、話を盗《ぬす》み聞きしていたにしては、おかしな質問だね。でも、いいよ。答えよう」

間宮の言葉は皮肉にしてはこちらを詰《なじ》る響きが無かった。多分もう、そんな気力がないからだろう。元気が良く見えるのは、その胸の植物だけで。

「本人には伝えない約束になっているけどね、僕はあの人が好きでたまらない。あの人のいない世界なんて考えられない程に」

熱のない声で、けれどひどく熱い言葉を間宮は紡《つむ》いでみせた。もう何もかも諦めた顔をして。

「……だから、おとぎ話のような奇跡《きせき》にも縋ったんだけど、もういいよ」

そう言いながら、疲《つか》れたような笑顔《えがお》を羽黒に向ける。

「でも、同情するなら僕に花南ちゃんを、くれないか？」

「同情？　お前にか？　そんなものするかっ！　本当のことを、本当に伝えるべき人間にちゃんと言えないようなやつにっ！」

きつさを隠《かく》さずに俺は間宮に声をぶつけた。というか、実際に腹が立っていた。

なんで、なんで簡単に諦めようとしているのか、わからなくて、それで腹が立った。

「本当のこと？　本当のことって？」

「……その前に、言っておく。お前がどんなに望んでも、羽黒は羽黒、だからな。誰《だれ》かの代わりにするのは許さない」

それが一番腹立たしかった。そして、図星だったのだろう、さすがの間宮も形のよい眉《まゆ》をひそめて俺を睨《にら》む。けれど、望むところだった。さっきまでの変に物わかりのいい姿よりはずっとましだ。

「代わりだなんて、そんなつもりはないよ」

「だったら、こんなところでぐずぐずしていないで、早く本当のことを言いに行けよっ！」

わざと挑発《ちょうはつ》するような物言いを俺は続けた。

「は、あとひと月も経《た》たずに自分が死ぬと、病気が治らないと知っている人に、今更《いまさら》何を言えって？　それに、あの人は本当のことなんて求めていないっ！」

「それはお前の勝手な思い込みだろう？　相手の気持ちを確かめてもいないくせにっ！　結局お前に勇気が無いだけの話だ。他人をけしかけることは出来ても、自分は意気地《いくじ》無しだなんてお笑いぐさだっ！」

「そうじゃないっ！　一つでも本当のことを言えば、今まで吐《つ》いた嘘《うそ》が全部無駄《むだ》になる！　せっかく嘘《うそ》の中に真実を隠したのにっ！」

髪《かみ》を乱しながら、間宮は声も嗄《か》れよとばかりに叫《さけ》び返す。

嘘の中の真実。それはきっと、さっきの逆さ言葉のような会話の中に隠されたのだろう。

愛しているのならば、愛していないと、そうやって間宮は伝えていたのだ。

でも、やっぱりそれは真実にはならなくて、だから、いま、間宮はこんなにも苦しんでいる。

「それでも言えよっ！　生きてくれって言えっ！　本当に欲しいものは本当に欲しいって言わない限り手に入らない。諦《あきら》めたら、手に入らないっ！」

それを理解した上で更《さら》に自分が無茶を言っていると、わかっていた。でも、それでも言わないわけにはいかなかった。

消毒の匂《にお》いと、青白い顔が、どうしてもあの人と重なった。俺が諦めたから、眠《ねむ》り続けるあの人と。

「生きろ？　そんなの……困らせるだけだ」

叫《さけ》び、掠《かす》れた声は、それ故《ゆえ》に悲鳴よりも哀《かな》しく胸をつく。

「困らせたっていいじゃないか」

「でも、約束したんだ。本当の気持《こと》ちは言わないって。だから、彼女が望むなら、全部嘘にして来たんだよ」

「約束を守ることは、大事だ。でも、嘘じゃない、本当のことを伝えたいんだろう？　諦めたく無いんだろ」

「そう……だよ」

すべてを吐き出して、疲れたように、身体《からだ》から力を抜《ぬ》いて、間宮はごく自然にそれを認めた。

「だったら、言え。何もしないで諦めるなんて、俺は絶対に許さない！　俺が許さないことは神も許さないっ!!」

だけど、それでも俺は間宮には同情しない。必要なのは強い言葉《こえ》だと信じて、諦めるなと言う。

「じゃ、あ。諦めないなら……生きてって、言ってもいいのか？　愛していると……言ってもいいのか？」

きっと、何度も嘘として繰《く》り返した一言を、いま間宮はひどくたどたどしい口調で言う。

生きて欲しい、一緒《いっしょ》にいたい——それもまた、自分《ひとり》の為《ため》の願いではあるのだろう。でも、きっと二人分の思いがあるのだと俺は知る。きっと、誰かへの思いがより願いを強くする。

「何度でも言えよ。二人で幸せになれるまで、ずっと言い続けろ。俺が許す！」

幸せという言葉も曖昧《あいまい》だ。人によって違《ちが》う。それでもきっと、間宮とその人のそれは重なるのだと——たとえ一瞬《いっしゅん》でも重なる可能性があるのだと、言外に示す。詭弁《きべん》だとしても、それでも俺は間宮の植物を咲《さ》かせたかった。

「愛して、いる」

練習するように、もう一度ゆっくりと間宮は繰り返して。

そして、間宮が求めた花は……その胸に咲いた花は、白木蓮《はくもくれん》に似ていた。

間宮にはそれを見ることは出来ないけれど、その花はとても美しかった。

そうしてゆっくりと結晶化《けっしょうか》していき――途中《とちゅう》でそれは、止まった。

「どういう、こと？」

俺と同じようにその花を見ていた鈴木から、にわかに焦《あせ》った声が漏《も》れた。

「聞きたいのは、俺の方だっ！　かのう、出てこい！」

「あの、どうされました？」

俺と鈴木のただならぬ雰囲気《ふんいき》に、羽黒が小声で尋《たず》ねてくる。間宮にも不審《ふしん》な眼差《まなざ》しを向けられる中、俺がもう一度その名を呼ぼうと口を開けば。

「やはりのう。此度《こたび》は多加良の手に余ってしまったようだのう」

しゃらん、という音と共に、ようやくかのうは中空に姿を現した。

「これはかのうの仕業《しわざ》か？」

間宮の手前小声になったが、返事によってはそんなことはいつでも忘れるつもりで、俺はかのうにきつい眼差しを向けた。

「うん？　これはまあ、どちらかというと、あくしでんと、だのう。この者の〝嘘の中の嘘〟は秘密ではなく真実であり、願いであったか。……かような願いは本来は妾《わらわ》に向くはずだったのだが、のう」

口調はいつもと同じだったが、だが表情は常に比べれば真面目《まじめ》なそれで、俺はとりあえずかのうへ向けた怒《いか》りの矛先《ほこさき》を収めた。

「……あの、さ。何かいま人間っぽい輪郭《りんかく》がものすごーくうっすらと見えてるんだけど、これって幽霊《ゆうれい》？」

そして、そのまま俺は驚愕《きょうがく》に呑《の》まれる。羽黒にそれを尋ねたのは、間宮だったから。

「……羽黒、霊感《れいかん》っていうのは、伝染したりするのか？」

「はい？　そんな話は聞いたことがありません」

俺は首だけを羽黒に向けて、思いつき半分に訊《き》いたが、羽黒から返ってきたのは、真面目で信用がおけそうな答えだった。

「じゃあ……嘘《うそ》か？」

「今に限っては嘘はついていない。まあ、自分でも信じられないのは確かなんだけど……」

替《か》わって間宮に問えば、やはり真剣《しんけん》な表情と声が返ってきて。

俺はこの現象の理由を探《さぐ》るべく、優秀《ゆうしゅう》な頭脳をフル稼働《かどう》させた。

「不思議なこともあるものだのう」

かのうが呟《つぶや》く。ということは、これはかのうの意思ではないと、そういうことだ。

「くんくんっ！」

「えっと、会長？　何？」

視界の隅《すみ》で、鈴木が犬のように間宮の匂《にお》いを嗅《か》ぎ始めたが、俺はそれを無理やり視界から追い出して考え続けた。

「ああ、もしかしたらこれが原因かも」

しかし、俺が思考をしている間に、鈴木は間宮の着ているダウンベストの胸ポケットをぽんと叩《たた》き。

「え……これ、って？　これ？」

間宮は鈴木の意味不明の行動に訝《いぶか》しげな表情を浮《う》かべつつ、叩かれたポケットからビスケットではなく、さっきまで羽黒が預かっていた木板を取り出した。

「これから……少しだけ匂いがする」

誰《だれ》のとはさすがに言わず、鈴木が目線だけをかのうに向ければ、かのうはほんの少しだけ首を傾《かたむ》けながら、見返す。

「なるほどのう。……妾の持ち物の断片《だんぺん》を持っている故《ゆえ》、妾がぼんやりと見えるということ、かのう」

そして、結論ははじき出された。

「あの、それで、花南ちゃんにも見えてる？」

驚《おどろ》きすぎて逆に反応が鈍《にぶ》くなっているのか、間宮は一見冷静だった。だが、自分と同じ物が見えているのは羽黒だけと限定している辺りは、視野が狭《せま》くなっている。

「その……」

「だが妾の声は届かぬというわけか……ならばのう、花南、これから妾が言うことをその者に伝えておくれ」

羽黒が間宮への返答に困っていると、意外にもかのうはそんなことを言い出した。

「そう……妾はいまから〝花の神様〟じゃ」

それは、かのう得意の気まぐれかもしれなかった。けれど、かのうには気まぐれでも、間宮にとってそれが〝奇跡《きせき》〟になるならばいいと思って、俺は口を噤《つぐ》むことにした。今だけは。

そして、俺をじっと見つめ、待っていた羽黒にも大きく頷《うなず》いてみせた。

「はい。見えています。とっても美しい〝花の神様〟が、ここにいらっしゃいますよ」

そうすれば、もう羽黒に迷いはなかった。間宮が望んだ〝花の神様〟の幻《まぼろし》を、作ることに。

「そうだのう……まずは、この者の思いが妾に届いたとでも言うておくれ」

「……間宮さんの、お気持ちが届いたから、いらしたそうです」

「本当、に？　僕の花を見たから？」

瞬《まばた》きもせずに、間宮はかのうの居る場所に視線を注いでいた。本人の言う通り、輪郭だけでも見えているのだろう。

「うむ、しかと見た」

「ご覧になったそうです」

かのうの声を伝え、羽黒もまた間宮の見ている現実《いま》を肯定《こうてい》する。

「じゃあ……僕の願いは、叶《かな》うんだろうか」

それでも、間宮の声は不安に掠《かす》れていた。

きっと「奇跡」といわれる類《たぐい》のことは、何度も試《ため》して、その度《たび》に裏切られて来たのだ。

「期待を裏切るようで悪いがの、〝死〟を止めることは無理だよ。理《ことわり》に触《ふ》れる故のう」

俺にはわからない道理を掲《かか》げて、やはりかのうは首を振《ふ》った。羽黒は微《かす》かな期待に震《ふる》えている間宮にそれを伝えることを躊躇《ためら》った。

「命を救うことはできぬ……だがのうそなたの想《おも》い人が、生を諦《あきら》めそうになったその時に、それでももう少し〝生きたい〟とそう思わせるような奇跡ならば起こせるかのう」

そして、そんな間宮と羽黒を交互《こうご》に、いかにも優《やさ》しげな笑《え》みを浮かべながら見つめ、かのうはそう言った。

「もしも、初代部長さんが本当に諦めそうになった、その時に……生きたいと、生きられると、そう思わせるような奇跡ならば、起こしてくださるそうです」

羽黒は絶望的な台詞《せりふ》ははぶき、それだけを間宮に伝えた。それでも、間宮には十分その意味が伝わったようだった。

「生きたいと、思うような、奇跡」

間宮はゆっくりと、かのうの、羽黒の言葉を繰《く》り返した。

俺はそれをひどく曖昧《あいまい》だと思う。かのうらしいといえばかのうらしいが、藁《わら》にもすがりたい人間に言うにはふさわしくないと、間宮には気取られないようにかのうを睨《にら》んだ。

けれど、間宮が答えを出すのに、そう時間はかからなかった。

「雪を……色の着いた雪を降らすことは、できますか？　できれば彼女の一番好きな色の雪を」

ひどく静かでくもりのない瞳《ひとみ》で、間宮はその願いを口にした。

とてもとても美しい、願いだった。

「わかった。約束しよう。たとえその時が春でも真夏でも、必ず鮮《あざ》やかな雪を降らせると、妾《わらわ》は誓《ちか》う」

「……たとえ、それが、真夏でもっ、叶えてくださるそうです」

嗚咽《おえつ》を噛《か》み殺しながら、羽黒が伝えれば、間宮はひどく悲しくて、ひどく幸せそうな顔をして、ほっと一つ息を吐《つ》いた。

そして、止まっていた結晶化《けっしょうか》が再び加速して――俺はその花を摘《つ》み取り、俺が触れたところから花はキラキラと崩《くず》れて消えた。その直後、

「……だがのう。妾はそなたから〝花〟を貰《もら》っていないのう」

よりによってこのタイミングで、何を言い出すのかと、怒《いか》りに震えながらその顔を見れば、案の定何かを企《たくら》んでいるかのうの顔には笑みまでもあった。

しかし、羽黒は絶句して、それを通訳出来ない。

「でも、いまは冬だからのう、別の条件といこうかのう。そなたが持っているその木ぎれ。どこで拾ったのか、妾に教えておくれ」

「………それで、あの代償《だいしょう》の綺麗《きれい》な花はいらないそうです。ただ、その木の板をどこで拾われたのか、知りたいそうです」

だが、かのうが更《さら》に言い募《つの》れば、意を決して羽黒は間宮に伝えた。

「あの、本当にそう言っているわけ？」

さすがに、これには間宮も冷静になって、羽黒に聞き返した。

「ああ、その木の板も貰っておかねばのう」

「……その板も欲しいそうです」

「何のパーツか調べようと思っていたんだけど……わかった。ええと、正面玄関《げんかん》の並木の下で見つけました」

だが、結局目に見えている、ある種の奇跡に流されて、木板を羽黒に差し出す。

それをすかさず不可視の力で横から奪《うば》い、

「さあ、多加良。並木の下を探しに行くのだ！」

思い切り勝手な宣告を、しやがった。

＊＊＊

秋庭と鈴木が立ち去ると、林には最初と同じように間宮と羽黒の二人が取り残された。

でも、羽黒は置いていかれたのではなく、残ったのだと、間宮には何となくわかった。

「花南ちゃんは結局嘘《うそ》つき倶楽部《くらぶ》には入ってくれないのかな？」

「入れません。私はずっとここにはいられませんから。……この叶野市《まち》が好きではありませんから」

これが最後と決めた問いに返ってきたのは、そんな嘘で、間宮は苦笑するしかなかった。

「……そうか。じゃあ本当に諦めるとしよう。でも、やっぱり花南ちゃんは嘘つきだね？」

「……私は、多分、間宮さん以上の大嘘つきですよ。しかも愛のない嘘をつくんです。私の〝嘘の中の嘘〟は嘘でしかないんです」

「そう」

「……がっかりしましたか？」

背中を向けられていて、その顔を見ることは出来なかったが、声が沈《しず》んでいることはよくわかった。

「いいや。でも、花南ちゃんはこの先も嘘をつき続けられるのかな？」

嘘をつき通すことの難しさを、間宮はよく知っている。だからこそ、羽黒にそれを問う。

「はい、もちろんです」

そして、迷わずにそう答える羽黒のことが、心から心配になった。

秋庭の言う通り、最初はあの人の代わりのようにこの少女を求めていた。

わかっていて、それでも縋《すが》りつきたかった。

もしも、あの人を失ったら、自分はきっとまた凍《こお》ってしまうと思って。代わりに——偽者《にせもの》にするために、追いかけた。

でも、少女は結局、最後まで頷《うなず》いてくれなかった。出会った頃《ころ》のあの人に似ていても、やっぱり違《ちが》う人間だったから。あの人とは別の物を、見つめている、人間だったから。

だからこそ、自分はこれから、嘘つきのルールを破って、あの人に本当のことを伝えるのだけれど。

「じゃあ、どうして花南ちゃんは嘘をつくの？　そんなに辛《つら》そうな顔をして、さ」

さっき、少女にぶつけられたのと同じ問いを、間宮は同じ真剣《しんけん》さで向けた。

「生きていく、ためです」

きっぱりと告げる横顔は、強く決然としているのに、今にも泣き出しそうに見えて、間宮は切なかった。

「それなら、僕と賭《か》けをしようか」

だから、間宮はそう持ちかけた。

「このまま花南ちゃんが嘘をつき続けて、それが嘘のままなら花南ちゃんの勝ち。でも、花南ちゃんが嘘をつき続けて、それが真実になってしまったら僕の勝ち――でもって〝嘘つき倶楽部〟を再興してもらう。どう？」

「嘘が真実になる？……嘘はどこまでいっても嘘です。本当にはなりませんよ」

けれど、返ってきたのは強い眼差《まなざ》しと声だった。でも、間宮は構わず続ける。

「一応タイムリミットも決めておこうか。そうだな、期限は……色の付いた雪が降るまで」

それを期限とするのは、ほんの少し勇気が必要だった。けれど、そうしなければならないと間宮は思って言った。

「それでは尚更《なおさら》賭けが成立しませんね。だって、もうどんな雪も叶野市には降らないんですよ？……もう、雨しか降りません」

それは、息が出来なくなるほど優《やさ》しい嘘で。間宮はそれ以上、一言も発することができなくなって。

いつか、あの人は生まれ変わったら、雪になりたいと、自分の為《ため》に雪になってくれると言ったけれど。その時と同じくらい胸が痛くなった。

そして、とうとう泣き出した空から水滴《すいてき》が頰《ほお》に落ちて。でも、それが雨なのか自分の涙《なみだ》なのか、もう間宮にはわからなかった。

＊＊＊

「まったく、なんで俺がこんなことを？」

いくら考えても理由は見つからなかったが、俺は雨が降る中、鈴木犬が「匂《にお》う」といったハコヤナギの木の根本を掘《ほ》り返していた。雨で庭に人影《ひとかげ》が無くなったのがせめてもの救いだ。

ちなみに、鈴木犬は雨が振《ふ》り出した途端《とたん》、「ああっ、おかーさん傘《かさ》を持っていないはず！」と叫《さけ》びながら消えた。

「……上手《うま》いこと逃《に》げやがって」

ぶつぶつと呟《つぶや》きながら、それでも俺は掘り続けた。一度始めたことは途中で放り出せない性分なのだ。

そして、鈴木の鼻を九割方疑い始めた時——俺の手に何か触《ふ》れる物があった。

慎重《しんちょう》に掘り出してみれば、それは間宮が持っていたのと同じ形の板を何枚も紐《ひも》で連ねたものだった。

だが、地中から掘り出したというのに、少しも腐食《ふしょく》が進んでいないどころか、まだ切り出したばかりの木だと言われても不思議がないほど、断面が白かった。

「……どういうことだ？　っていうか、これは何だ？」

呟きながら、もう一度眺《なが》めて見ると。

シャッ　ぱん　しゃっ　パン
という板をたたき合わせるような音と共に、大きな影《かげ》と小さな子どものような影が手を繋《つな》いでいる――そんな幻《まぼろし》が一瞬《いっしゅん》視界を埋《う》めた。

「何だ？」

もう一度、今度は違う意味で呟いたというのに、

「それはのう、打ち鳴らして音を出すものかのう」

返ってきたのは、前のそれへの答えだった。

「おお、本当に見つかったの。多加良、ありがとう」

おざなりに礼を言うと、かのうは先程《さきほど》、間宮からその一片《いっぺん》を奪《うば》ったのと同じように、俺の手から、不可視の力でそれを持ち上げ。

「それでは、多加良。また近いうちにの」

紅い唇《くちびる》に笑《え》みを刻むと、消えた。

働かされるだけ働かされ、なんだか中途半端に放り出された俺は……黒板消し当番からも排《はい》除《じょ》されそうな罵《ば》詈《り》雑《ぞう》言《ごん》を、今掘った穴へと向かって吐《は》き出し続けた。

静まり返った虚空《こくう》。どこまでも広く終わりの知れぬ空間に、けれどいま存在するのはたった一人の女だけ。故《ゆえ》に響《ひび》く音も、女が立てる衣擦《きぬず》れのそれだけだった。

「うむ、多加良達を使うたら意外に上手く集まったのう」

誰《だれ》もいないと知った上で女は独りごちて、鼓《つづみ》に、からくり人形、そして拍板《はくはん》という渡来《とらい》の楽器を虚空に並べ、今は音をたてぬそれに女は眺め入る。

「……思い出など、腹の足しにもならぬと思うていたが、このように使われていたとなれば話は別だのう」

時を経て女の許《もと》へ戻《もど》って来たそれは、女にとって懐《なつ》かしい物であるのと同時に、疎《うと》ましい物だった。

故に、それらを見つめる女の顔に浮《う》かぶのも親しみとよそよそしさが混ざったようなものになる。

「記憶《きおく》を妾《わらわ》の枷《かせ》の一部にするとはのう……」

女は己《おのれ》の両手両足に嵌《はま》った連環《わ》を眺め、両手を振り上げた。

しゃらん、と、連環が微《かす》かな音を奏《かな》でて光ったのを合図に、もう触れられぬ思い出ごとそれらを壊《こわ》そうとしたのだが、結局女にはそれをなすことが出来なかった。

女は途方《とほう》に暮れた幼子のような顔をして、両腕《りょううで》をだらりと下げて、また〝思い出〟に見入れば、黄金色の双眸《そうぼう》はしばし過去と現在《いま》をさまよい、やがて定まった。

「まあ、よいか。壊すのは、〝全《すべ》て〟が揃《そろ》ってからでものう」
声にすることで自らを納得《なっとく》させて、そうして、女はゆっくりと虚空に融《と》けていった。

COLUMN / RAINY DAY

ひとりごと［天気雨］

結局、かのうは俺に何をさせたんだ？　あの木は一体何だったんだ？
雨で濡れた服を絞りながら考えたが、結局答えは出せなかった。
まあ、いつも通りの、迷惑な暇つぶしという線が濃厚ではある。
とりあえず、そう結論づけて、俺は空を見上げた——
まるで、天から伸ばされた糸みたいに細い雨が降っている。無色透明の雨が。
願わくは、もう雪が降りませんように。
そして、雨上がりにはどうか、美しい虹が空に架かりますように。

ニジイロチョコレート

恋《こい》は甘い。恋は苦い。そして時には涙味《なみだあじ》。

だから結局、何味なのかわからない。

1

日本全国の恋する乙女《おとめ》にとって、年に一度の大イベント、その名は聖バレンタインデー。

外国では男性から女性に贈《おく》り物をする日だとか、カードや花を贈るのだと言われても、聖バレンタインという司祭が殉教《じゅんきょう》した日だとか、菓子《かし》店の商戦だと言われようと。

恋する乙女達の背中を押して、告白する勇気をふりしぼらせてくれる──それが日本におけるバレンタインデーである。

そんな一大イベントまで一週間と迫《せま》れば、叶野学園高校にもまた、どこか浮き足だった空気が漂っていた。チョコの準備に忙《いそが》しい女子に限らず、受け取る──予定のあるなしにかかわらず──男子も落ち着かない様子でそわそわし始めている。

恋する一乙女として、桑田美名人もまた彼らの気持ちはわからないでもない。というよりよくわかるので、校内のこのような雰囲気《ふんいき》には何の不満もない。

故《ゆえ》に、ボブカットの髪《かみ》を軽く揺《ゆ》らしながら、廊下《ろうか》を足早に進む美名人の表情はいつも通り、人によっては物足りなさを覚えるほどに、静かなそれだった。

黙々《もくもく》と廊下を歩み、やがて美名人は目的地であった生徒会室へ到着《とうちゃく》した。放課後ここを訪《おとず》れることは、もう習慣になっていて、特に仕事が無い日も、知らず足はそこに向かう。だというのに、生徒会室の扉《とびら》の前に立つと美名人はいつも緊張《きんちょう》する。そして、仄《ほの》かな期待を持って扉に手をかけるのだ。

扉を開けた時、彼がそこにいたら嬉《うれ》しい——そんな願いをもって。

だから、美名人は今日も心を落ち着かせるように、目を閉じて、深呼吸を一つした。ちょっとした儀式《ぎしき》のように。

それから、今度こそ扉を開けるために、美名人はゆっくりと目を開けた。

と、同時に、美名人の目の前を掠《かす》め、ひらひらと足下《あしもと》に落ちていく何かを捉《とら》えて——彼女は反射的に、それを空中で摑《つか》んでいた。そうしてから手を広げ、自分が摑み取った物を改めて確《かく》認《にん》してみる。

それは、大きさは名刺《めいし》サイズで長方形。一見したところ、カード以外には見えないが、その紙の色は、何というか、いかがわしい感じのピンク色で。

「何かしら、このカード？」

口をついて出た疑問と共に、美名人は首を傾《かし》げた。

すると、美名人の前方を歩いていた女生徒が、踵《きびす》を返すと同時に、物凄《ものすご》い速さで美名人の下まで戻《もど》ってきた。

「そっ、それっ、わたしのっ！」

どうやら美名人の呟《つぶや》きを聞きつけて引き返してきた様子の女生徒は、同学年の山本《やまもと》で、特別親しくはないが、お互《たが》い相手の顔だけはよく見知っている。

しかし、山本はカードを拾ったのが美名人だとわかると、その手からカードをひったくるように取り返して、

「あ、く、桑田さん。ありがと。じゃあ、まっ、またね！」

明らかに動揺《どうよう》した様子で、礼もそこそこに美名人の前から逃《に》げるように走り去ってしまった。

「……怪《あや》しい、わよね？」

頬《ほお》に手をあて、独りごちながらも、美名人は山本の後を追ったりはしなかった。

カードも山本の様子も怪しげではあったが、もし校内で大きな問題となっているのなら、生徒会に報告が届いているはずだ。

だから、事件はまだ起きていないと判断して、美名人はとにかく生徒会室の扉を開けた。

今日は彼女の期待は裏切られ、扉を開けても室内には誰《だれ》もいなかった。でも、鍵《かぎ》は開いていたし、彼の定椅子《ていいち》には荷物が置きっぱなしになっている。どうやら少し席を外しているだけのようだ。

遊び回っている生徒会長の分まで仕事をこなしている彼――秋庭多加良はいつも忙しい。

戻って来たら一息つかせてあげたい——と、カードの件は頭の隅《すみ》に追いやって、美名人は彼女専用のキッチンスペースへと向かおうとした、が。

「すみません、遅《おそ》くなりました！」

生徒会臨時採用扱《あつか》いの羽黒花南が息を切らせて入ってきたので、その場で足を止めた。

「あれ、今日はまだ美名人ちゃんだけですか？」

冬とはいえ、校内においてもピーコートのボタンを上まで留めた上にマフラーという重装備の花南は、下げた頭を上げると同時に小さく首を傾げた。そうするとなんだかハムスターのように愛くるしい。

「花南ちゃん、お疲《つか》れ様。秋庭君も来ているようだけど、ちょっと席を外してるみたい」

「そうですか。でも、最後じゃなくて良かったです」

尾田の姿がないのを確かめながら、花南はストーブの近くに場所を取る。南国生まれの花南は着込んでいてもまだ寒いらしい。

「花南ちゃんも、紅茶飲むわよね」

「はい、いただきます！」

やっとマフラーを外す花南に美名人が尋《たず》ねれば、彼女は笑顔《えがお》と共に頷《うなず》いた。

「……あ、そうだ。あの、美名人ちゃん、これ知っていますか？　落とし物なので届けようと思っているんですが……」

紅茶の抽出《ちゅうしゅつ》時間で、美名人の手が空いた時を見計らって、花南はそれを差し出してきた。

「あら、それ……」

「ご存じですか?」

花南がサブバッグのポケットから取り出したのは、先程《さきほど》のカードと同じ物だった。もう一度見ても目がちかちかするような、品のないピンク色のそれを、美名人が見間違《みまちが》えるはずはない。

「ううん。見たことはあるんだけど、何のカードかまでは知らないわ」

美名人がそう答えると、花南はその答えに少し意外そうな顔をした後で、

「女子の間で流行《はや》っているみたいなんですけど、どうやらポイントカードみたいですよ」

自分の知っている僅《わず》かな情報を美名人にも教えてくれる。

「名前が書いてあるのでお届けしたいと思っているのですが、やっぱりまずは交番にでしょうか?」

掌《てのひら》のカードに目を落としながら、花南は軽く眉《まゆ》を寄せた。花南の悩《なや》みはどうやら、このカードをどうやって持ち主に届けるか、という一点だけのようだ。

でも、美名人の関心は、このカードの正体に向いていて、またそれについて考える方が重要に思えた——なぜならば〝叶野学園の女子生徒の間で流行っているらしい〟カードのことを、花南はともかく自分まで知らなかったという事実に、胸騒《むなさわ》ぎを覚えたからだ。

「ねえ、ちょっと見せてくれる?」

「はい。どうぞ」

なので、花南への答えを保留にしたまま、カードを借りると、美名人は今度はじっくりとそれを観察する。

表のピンク色の面には文字は書かれていないが、よく見ればうっすらとハートの形が浮《う》き上がって見える。裏返すと、そこには小さい四角のマスが七つ。その内四つはハート形のスタンプで埋《う》められていた。

「そうね、やっぱりポイントカードみたい」

「はい、わたしもそう思います。そして、このカードの持ち主は佐伯柚子《さえきゆず》さん」

「でも、お店の名前が入っていないポイントカードなんて変よね」

仮にこれが、あまり道徳的ではない店のポイントカードであったとしても、その名前くらいは小さく入れるのではなかろうか。だが、試《ため》しに透《す》かして見ても、そこには何も浮かんでこないし、佐伯柚子という名にも覚えはない。

「ね、花南ちゃんは、女子の間で流行ってるみたいって言ったけれど、私はさっき、一年三組の山本さんが持っているのをはじめて見たのよ。ねえ、流行っているっていうのはどの位の範《はん》囲《い》で？」

そこで、美名人が花南に改めてその点を尋ねてみれば、

「ええと、わたしのクラスで何人か持っているのを見ましたし、寮《りょう》でも見ましたから……」

叶野学園高校の女子寮で生活している花南はそう言った。

「寮でも？　じゃあ、このカードを持っているのは一年生だけじゃないっていうこと？」

「はい。二年生も三年生も持っていますよ。ただ皆《みな》さん、わたしにはあまり良く見せてくれませんでしたけど」

寮生は、数はあまり多くないが、全学年が揃《そろ》っている。ということは、全学年にこのカードは広まっていて、ならば叶野学園で流行していると考えてもいいだろう。

加えて、花南への対応を見るに、生徒会執行部《メンバー》には隠《かく》されていたと考えられる。そして、それを踏《ふ》まえると、さっきの山本の態度は、美名人に知られてはいけない物を見られてしまって動揺《どうよう》した、と取ることもできる。

「じゃあ、カードを最初に見たのはいつ？」

「ええと、三週間くらい前、でしょうか」

美名人の問いに、花南はすぐにそう答えた。つまり、花南は美名人よりも前にこのカードの存在を認知《にんち》していたようだ。だが、話しぶりからして、特に興味を覚えなかったらしく、このカードに関する知識の量は、今日その存在を知った美名人と大差ない。

結局、花南からそれ以上の情報は得られそうになく、美名人はとりあえず、今わかっていることから推理を働かせてみる。

といっても、ピンク色に、ハートのスタンプ。女子の間で三週間程《ほど》前から——つまり、例の、大イベントまでひと月を切った辺りで――流行し始めた、という情報から、美名人が導き出せた可能性は一つだけだった。

「このカードは、バレンタインデーに関係があるのかもしれないわね」

「ばれん、たいん、で？」

だが、それに対する花南の反応は芳《かんば》しくなかった。

アクセントはかなりおかしかったけれど、花南はその単語をただ鸚鵡《おうむ》返しにして。

小さく瞬《まばた》きを繰《く》り返しながら美名人の顔を見上げるその表情は、明らかにこの乙女《おとめ》の大イベントを知らないそれ。

「……………ちょっと、待って貰《もら》っていい？　紅茶を淹《い》れてからゆっくり説明するわ」

軽い目眩《めまい》を覚え、十秒近く沈黙《ちんもく》した後、花南の髪《かみ》を撫《な》でながら美名人が言えば、

「はい。説明よろしくお願いします」

花南は深々と頭を下げた。

そうして、バレンタインデーも知らずに育った羽黒の境遇《きょうぐう》を思いやりながら、美名人はお茶を淹れたのだった。

とりあえず二人分の紅茶を淹れて、椅子《いす》に腰《こし》を下ろしたところで、背中にした扉《とびら》は突然《とつぜん》に開いた。

しかし、至って静かな開け方は、中にいる人間に不愉快《ふゆかい》さを与《あた》えることがない。

「お、桑田、羽黒。来てたか。ごくろうさん」

扉を開けたのは、艶《つや》やかな黒髪《くろかみ》に、黒曜石のような双眸《そうぼう》が眼鏡《めがね》の奥で輝《かがや》く少年――秋庭多加良だった。本当に人間なのかと時に疑う程整った容貌《ようぼう》の持ち主は、けれど今日もその事実に気付いていない。

「秋庭君こそお疲《つか》れ様。何だか疲れているみたいだけど？」

今日も今日とて、多忙《たぼう》を極《きわ》めているらしい多加良に美名人が顔と声を向ければ、

「大丈夫《だいじょうぶ》だ」

多加良はいつものようにそう言って、軽く口許《くちもと》を上げた。

「あの、寒くないんですか？」

制服の上着《ブレザー》を脱《ぬ》いで、ワイシャツ姿で腕《うで》まくりまでしている多加良を見て、自分の方が寒そうに身を縮めながら花南が尋《たず》ねる。

「別に寒くない。いま顧問《こもん》に頼《たの》まれて力仕事の途中《とちゅう》だからな、体はあったまってる」

律儀《りちぎ》に答える多加良は、その言葉通り寒さは感じていないらしい。元気なのは何よりだと美名人は思う。

「大変そうね。私達も手伝うわ」

でも、元気だからといって、美名人は多加良一人に仕事を任せておくつもりはない。

「いや、大丈夫だ。力仕事だし、俺と尾田でやれるから」

しかし、多加良はあっさりとその申し出を断ってくれる。

普段《ふだん》は男女を平等に扱《あつか》う多加良だが、時折こんな風にフェミニストの顔を覗《のぞ》かせる。決して不愉快なものではないからいいけれど、ちょっとだけ美名人は残念だ。彼女は少しでも多加良の力になれるよう、生徒会に入ったのだから。

「で、尾田も顧問のところで手伝いだ。だから桑田と羽黒も仕事が残っていないなら今日はもう戸締《とじ》まりして帰ってくれていいぞ」

どうやら多加良は、荷物を取りがてら、わざわざそれを伝えに来てくれたようだ。

「わかったわ。お言葉に甘えて今日はそうさせてもらう」

美名人がそう言えば、多加良は満足そうに頷《うなず》いて、手早く自分の荷物をまとめ始める。

「急いでいるのはわかるけど、お茶を飲んでいく暇《ひま》もないの？」

無理に引き止めるつもりはないのだが、忙《いそが》しそうな背中に何となく声をかけてしまう美名人だ。

けれど、多加良から返事はなく、訝《いぶか》しく思って様子を窺《うかが》えば、多加良は窓の外のある一点に視線を固定していて——その表情はみるみる内に険しい物へと変じていく。この急変を不審に思い、美名人も多加良の視線を追えば、一瞬《いっしゅん》彼女はよろめきそうになった。

「どうかしたんですか？」

窓の外を見ながら、揃《そろ》って沈黙してしまった二人に気付いて、ようやく花南も口を開く。

「あ……垂れ幕があんな所に」

そして、美名人達と同じ物を、向かい側の校舎の三階に捉《とら》えたはずなのに、特に衝撃を受けた様子も見せず、花南の声は純粋《じゅんすい》にその事実を伝えるだけだった。

「……ああ、垂れ幕だな。でもな、普通《ふつう》垂れ幕はあんな不愉快なピンク色じゃないよな。それに許可無くあんな風にテラスを占領《せんりょう》していいわけがないだろう、羽黒」

「そ、そうですねっ！　すみません」

眉《まゆ》を寄せた、不機嫌《ふきげん》そうな顔を多加良に向けられて、花南は慌《あわ》てて謝罪しながら、美名人の背中に半分隠《かく》れる。

「いいのよ、花南ちゃんは謝らなくて。悪いのは全部……鈴木君だから」

花南を気遣《きづか》う美名人の声は優しかったが、窓の外、件《くだん》の垂れ幕を見つめる眼差《まなざ》しは非常に冷たかった。

「あれ、何回目だっけなぁ？　〝乙女《おとめ》の聖戦まであと7日〟？　なんだそれは、バレンタインデーのことか？　ああ、俺には無縁《むえん》なイベントだな。ついでにあの垂れ幕も不要品だ」

拳《こぶし》を握《にぎ》り込みつつ、多加良の目は据《す》わり、その思考は無意識に声となって漏《も》れ出して……美名人は、今日は多加良にお茶を飲んで貰うことを諦《あきら》め、垂れ幕はともかく、バレンタインデーを自分には縁《えん》の無いものと多加良が考えていることには小さくため息を吐《つ》いた。

そして、少々恨《うら》めしい気分と共に、もう一度垂れ幕を睨《にら》みつけて、例のカードの存在を思い出す。

この色、そういえばあの垂れ幕と同じ——と今更《いまさら》ながら気付くと、美名人はポケットから取り出したカードをくるりと裏返し、スタンプの押された面を上にして、多加良の目の前に差し出した。

「ん？　何だ、桑田」

垂れ幕の排除と鈴木の捕獲《ほかく》の為、早くも走り出そうとしていた多加良だが、カードを一瞥《いちべつ》すると、首を傾《かし》げて、それから真《ま》っ直《す》ぐに美名人の目を見つめてくる、いつものように。

「……これは落とし物なんだけど、この、佐伯柚子っていう名前に覚えはある？」

その真っ直ぐな眼差しをきっちり受け止めてから、美名人は多加良に問いかけた。このカードが美名人が推測しているように、叶野学園生の物ならば、必ず答えが返ってくると信じて。

なぜならば、明晰《めいせき》な頭脳を持つ多加良の特技の一つは、叶野学園——中等部も含《ふく》む——の生徒の名前と顔を完全に一致《いっち》させて、把握《はあく》していることなのだから。

「佐伯柚子なら中等部の一年生にいるな。額に縁起《えんぎ》の良さそうな黒子《ほくろ》がある」

間髪《かんはつ》を入れず、多加良からはある意味、美名人の期待通りの答えが返ってきた。

「ありがとう。じゃあ……頑張《がんば》って鈴木君を討ち取ってね」

そして、背中を押す声をかければ、多加良は、大きく頷き返した。

「ああ、じゃあ、また明日。桑田、羽黒、明日の朝には生徒会長の椅子《いす》が俺の物になっていると信じていてくれ」

更《さら》に使命感と、怒《いか》りに燃えた眼差しに力を込《こ》めると、多加良はそのまま駆《か》け出して、生徒会室を後にした。

「それじゃあ、花南ちゃん。私達も行きましょうか」

多加良の足音が完全に遠ざかると、美名人はお茶を飲もう、と言うのと全く変わらない調子で花南に告げた。余りに自然だった為《ため》、花南は無意識に頷いてしまった後で、

「えっ、どこへですか？」

慌てて美名人に聞き返す。

「まずは、このカードの持ち主に会いに中等部へ行きましょう」

「あ、直接返しに行くんですね」

「ええ、そのついでに情報収集。それで多分、これが本当に事件かどうかはっきりするわ」

手の中のカードを頭上にかざしながら、美名人が言えば、胸の前で手を組んで、小動物のように花南は首を傾げる。

「情報収集？」

「ええ。どうも事件は既《すで》に起こっている気がするの」

次いで美名人がそう告げれば、花南はますます困惑《こんわく》した様子で、少しだけ高いところにある

美名人の顔を見上げてくる。

「事件、ですか？」

「ええ、仮に〝謎《なぞ》のポイントカード流行事件〟としましょうか」

物凄《ものすご》く、そのままで何のひねりもない仮称《かしょう》に花南は一瞬言葉を失う。

「……ええと、その——、事件ならば秋庭さんにも相談した方が良いのでは？」

そして、とりあえずその仮称は聞こえなかった振《ふ》りをして、重ねて美名人に尋《たず》ねた。

「ううん、だめよ。秋庭君が忙しいのはわかっているでしょ」

そうすれば、美名人は諭《さと》す口調と共に、静かに花南を見下ろした。

「はい、でも……」

「で、も、私達は手が空いているし、それにこれはきっと〝乙女の事件〟だと思うの。だから、私達二人で解決してみせましょう」

正直なところ、美名人は勘《かん》と、好奇心《こうきしん》から動こうとしているだけだったが、花南はその真摯《しんし》な眼差しと声に打たれ。

「お、〝乙女の事件〟ですか！」

——たのではなく、その何だかときめく響《ひび》きに流されて頷《うなず》き、美名人の手を取った。

こうして、二人の少女は〝謎のポイントカード流行事件〟の捜査《そうさ》に乗り出すことになったのだった。

2

「そういえば、花南ちゃんはどこでカードを拾ったの？」

生徒会室を後にして、まずは校門へと足を進めながら、美名人が思い出したように尋ねると、

「寮《りょう》から学園までの通学路で……その、ちょっと転んだ拍子《ひょうし》に見つけました」

何も無いところでも、なぜかよく躓《つまず》く花南はそう答えながら、恥《は》ずかしそうに足下に視線を落とした。

「気をつけてね、花南ちゃん。でも、そういうことなら、佐伯さんの通学路は寮から高等部までは花南ちゃんと同じってことね」

美名人が簡単に推測して見せると、花南は弾《はじ》かれたように顔を上げて、

「そうですね。じゃあ、校門の前でも待ち伏《ぶ》せしていた方がいいでしょうか？」

花南なりに考えた結果を口にする。

「そうね、一応秋庭君には佐伯さんの顔の特徴《とくちょう》も教えて貰《もら》ったけど……私達が彼女を見極《みきわ》めるのは難しいかも」

美名人は頰《ほお》に手を当てながら、その方法を検討してみたが、自分達が行うには今ひとつだというう結論を述べた。

「そうです、ね」

「あ、でも花南センサーはどう？　こういう時には使えない？」

肩《かた》を落とした花南を見て、美名人は半分フォロー、半分はその可能性に賭《か》けて、問いかける。

「……残念ながら、このカードからは何も感じ取れません」

が、更に花南を落ち込ませる結果となり、それ以上言葉も浮《う》かばず、美名人は唇《くちびる》を噛《か》んだ。

「うん、じゃあ、中等部へ行きましょう」

とにかく、そういうことにして、美名人は花南の歩みを促《うなが》した。

しかし、その会話が呼び水になったとでも言うのか、数分後、叶野学園高校の門をくぐって、しばらく歩いたところで、腰《こし》をかがめて、地面を一生懸命探《けんめいさぐ》っている少女に二人は遭遇《そうぐう》した。

しかも少女は叶野学園中等部のものとわかるプリーツスカートを穿《は》いていて。

「コンタクトでも落としたんでしょうか？」

花南は小さく首を傾《かし》げるが、それは美名人の考えとは異なるものだった。

「そうね、偶然《ぐうぜん》に頼《たよ》らないならその意見に賛成。でも、偶然に賭けるなら……佐伯柚子さん？」

そして美名人は、カードに記されていたその名を思い切って呼んでみる。

「……え、あ、はい」

そうすれば、その少女は困惑を隠《かく》しきれないまま顔を上げた。

「あ、額に黒子《ほくろ》があります」

その額に例の目印を見つけた花南は半ば呆然《ぼうぜん》と呟《つぶや》き、美名人は自分が賭けに勝ったと思う。

「あなたが佐伯さんだとすると、捜《さが》し物はこのポイントカードかしら？」

そして、美名人は花南から預かったままのカードをトレンチコートのポケットから取り出した。

「あ、あああっ！　そう、それです！　お姉様、ありがとうございます!!　せっかく4ポイントまで貯《た》めたのに、無くしてしまって、どうしようかと思っていたんです！」

美名人がカードをちらつかせれば、柚子は脇目《わきめ》もふらずに一気に駆《か》けて来て、警戒《けいかい》する様子もなく二人の前に立った。どうやら、中等部では美名人達に対する箝口令《かんこうれい》は敷《し》かれていないようだ。

「お姉様が拾ってくれたんですか？」

「いいえ、拾ったのはこちらの羽黒花南ちゃんよ」

「そうですか。ええと、花南お姉様ありがとうございます！」

「い、いえっ！　そんなに大したことではないですから！」

柚子の「お姉様」という呼びかけに美名人は寒いものを覚えたのだが、花南はその点には何も感じていないらしい。まあ、そこは人それぞれかと、美名人は気持ちを切り換《か》える。

「それで、私は桑田美名人です」

「美名人お姉様もありがとうございます」

もう一度礼を言いながら、柚子は掌《てのひら》を上に、美名人に両手を差し出して来た。

明らかに美名人達を善意の人と思っている柚子の仕草に少々心が痛む。実際善意から行動してはいるのだけれど、目的の為にはこのカードを素直に返すわけにいかないのだ。

「カードを返す前に、いくつか質問に答えてもらえる？　答えてくれたらカードは返すわ」

声は穏《おだ》やかに告げたが、一度取り出したカードを美名人が再びポケットに仕舞《しま》い込んでしまうと、柚子の顔には戸惑《とまど》いと不安が交互《こうご》に浮かび上がる。

「あの、大丈夫《だいじょうぶ》ですよ。質問にさえ答えてくれたら、美名人ちゃんはちゃんとカードを返してくれます」

「本当ですか？」

花南がそう言いながら、柚子の肩をそっと叩《たた》けば、心持ち安堵《あんど》した表情で彼女は美名人に尋《たず》ねる。

「ええ、約束するわ。それに、そんなに難しいことは聞かないから」

「そうですよ。わたし達はこのカードにちょっと興味があるだけなんです」

けれど、花南のその言葉を聞いた瞬間《しゅんかん》、柚子の顔は僅《わず》かに強《こわ》ばる。

「じゃあ……お姉様達もライバルになるんですか？」

『ライバル？』

声と共に、少し険のある眼差《まなざ》しを向けられて、美名人と花南は揃《そろ》って首を傾げた。しかし、それきり柚子は、美名人のポケットを見つめたままふっつりと黙《だま》ってしまう。

「あのあの、わたし達は柚子さんのライバルになるつもりは無いですよ？」

そんな柚子の様子に花南は困ったように眉《まゆ》を八の字に寄せて、懸命《けんめい》に語りかける。

「佐伯《さえき》さん、花南ちゃんの言う通りよ。私達はそのカードのことをちょっと調べているだけ。それに……落とし物を拾った人には一割の謝礼っていうルールは知っている？　私達はそのお礼を出来れば質問の答えとして貰《もら》いたいだけなの」

中学校一年生に言う台詞《せりふ》だろうかと、思いつつも、美名人は柚子の目を見ながら語りかけた。

「……美名人ちゃん、いまのちょっと秋庭さんっぽかったですよ」

「……そ、そうかしら？」

恐《おそ》らくプラスの意味では無いだろうが、花南の率直な感想に、美名人は頰《ほお》を薄《うす》く染めて、それから小さく小さく微笑《ほほえ》んだ――そして、美名人にしては珍《めずら》しくわかりやすい表情の変化は、結果的に柚子に好印象を与《あた》え。

「そうか……ライバルの前に、美名人お姉様も一人の乙女《おとめ》なんですよね！　わかりました！　この〝戦乙女《ヴァルキリー》カード〟についてわたしが知っていることは何でも答えます！」

「ヴァルキリーって、戦乙女《いくさおとめ》？」

その名称《めいしょう》に、美名人は一瞬後悔《こうかい》し、同時にかなりの高確率で某《ぼう》人物がこの件に一枚噛《か》んでいることを確信した。

「戦乙女《ヴァルキリー》なんて、強そうですね！」

そうして、そのネーミングに無邪気《むじゃき》な感想を述べている花南を、少しだけ羨《うらや》ましく思いながら、美名人はため息を吐《つ》いたのだった。


佐伯柚子の説明をまとめると、このピンク色のカードは大体、次のようなものである。

このカードの正式名称は〝戦乙女カード〟であり、ポイントカードである。

ただし、特定店舗《てんぽ》のポイントカードではなく、ポイントの集め方も、通常の方法とは異なる。

普通《ふつう》、このようなカードのポイントは買い物の金額に応じてつけられる。しかし、戦乙女カードは、与えられた指令を、菊衛門《きくえもん》商店街——叶野学園高校、及《およ》び中等部に程《ほど》近い商店街である——の店舗で確実にこなすことでしか得られない。

そして、二月十四日までに7ポイントを集められた者のみが「本戦」とやらに参加でき、「本戦」の優勝者のみが〝虹色《にじいろ》チョコレート〟なる物を手に入れることが出来る。

「虹色チョコレート？」

ポイントカードに関する話は、聞けば聞く程、某人物の関与《かんよ》が濃厚《のうこう》になるばかりだったが、どうやら、柚子をはじめとして少女達が求めてやまない賞品、〝虹色チョコレート〟には美名人も興味をそそられて、思わず聞き返していた。

「おいしそうな感じがしますが、食べられるんですか？」

そんなことを言いながら、花南が首を傾《かし》げれば、柚子は額の黒子《ほくろ》に指を当てて軽く唸《うな》る。

「うーん、私は多分食べられると思うんですけど、この〃虹色チョコレート〃については謎《なぞ》が多いんです。でもネーミングで既《すで》に乙女心は摑《つか》んでますよね」

確かに！――思わず声を上げて同意しそうになったが、美名人は理性で何とかそれを飲み込んだ。

いけない、確かに乙女心をくすぐるネーミングだが、それ故に危険な予感も倍増なのだ。

「それで、謎って？」

内心の動揺《どうよう》を見事に押し隠《かく》して、美名人は柚子の話の先を促《うなが》した――好奇心《こうきしん》の方は抑《おさ》えきれずに。

「ええと……七つの味がするとってもおいしいチョコレートだって言う話も聞けば、七層になっている虹《にじ》みたいな形のチョコだって言う子もいるし。でも、私が一番信じてるのは……本当に好きな人に贈《おく》れば必ず恋《こい》が叶うっていう話です！」

柚子の声はだんだん力を増し、握《にぎ》りしめた拳《こぶし》にも力が入り、それを聞く美名人の体にも知らず力が入っていた。

「本当ならすごいチョコレートですねぇ」

花南は感心したようにそう言ったが、いま三人の中で一番冷静なのは彼女だろう。なぜならば、バレンタインデーはチョコレートを贈る日だと知らないのだから。

「……そうね。本当ならすごいわね。七つの味なんておいしそうね」

そして美名人がいつものトーンでそう言えば、柚子は不満顔になる。

「お姉様達は色気より食い気ですか？」

「そ、そんなことは……青は何味かなんて考えていませんから！」

すると花南は慌《あわ》てて首を振《ふ》って見せたが、これはかなり怪《あや》しい反応だ。

「そ、それで、このポイントカードはどうしたら手に入るんですか？」

花南もその自覚があったらしく、誤魔化《ごまか》すように話を振り直す。

「それは簡単です。菊衛門商店街で千円以上の買い物をして、学生証を見せて、叶野学園生だって証明すればいいんですよ」

まだ訝《いぶか》しむような視線を花南に送りつつも、柚子はその方法を教えてくれた。

「学生証を見せる？　……ということは、対象は叶野学園の生徒に限定されているってこと？」

その点に引っかかりを覚えて美名人は聞き直したが、それにも柚子は頷《うなず》いた。

そこまで聞いて、美名人が花南の意見を求めるようにその顔を見れば、三つ編みの先を弄《もてあそ》びながら、彼女もまた頷いてみせる。

「そうなりますよね。あ、でも戦乙女だから、男子生徒はどうなるんですか？」

「多分参加できないと思います。だって、これは〝聖バレンタイン乙女の聖戦〟なんですから！」

柚子は朗《ほが》らかに言ってくれたが、それは美名人にとっては決定打だった。頭痛を覚えて、美名人は額に手を当てて沈黙《ちんもく》した。

「〝聖バレンタイン乙女の聖戦〟です、か？」

さすがに花南も連日目にしていた垂れ幕の文言を思い出したか、柚子に尋《たず》ねる声が揺《ゆ》れていた。

「はい！　これは虹色チョコレートを賭《か》けた乙女の聖戦なんです！」

そんな二人を見ても、尚《なお》も明るい柚子の声を美名人はどこか遠くに聞きながら、

「やっぱり……既に事件は起こっていたのね」

呟《つぶや》いたのだった。

柚子に礼と別れを告げた後、美名人と花南は早速《さっそく》、菊衛門商店街へと足を向けた。

菊衛門という商人が中心となって興《おこ》したと言われる、その名も菊衛門商店街は駅からは多少距離《きょり》があるものの、店に接した数百メートルの歩道にはアーケードがかかっていて雨の日のお買い物には中々便利である。

ただ、大型店の進出などから、各地の商店街と同じようにシャッターが閉まったままの店舗

も最近は目立つようになっている、のだが、今日は妙《みょう》に人出が多いように見えた。

というか、その多くは叶野学園の女子生徒の姿で、つまり〝戦乙女《ヴァルキリー》カード〟絡《がら》みの人出ということだった。

そうして、いま、美名人と花南は、商店街の外れにある空き店舗に到着《とうちゃく》していた。

花南が参考書を買った書店で、柚子に教えられた通りに学生証を見せたところ、まず引換券《ひきかえけん》を渡《わた》された。そして、引換券を持って向かうように指示されたその場所は、空き店舗《てんぽ》の筈《はず》だったが、今はそこに〝乙女の時間〟という、やはりピンク色の看板がかかっていた。

「ここで間違《まちが》いないわね」

「……そうですね」

はっきり言って、その看板を見ただけで二人は既《すで》に大変な疲労感《ひろうかん》を覚えていたのだが、視線を交《か》わすと、揃《そろ》って店の扉《とびら》に手をかけた。

「……ようこそ、二人の勇気ある乙女よ。しかして、君たちは戦乙女か？」

商品もなく、薄暗《うすぐら》い店内を奥へと進んでいけば、そこにはフード――いったいどういうセンスなのか菊《きく》の花柄《はながら》――を被《かぶ》った、いかにも怪しい占《うらな》い師といった風情《ふぜい》の人物が待っていた。椅《い》子《す》にかけ、机の上で組んだ手の上に頭を載《の》せ、美名人達から見えないよう顔を隠している。

「戦乙女となる覚悟《かくご》があるならば……」

その姿勢のまま、更《さら》に芝居《しばい》がかった台詞《せりふ》を続ける声は、少年のようでもあり、青年のようでもあり――鈴木朔の声だった。

ゆっくりと机に近付いていくと、美名人は問答無用でそのフードをはぎ取る。

「わあっ、何するのさっ！」

フードの下から現れた顔は間違いなく鈴木のそれだったが、今日の鈴木は「菊衛門商店街」という字の入ったはっぴを制服の上に着て、商店街のマスコットらしい小さなぬいぐるみ――確か〝きくちゃん〟というのだが、菊の花に老人の顔をつけたような不気味な代物《しろもの》だ――がたくさん着いたハチマキを頭に締《し》めていた。

相変わらずの脱力《だつりょく》しそうな姿に、けれど美名人は足に力を込《こ》めて耐《た》え、

「そうね、現行犯逮捕《たいほ》っていうとこかしら？」

氷のように冷えた声で短く告げる。

「逮捕ー？　何それ。この山口さん家《ち》の三軒隣《げんとなり》の鈴木くんは何の罪も犯《おか》していないよ？　むしろ叶野学園の乙女《おとめ》と商店街を盛り上げているのだ！」

例によって美名人の四次元鞄《かばん》から現れた手錠《てじょう》――ここは深く追及《ついきゅう》してはいけない――にあっさりと捕《と》らえられた鈴木だが、反論の言葉までは失っていない。

「……確かに、商店街にはいつもよりたくさんの人がいましたね。ええと、それならば悪いことではないような」

珍《めず》しく明快に鈴木が語ったので、花南は早くも流されて納得《なっとく》しそうになっている。

「でしょう？　鈴木は乙女と商店街の味方なのさ！」

調子に乗り、胸を張ろうとした鈴木だったが、美名人は手錠に繋《つな》がる鎖《くさり》をそこで強く引いた。

「そうね。確かに鈴木君にしては、まともなことをしているのかもしれないわ。でも、あなたがここでこうしている間も、秋庭君は、あなたの分まで仕事をしているのよ？　つまり、あなたはまず生徒会の仕事をすべきなの」

口調は淡々《たんたん》と、けれどうっすらと微笑《ほほえ》みながら冷気を漂《ただよ》わせる美名人は、ある意味美しかったが、その凄絶《せいぜつ》さに花南は思わず鈴木と手を取り合って身を寄せる。

「お、落ち着いてください、美名人ちゃん！」

「そうだよそうだよ、美名人っち。怒《おこ》るって健康に悪いんだって。怒りすぎで体を壊《こわ》したらバレンタインも台無しになるしさ！」

だが、美名人は聞く耳を持たず、鈴木を連行すべく更に鎖を引く手に力を込めた。が、

「……あ、そう言えばバレンタインって何ですか？」

緊迫《きんぱく》しすぎた状況《じょうきょう》で、逆に何かが切れたのか、場の雰囲気《ふんいき》を無視した花南の台詞に、美名人も含《ふく》めて一瞬《いっしゅん》室内の時間は停止した。

「こんにちはっ！　彩波だよっ！　石の上にもイロハだよっ！」

しかし、そこに更《さら》に場にそぐわない明るい声が響《ひび》き渡れば、室内の時間は動きだし、美名人の張りつめた気持ちの糸も、空気もたわんだ。

「あら、彩波さん、こんにちは」

「あっ、美名人ちゃんだ！　こんにちはっ！」

振《ふ》り向きながら美名人が穏《おだ》やかな声を向ければ、彩波も朗《ほが》らかな声を返して寄越《よこ》す。

「え……あれ？　なんだか今日はお二人とも和《なご》やかです、ね？」

本来は喜ばしいことなのに、違和《いわ》感の方が勝《まさ》って花南は二人を交互《こうご》に見て首を捻《ひね》る。

「今日は、仲違《なかたが》いする原因がいないからじゃないのー」

だが、鈴木は至極《しごく》当然とそう言って、花南に笑《え》みを向けた。やはり、鈴木は見ていないようで見ている——というよりも美名人と彩波の態度が常に火を見るより明らかなのだろう。

知らぬは渦中《かちゅう》の約一名、だけなのだ。

「あ、羽黒ちゃんも、鈴木くんもいるっ！　あれぇ、どうして？　彩波はお買い物したらここに行ってみて、って言われて来たんだけど？」

花南の手にあるのと同じ引換券《ひきかえけん》を見せる彩波に、

「彩波っち、大丈夫《だいじょうぶ》だよん。場所は合ってまーす」

鈴木は手を振り、微笑みかける。

「そうなの？　じゃあ良かったよっ！」

そうすれば、彩波も破顔して、なぜか鈴木と手を取り合ってその場でジャンプを始める。鈴木の手にはいつの間にか手錠がない。

美名人もすぐにそれに気付いたものの、はしゃぐ二人の前に、諦《あきら》めて手錠を仕舞《しま》う。

「あっ、手錠！」

「次は、おもり付きの手錠にするわ」

半ば本気で呟《つぶや》きながら、だったが。そして、それを聞き咎《とが》めた花南は、少々青ざめながら、

「え、えーと、それで、彩波さんも〝戦乙女カード〟の引き替《か》えにいらしたのですか？」

とにかく美名人の思考を手錠から遠ざけるために、話を彩波に振り直す。

「〝戦乙女カード〟？　花南ちゃん、それは何のことっ？」

彩波はどうやらカードのことは知らなかったようで、興味を示しつつも首を傾《かし》げて花南に聞き返す。

「彩波さんは知らないみたいね。そうよね、大体商店街と彩波さんはミスマッチだし」

彩波は叶野市のみならず、日本でも有数の企業家《きぎょうか》として名を知られる和家の一人娘《むすめ》なので、庶民《しょみん》的な商店街で買い物をするという構図はどうもしっくりこない。

「そんなことないよっ！　だって彩波は初めてのおつかいも菊衛門商店街だもん！」

初めてのおつかい――と、やけに誇《ほこ》らしげに彩波は言ったが、ようするに社会勉強のようなものか、と美名人は理解した。

どちらにしろ、今も店の外にちらちら見える黒服の使用人が、いつも彩波を見守っているのだから、安全上の問題はないのだ。

「あれ、彩波っちは〝戦乙女カード〟のこと知らなかったの？」

「うん。ねえねえ鈴木くん、何のことっ？」

口許《くちもと》を歪《ゆが》めて、いかにも含みを持たせた鈴木の表情と台詞《せりふ》に、彩波は好奇心《こうきしん》に瞳《ひとみ》を輝《かがや》かせ、鈴木の前に身を乗り出す。

「知りたいかい？　〝戦乙女カード〟と〝聖バレンタイン乙女の聖戦〟のことを……」

「知りたい知りたい知りたいよっ！」

「では、お答えしよう！　〝戦乙女カード〟は授《さず》けられた〝乙女の試練〟をクリアすることでポイントが付くカードなのだ。そして、7ポイント集めた者のみ十四日のバレンタインに開催《かいさい》される本戦に参加する資格を得《う》る！　そーしーてー」

そこで鈴木はもったいつけるように一拍《いっぱく》おいて、

「勝者には、鈴木の虹色《にじいろ》チョコレートが与《あた》えられるんですっ！」

両手を広げ、噂《うわさ》のその単語を口にした。

「……そう、賞品は本当に〝虹色チョコレート〟なの」

そして、美名人は誰《だれ》にも聞こえないように、口中で小さくその単語を繰《く》り返した。

「ばれんたいん、というのは十四日で、チョコレートと何やら関係があるのですね」

一方で、結局いまだバレンタインについて説明を受けていない花南は一人、知識を補充《ほじゅう》していた。

「ふうん、楽しそうだね」

だが、鈴木が一番大きなリアクションを期待した彩波は意外に冷静な声を返した。

「あ、あれぇ、彩波っちは虹色チョコレートに興味わかないの？」

鈴木は戸惑《とまど》いを露《あらわ》にして、小さな彩波の顔を腰《こし》をかがめて覗《のぞ》き込む。

「うん。だって、彩波は虹色チョコレートはいらないもんっ！　だってもうその日に備えてパリから超《ちょう》一流のパティシエをよんであるんだよっ！」

声だけでなく、体も弾《はず》ませてツインテールを揺《ゆ》らしながら彩波は鈴木に笑って見せ——その瞬間、美名人の全身には緊張《きんちょう》が走った。

「パリの……パティシエ？」

「うん、そうだよっ！　それも超一流っ！　だからね、美名人ちゃん十四日はもう彩波が勝ったも同然なんだよっ！」

彩波の口調はいつも通り無邪気《むじゃき》なそれだったが、美名人を見つめる眼差《まなざ》しにはいつの間にか闘志《とうし》が燃えていた。

「そうかしら？　私は他人《ひと》の手を借りずに、ちゃんと自分で手作りするわよ」

彩波の眼差しを正面から受け止め、美名人は余裕《よゆう》と自分の優位を示すために、作り笑いまでも浮《う》かべて見せた。

「手作り？　でもカカオから作ったりはしないでしょ？　みんなそうだもんっ！　だから超一

流のパティシエに作って貰《もら》ってもそれは彩波のチョコだよっ！」

だが、彩波も負けてはおらず、ある意味で説得力のある持論を披露《ひろう》する。そして、繰り返される超一流という単語に、美名人の胸にも微《かす》かな不安がよぎる。

「そうか、彩波っちはいらないのかぁ。ぼくの虹色チョコレートも中々なんだけどなぁ」

そんな美名人とは対照的に、鈴木はその〝虹色チョコレート〟に自信を覗かせる。

「虹色チョコレート……」

小さく呟きながら、美名人が鈴木に眼差しを向けた、その直後。

陽《ひ》が傾《かたむ》いて、薄暗《うすぐら》さを増した室内に、突如閃光《とつじょせんこう》が走り、美名人達は思わず目を瞑《つぶ》った。

そうして、ある予感と共にゆっくりと目を開ければ、そこにはもう和彩波という少女はいなかった――否《いな》、彩波は変わらずそこに立っているはずなのだが。

いま、美名人が認識《みて》しているのは、銀色の長い髪《かみ》に、太陽の光を集めたような双眸《そうぼう》を持つ美しい女性だった。彩波とは似ても似つかない彼女は名を、かのう様という。

出現の方法からもわかるように、叶野市限定で不思議な力を使うという、人外の存在だ。彩波はその憑坐《よりまし》だとかで、かのうが現れる折には、こうしてその体を貸したりするのだ。結果、美名人達の目には彩波はかのう様としてしか映らなくなる。

「……かのう様」

しかし、かのう様の姿を目にした美名人の気分はお世辞にも良くなったとは言えない。

「うむ、美名人。元気だったかの？」

名を呼べば、小首を傾げて挨拶《あいさつ》などをしてくるが、気を抜《ぬ》いてはいけない。

「かのう様、こんにちはー。お元気ですか？」

「おかげさまでのう。鈴木殿《どの》もお元気そうで何より。花南も元気かのう？」

「あ、はい。お気遣《きづか》いありがとうございます」

鈴木は親しげに、花南はやや畏《おそ》れるように頭を下げて、それぞれ挨拶を交《か》わすが、美名人は隙《すき》なく構える。

「……何か、ご用ですか？　秋庭君は忙《いそが》しいからいませんよ」

そして、空中にその姿を留《とど》めているかのう様を見上げながら、まずは軽く牽制《けんせい》しておく。

優《やさ》しげな様子を見せていても油断は禁物だ。

なぜならば、かのう様は暇《ひま》つぶしのように人に——主に多加良に——厄介事《やっかいごと》を押しつけては、それに悪戦苦闘《あくせんくとう》する様を楽しむような趣味《しゅみ》の持ち主で、美名人自身ももう何度もその厄介事に巻きこまれているのだから。

「多加良がおらぬことくらい妾《わらわ》にもわかっておるよ」

そんな美名人に、気を悪くした風もなくかのう様は艶冶《えんや》な笑《え》みを向け、そう言った。

「あの、でしたら、何か他《ほか》に気にかかることがお有りですか？」

多加良や美名人には及《およ》ばないが、十分かのう様から迷惑《めいわく》を被《こうむ》っているはずの花南は、それでもどこか彼女を敬うような態度を変えていない。それも今後更《さら》に経験を積んでいけばその態度も変わっていくことだろうが。

「いやのう。気にかかるというよりは、皆《みな》でおいしそうな話をしておったからかのう。妾も猪《ちょ》口令糖《これいと》は好きなのでの」

「へえ、かのう様もチョコが好きなんだ。ってことは食べたことがあるんだよね?」

かのう様が言えば、鈴木が問いかける。

「もちろん。最初に食したのは和家の者が供えてくれた時だから……随分《ずいぶん》前になるがのう。最近はばれんたいんでーの度《たび》に彩波が妾に猪口令糖をくれるのう」

その味を思い出したかのように、かのう様は楽しそうに赤い唇《くちびる》に笑みを刻む。ただし、かのう様の言う食べるとは、その食べ物の精気を吸うこと、と捉《とら》えるべきである。それでも味わうことは出来ているようだが。

「えー、それはちょっと羨《うらや》ましい! だってぼくはつい最近食べて大感激したところなのにっ!」

本当に悔《くや》しそうに鈴木がその場で地団駄《じだんだ》を踏《ふ》めば、かのう様はころころと笑い、花南は笑って良いものか困ったように眉《まゆ》を寄せる。

「ようするに、暇つぶしに来たんですね?」

そして、その遣《や》り取りを黙《だま》って見つめていた美名人はそう結論を出した。

「いやいや、そればかりでもないのう。一つ美名人に教えたいことがあってのう？」

だが、それを聞いたかのう様は悪戯《いたずら》な笑みを口許《くちもと》に浮かべると、美名人の耳元に唇を寄せて、

「妾はのう、昨日彩波の猪口令糖の味見をしたのだよ。それでの、今年の物は過去最高の味わいであったよ？」

美名人にとっては非常に衝撃《しょうげき》的な情報を囁《ささや》いたのだった。

「過去、最高……」

ここでそれを鵜《う》呑《の》みにしては、かのう様の思う壺《つぼ》だと思うのだが、その言葉は魔《ま》法《ほう》の呪文《じゅもん》のように美名人の動きを奪《うば》い――思考の渦《うず》へと飲み込んでいった。

「あ、あの美名人ちゃん、大丈夫《だいじょうぶ》ですか？」

「なに、心配ないの。その内戻《もど》ってくるよ」

「うんうん、恋《こい》する乙女《おとめ》は時々迷宮に入るものだからね」

直立不動のまま全《すべ》ての機能を停止してしまったような美名人の様子を、花南は心配そうに窺《うかが》うが、神様二人は呑気《のんき》に笑うだけだ。

「あ、そういえばさ、チョコレートの神様なんていうのもいるって、聞いたことある？」

「えぇっ！　本当ですかっ！　チョコレートの神様……あの、暑い日には溶《と》けてしまったりしないのでしょうか？」

ふいに鈴木が思い出した話を、花南は真剣《しんけん》に受け止めて、更に余計な心配を口にすれば、か

のう様と鈴木は一瞬《いっしゅん》真顔になった後、

「う……うむ。そ、それは心配だ、のう」

「たた、たぶん、溶けないチョコ……」

堪《こら》えきれずに噴《ふ》き出して、声を揃《そろ》え、腹を抱《かか》えて笑い出す。

「ど、どうして笑うんですか？」

取り残された花南は、困って助けを求めるように美名人を見たが——すぐに諦《あきら》める。

「……お二人が笑っている理由はわかりませんが、でもわたしにだってわかっていることはありますよ」

そして、花南は意味深な言葉をまだ笑い続ける約二名に向け、腰《こし》に手を当てて小首を傾《かし》げてみせる。

「んん？　羽黒っちってば何がわかったの？　溶けないチョコレートの作り方？」

更に鈴木が茶化すが、花南は負けじと軽く鈴木を睨《にら》んでから、おもむろに口を開く。

「バレンタインデーについて、です。あのですね、バレンタインデーというのは、チョコレートの神様のお祭りですね！」

全身に力を込め、力説する花南に二人の神はしばし言葉を失った——誰《だれ》も正しい情報を彼女に与《あた》えなかった為《ため》に、花南が導き出した個性的すぎる答えに。

「え、えーと、羽黒っち？　バレンタインデーっていうのはね……」

さすがに鈴木が訂正《ていせい》しようとしたが、

「そうそう、その通りだのう、花南。日本では己《おのれ》が神のように思い慕《した》う者に猪口令糖を供える日をばれんたいんでーと言うのだのう」

悪戯《いたずら》な佳人《かじん》が機先を制し、にっこりと微笑《ほほえ》んでしまえば、もはや花南の耳に正しい情報は届かない。

「故に彩波は毎年妾《わらわ》に供えてくれるのだのう」

「そうですか、わかりました。ではわたしはかのう様と鈴木さんに今年はお供えします」

かのう様の台詞《せりふ》を真に受けて、真剣な面持《おもも》ちで頷《うなず》く花南に、こちらは明らかに演技の真剣さでかのう様は頷き返した。

「ああ、期待しておるからの」

こうして暇《ひま》つぶしの悪戯に満足し、なおかつバレンタインチョコレートの算段までつけたかのう様は、現れた時と同じ一瞬の閃光《せんこう》を放って、姿を消した。

そうすれば、後に残されたのは疲《つか》れた顔をして床《ゆか》に座り込んだ彩波だけで。

「大丈夫ですか？」

「うん、大丈夫だよー。お家に帰ってチョコレートを食べたらすぐに元気になるよ」

花南が走り寄ってその背を支えれば、彩波はそう言い、いつものように無邪気《むじゃき》な笑顔《えがお》を花南に向けて、ゆっくりと立ち上がった。

「そう……保険っていうのは万が一に備えてかけるのよ」

と同時に、長い長い美名人の思考も、その呟《つぶや》きと共に終わりを迎《むか》えた。

「……美名人ちゃん？　あの、大丈夫？」

それに気付いた花南は不安げに、長い思考から帰ってきたばかりのその顔を覗《のぞ》き込む。

「何も心配ないわよ。それよりも、花南ちゃん……私にその引換券譲《ひきかえけんゆず》ってくれないかしら？」

「へ？　あの、構いませんけど、どうするんですか？」

だがそこで、あまりに真摯《しんし》な美名人の眼差《まなざ》しに、気圧《けお》されて花南は引換券を渡《わた》すことになる。

「ありがとう」

それを受け取った美名人は心のこもった感謝を花南に述べて、頭を下げた。それから優雅《ゆうが》にも見える動作で身体《からだ》の向きを変え、鈴木に顔を向ける。

「ということで、鈴木君。私に〝戦乙女カード〟をちょうだい」

「えーと、美名人っちそれはどういう心境の変化かなー？」

口調は呑気だったが、少々緊張《きんちょう》した面持《おもも》ちで鈴木は美名人に尋《たず》ねた。

「私も〝乙女の聖戦〟に参加するわ」

そして、気魄《きはく》に満ちた美名人の宣誓《せんせい》に、鈴木は天を仰《あお》いだ。

その傍《かたわ》らでは、花南と代わった黒服に支えられた彩波が幼い顔に不敵な笑みを浮《う》かべていた。

「美名人ちゃん、彩波のスペシャルパーフェクトなチョコのことを聞いて不安になったんだね！」

彩波の声は確信に満ちていたが、美名人がその台詞に動じることはない。

「不安？　何を言っているのかしら？　私は叶野学園生の参加するこのイベントで問題が起きないように、監督者《かんとくしゃ》として参加するの」

用意しておいた答えを、自分にも言い聞かせながら、美名人はゆっくりと拳《こぶし》を握《にぎ》り、そうして、彩波と鈴木に零度《れい》の微笑《ほほえ》みを向けた。

「こ、怖《こわ》いよっ、花南ちゃん！」

「だだ、大丈夫《だいじょうぶ》ですよ、彩波さん！」

そうすれば、彩波は花南にしがみつき、鈴木はごくりとつばを呑《の》み込んだ。

「よーし、わかった！　美名人っちの気合いは受け止めた！　ああ、美名人っちも乙女の聖戦に加わりたまえ！　そして、覇者《はしゃ》の証《あかし》、虹色《にじいろ》チョコレートを求めるがいい！」

そして、鈴木は覚悟《かくご》を決めた顔で、拳を振《ふ》り上げながら叫《さけ》んだ。

「……私の目的は、監督、よ」

美名人は小さく呟くことを忘れなかったが、それは誰の耳にも届かなかった。

「あ、羽黒っちはどうする？　今なら羽黒っちの分もカード作るよん？」

「あ、わたしはいいです。だって、神様の虹色チョコレートを鈴木さんやかのう様にお供えするというのは何だか変ですよね？」

「……お供え？」

花南のその台詞に美名人は首を捻《ひね》ったが、彼女の激しい誤解について知る鈴木は、諦観《ていかん》の表情でそれ以上何も言わなかった。

「……えー、じゃあ美名人っちの〝戦乙女カード〟を作ります。あ、でも今からの参加でスタンプゼロは厳しいよねぇ」

思案顔でぶつぶつと呟きながら、鈴木はどこからか取り出したピンク色のカードを暫《しばら》く見つめて。

「よーし、じゃあここは美名人っちはシード選手ってことで——おっちゃん、どーんとおまけしとくよっ！」

直後、妙《みょう》なキャラに変じた鈴木は、机の上で景気よくスタンプを五つ押して、そのカードを美名人に渡した。

「ほい、頑張《がんば》りなっ！」

こうして、桑田美名人は〝聖バレンタイン乙女の聖戦〟に参戦することとなった。

叶野学園の平和と……〝虹色チョコレート〟の為《ため》に。

＊＊＊

桑田美名人参戦の報《しらせ》はその日の内に叶野市全域を駆《か》けめぐり——はしなかったが、商店街と某《ぼう》組織の連絡網《れんらくもう》は駆け抜《ぬ》けた。

そして某組織、その名を『秋庭多加良を密《ひそ》かに想《おも》い忍《しの》ぶ同盟《かい》』——以下、忍ぶ会と略称《りゃくしょう》す——はさっそく臨時集会の開催《かいさい》を決めた。

すぐさま召集《しょうしゅう》に応じたメンバーは数十人以上。集会会場は互《たが》いの顔もよく見えない暗く狭い室内ではあったが、同じ志を持つ彼女達にとってはそれはさしたる問題ではなかった。

「……ここに来て参戦とは、桑田美名人、どういうつもりだ？」

「理由は測りかねる。しかし、常日頃《つねひごろ》から我らの秋庭様《アッキー》に近いポジションを独占《どくせん》しているあの者が参戦となると……」

「我々には、不利な状況《じょうきょう》、ですか？」

控《ひか》え目な声が告げたのは、この場の共通の認識《にんしき》で、それ故《ゆえ》に室内には暫《しば》し沈黙《ちんもく》が落ちた。

「……バレンタインデーは、我々にとっても年に一度の解禁日」

「ああ。普段《ふだん》は会則に則《のっと》り、我らはただ密かに忍び、物陰《ものかげ》からアッキーを見つめるだけ。しかして、年に一度のこの日のみ、勇気ある者は特攻《とっこう》せよと、今年の会議で決定したばかりだというのに」

別の声が切々と語り終えれば、場には再び重い沈黙が落ちた。

「ならば、少なくとも、桑田美名人が〝虹色チョコレート〟やらを手に入れる事態は避《さ》けねばなるまい」

「虹色チョコレート……七つの海で大絶賛されたチョコだとも、食べると七回恋《こい》に落ちるチョコレートとも言われておりますな」

虹色チョコレートに関する噂《うわさ》は彼女らも聞き及《およ》んでいた。ただし、その真偽《しんぎ》は彼女達も測りかねているのが現状だ。

「真否がわからぬからこそ、桑田美名人には渡《わた》せぬわけだ」

誰《だれ》かが言えば、そこここで頷《うなず》きの波が起こる。

「ですが……腕《うで》っ節《ぷし》では我らに勝ち目は」

「ならば、知をもって我らは立ち向かうのみ！　そうであろう、皆《みな》の衆！」

『おおーっ！』

一人が拳を振り上げれば、鉄の結束を誇《ほこ》る忍ぶ会のメンバーは呼応して立ち上がる。

「では、まずは、気難しいことで有名な彼《か》の〝パティスリー・ケン〟をぶつけましょう」

乙女の聖戦は、鈴木朔が商店街に持ち込んだ企画《きかく》に商店会会長が乗ってしまった為、不正行為《こうい》を行うことは難しい。だが、それ位の操作ならば商店街にも身内《メンバー》を抱《かか》える忍ぶ会には造作もない。

『おおーっ！』

そして、雄叫《おたけ》びと満場の拍手《はくしゅ》で、その決定はなされたのだった。

桑田美名人の預かり知らぬ所で、陰謀《いんぼう》は巡《めぐ》り始めていた。

3

バレンタインデーまで残り六日。

お茶も淹《い》れず、生徒会の仕事を慌《あわ》ただしく済ませた放課後、美名人は今日も菊衛門商店街に足を向けていた。

今日の目的地は商店街の中程《ほど》にあり、けれど一つ奥に入った所にある『パティスリー・ケン』という洋菓子《ようがし》店。

今朝、すれ違《ちが》い様《ざま》に鈴木から与《あた》えられた、美名人への〝乙女《おとめ》の試練〟は、このパティスリー・ケンでチョコレート作りを習い、合格点を貰《もら》うこと、である。

店名こそ横文字だが、古民家を改築したような和風の店構えは、どうも洋菓子店らしくない。店の入口も引き戸になっていて、美名人はその戸に手をかけたまま、先程から深呼吸を繰《く》り返していた。

美名人にしては珍《めずら》しく緊張《きんちょう》していたが、それには訳がある。それは、パティスリー・ケンに関するいくつかの評判だ。

曰《いわ》く、味は良いのだが店主の穂積謙《ほづみけん》は気難しい人物で、気に入らない客には小さな焼き菓子《がし》一つさえ売らないとか。既《すで》に何人かの叶野学園生がパティスリー・ケンでの修業に臨んだが、ことごとく失格になっている、という事実であるとか。

けれど、ここで尻込《しりご》みしていては〝虹色《にじいろ》チョコレート〟は手に入らない――否《いな》、叶野学園の平和は守れないのだ。

「話は通っているのよね」

もう一度大きく呼吸して、肩《かた》から力を抜《ぬ》くと、美名人はついにその戸を開けた。

店の中は、外から想像した通り、こぢんまりとしていて、やはり和の趣《おもむき》が強い。故にケーキを主とした焼き菓子の並べられたガラス張りのショーケースが何だか浮《う》いて見える。

「ごめんください。あの〝乙女の試練〟に挑戦《ちょうせん》しに来たのですが」

ざっと店内を見回してから、お腹《なか》に力を込《こ》めて、用件を伝えれば、店の奥――おそらく厨房《ちゅうぼう》――から出てきたのは、噂に違《たが》わず、気難しそうな初老の男性だった。白髪《はくはつ》を五分刈《が》りにしていて、はっきり言って、とても甘いお菓子《かし》を作るような人には見えなかった。けれど、調理師用の白衣は清潔で、年の割に屈強《くっきょう》な体に妙《みょう》に馴染《なじ》んで見える。

「……また、叶野学園の小娘《こむすめ》が来たか」

額と眉間《みけん》に刻まれた皺《しわ》は年輪なのか、不機嫌《ふきげん》なのか美名人は測りかねていたが、この発言を聞くに不機嫌で決定だ。

ほんの少し気分が重くなって、美名人は軽く目を伏《ふ》せた。

「ったく、石平《いしだいら》のヤツが商店街の活性化だってうるせぇから俺も引き受けたが、どいつもこいつも泣きごと言って逃《に》げ出しやがった」

そんな美名人に、店主、穂積謙は一方的に少々乱暴な言葉を続けて聞かせる。

「おい、お嬢《じょう》ちゃん、最初に言っておくけどな、俺の厨房で泣いたら、すぐに追い出すぜ。当然スタンプも無しだ」

だみ声まではいかないが、しゃがれた声できっぱりとそう告げて、謙は値踏《ねぶ》みするような視線を美名人に向ける。

「わかりました。私は桑田美名人です。よろしくお願いします」

その目をきっちりと受け止めてから、美名人はもう一度お腹に力を込めて名乗った。そうして、謙に預ける為《ため》に〝戦乙女カード〟を差し出す。

「……ふん。声と爪《つめ》は合格だな」

すかさず美名人の短く調えられた爪を見て、謙はおもしろくも無さそうに呟《つぶや》きながらカードを受け取った。

だが、これで第一関門はクリアしたと思っていいだろう。美名人はそっと嘆息《たんそく》した。

「……エプロンは持ってきただろうな」

「はい」

「エプロンを着けたら、厨房に来い」

「はい、わかりました」

美名人が大きく頷くと、謙は踵《きびす》を返し先に厨房へ戻《もど》って行き、その背中が消えると、

「……思った以上に大変そうだわ」

思わず美名人は呟いていた。伊達《だて》に商店街を巻きこんでいないということか、今回は鈴木の企画《おもいつき》にしては手が込んでいる。でも今は、そこを追及《ついきゅう》している時間も余裕《よゆう》もない。

美名人は拳《こぶし》の代わりに、エプロンの紐《ひも》を固く結ぶと、

「よし！」

自らに気合いを入れたのだった。

髪《かみ》も結んでこぼれないようにして、身支度《みじたく》を調《ととの》えると、美名人はさっそく厨房の入口へ向かった。

そして、そこで道場に入る時の要領で、腰《こし》から折る綺麗《きれい》な礼をする。

「……変わったことをする」

すると、見ていた謙はそんな感想をぽつりと漏《も》らした。

美名人としては、道場と同じように、ここは謙にとっての聖域だろうとの考えから、礼を尽《つ》くしただけだったのだが。

「料理も礼から始まると思ったので」

「そうかい」

美名人が短く心中を伝えれば、謙もまた短く声を返す。答えは素っ気なかったが、幾分《いくぶん》彼の雰囲気《ふんいき》が和《やわ》らいだのを美名人は肌《はだ》で感じた。

「で、少しは出来るんだろうな？」

けれど、声は相変わらず鋭《するど》く、睨《にら》むような眼差《まなざ》しも変わらない。

「お菓子……チョコレート作りの鍛錬《たんれん》なら、ここ一ヵ月集中的に行いました」

だが、美名人にもそれなりに自信があった。謙の視線から逃げずに美名人が答えれば、彼は腕組《うでぐ》みをして、厨房の壁《かべ》にもたれかかる。

「鍛錬、な。じゃあまずはその成果をみせてもらおうじゃねぇか」

「はい、わかりました。道具と材料はお借りします」

「ああ、遠慮《えんりょ》無く使え……けど、無駄《むだ》にはすんなよ」

注意とも毒突《つ》きともとれる謙の台詞《せりふ》に、美名人は無言で応じただけだった。

謙が見つめる中、美名人はこの数週間、自宅で重ねた練習通りに、チョコを刻み、湯煎《ゆせん》で溶《と》かし、成形して飾《かざ》り付けた。特に飾り付けには力を入れて、そうして出来上がったチョコレートは、美名人としては満足のいく出来映《できば》えだった。

「なるほどな、確かに一通りは出来るらしい」

「あの、じゃあスタンプを？」

「そりゃあ大分気が早えよ。俺はまだ味見もしてないんだぜ」

まったく反論の余地のない謙の台詞に、美名人はあまりに焦《あせ》っていた自分を恥《は》じて、俯《うつむ》く。

「顔、しっかり上げてろ」

すると、すかさず謙の声が飛び、美名人はあわてて顔を上げた。

「よし。じゃあ、味をみるか」

そう言うと、謙は美名人が綺麗に飾り付けたフルーツをまず避《よ》けてしまう。

「あ……」

「なんだ？　俺が味をみたいのはチョコなんだよ」

思わず美名人が声を発すれば、憮然《ぶぜん》とした声と顔で応じられて、美名人はひとまず口を噤《つぐ》んだ。

そして、再び謙はチョコレートに顔を戻すと、美名人の作ったチョコレートを無造作に摘《つま》んで口に放《ほう》り込む。

謙が口の中でゆっくりとチョコレートを溶かし、味わっている時間が、美名人には随分《ずいぶん》と長く感じられた。

「……そこそこ、まとまりのある味だな。けど、それだけだ」

だが、食べ終えた謙の感想には容赦《ようしゃ》が無く、また美名人の納得《なっとく》の行くものでもなかった。

「……それじゃあ、どこに問題があるのかわかりません」

声に気魄《きはく》を込《こ》めて、挑《いど》むように美名人は謙の眼前に立ったが、謙は少しも怯《ひる》まなかった。再び壁に背中を預けて、

「そいつはここでの修業の間に自分で見つけな」

突き放すような台詞だけを美名人に放って寄越《よこ》す。

「もっとも、その気概《きがい》がお嬢《じょう》ちゃんにあるんなら、だけどな」

更《さら》に意地悪く言われれば、平常心と省エネを心がけている美名人の心にも、いよいよ敵愾心《てきがいしん》が湧《わ》き起こってくる。

「そうですね。学ぶべきものがあるなら頑張《がんば》ります。でも、それだけの味がこの店にあるって言う……」

そんな苛立《いらだ》ちに似た感情に任せて、美名人は言葉を紡《つむ》いだが、その全《すべ》てを言うことは出来なかった——その前に、口の中に茶色くて丸い物体を放り込まれてしまって。

「な、何っ？」

目を見開いて、美名人は一瞬《いっしゅん》だけパニックになったが、口の中に広がり始めた味がわかると、黙《だま》って口を閉じた。

上品な甘さがゆっくりと口の中に満ちていく。その舌触《したざわ》りはこの上もなく滑《なめ》らかで、口溶け

もまた同じ。

「あ……全部溶けちゃった」

全てが舌の上で溶けた時、美名人の口からはそれを惜《お》しむ気持ちが零《こぼ》れ出ていた。

「パティスリー・ケンの味はどうだ？　学ぶ価値とやらはあるか？」

自信に満ちた表情と台詞を、謙から向けられて、

「この味は学ぶ価値があります」

けれどもう、美名人は素直《すなお》に認めるしかなかった。口の中に入れられたそれは、本当に頭《こうべ》を垂れるほかない素晴らしいチョコレートだったのだから。

物心がついた頃《ころ》から、おやつはもっぱら母の手作り菓子《かし》で、美名人は菓子店に積極的に立ち寄ることが無かった。だが、今日ばかりは、これまでパティスリー・ケンに足を運ばなかったことを美名人は心底後悔《こうかい》していた。

そして、新たな決意を宿した双眸《そうぼう》で、謙を見上げれば、そこに込められた想《おも》いを彼は正しく受け止める。気付けば、謙の目にも美名人と同じ炎《ほのお》が燃えていた。

「覚悟《かくご》はいいか？　俺は手取り足取りでなんて教えねえ。知りたいことは見て盗《ぬす》め」

「はいっ！」

「修業は辛《つら》いぞ。だからもう一度言っておく。どんなに辛くても絶対に厨房《ちゅうぼう》で涙《なみだ》を流すな！」

「はいっ！　よろしくお願いします!!」

こうして、美名人は穂積謙と即席《そくせき》の師弟《してい》関係を結んだのだった。

――多分、その瞬間、彼らはピンク色のスタンプカードのことなど、完璧《かんぺき》に忘れていたはずだ。

その日から五日間、日曜も休むことなく、美名人はまさにチョコレート漬《づ》けの日々を送った。それ以前のひと月も確かにバレンタインチョコレートのことばかり考えていた美名人だが、謙の下《もと》での五日間に比べたら、それは浅漬《あさづ》けの日々でしかなかったと思う。

謙は初日に宣言した通り、一から十までを美名人に教えてくれることはなかった。

一日目と二日目はひたすらチョコレートを刻み続けるだけだった。三日目にようやくチョコの湯煎《ゆせん》をさせて貰《もら》えた。

そして美名人は、地味だが過酷《かこく》な作業にひたむきに向かいながら、謙の仕事を間近で見つめ続けた。

謙のお菓子作りは、基礎《きそ》を大切にする以外に、特別なことは何もしていなかった。それはチョコレート作りにおいても同じだった。

だから店のショーケースに並べられている商品はとてもシンプルで、飾《かざ》り付けは最小限。

でも、だからこそ謙の……パティスリー・ケンの菓子は誤魔化《ごまか》しが無く、特別においしいのだと、美名人にはわかった。

それがわかったから、謙の厳しさに涙が込み上げてきても、美名人はぎりぎりそれを堪《こら》えることが出来た。

きっと、謙も同じ道を歩んで、そうして今、この店と素晴らしいお菓子があるのだと思えたから。

どうしても苦しい時は、魔法《まほう》の呪文《じゅもん》のように「虹色《にじいろ》チョコレート」と呟《つぶや》いて。

そうして、厳しくも濃密《のうみつ》な五日間の修業を終えた美名人は今、その日々を振《ふ》り返りながら、最後の試験《しけん》を受けていた。

五日前に作った物とは違《ちが》う、シンプルで飾り気の無いチョコレートが、目の前で謙の口の中に消えていく。

「いかが……ですか？」

神妙《しんみょう》な面持《おもも》ちで尋《たず》ねる美名人を手で制し、その指に残っていたチョコレートを舌でなめ取ると、謙は顔の皺《しわ》を深めた。

ただし、今日は笑《え》みの形に、その皺は口許《くちもと》に刻まれて。

「よし。味は合格だ」

「本当ですかっ！　ありがとうございます！」

その言葉を聞いて、美名人は僅《わず》かに声を弾《はず》ませ、強《こわ》ばっていた頬《ほお》を緩《ゆる》めた。

「いや、待て。早まるんじゃない……スタンプをやるとはまだ言っていないぞ」

すると、謙は再び厳しい面持ちに戻《もど》り、腕組《うでぐ》みをしながら斜《しゃ》に構え、美名人を見据《みす》える。

「桑田美名人、お前に最後に一つ質問をする。……菓子《かし》作りにおいて、一番大切なことはなんだと思う？」

一点の曇《くも》りすら許さないような、厳しい眼差《まなざ》しを美名人に向けながら、謙は真摯《しんし》な問いを彼女に投げかけた。

美名人は背筋を伸《の》ばし、一つ息を吸って、凛然《りんぜん》と顔を上げた。

「それは多分……いえ、きっと、食べてくれる人のことを想って、その人を喜ばせるために心を込《こ》めて作ることだと、思います」

美名人は謙のその双眸と、そこに込められた想いをしっかりと受け止めながら、心に浮《う》かんだ言葉をゆっくりと、けれどはっきり謙に伝える。

表情こそ普段《ふだん》と変わらず人目には映ったが、美名人の白い頬は微《かす》かに上気していた。

そして、美名人の答えを真剣《しんけん》に聞き終えた謙は、今度こそ相好を崩《くず》した。

「合格だ」

その言葉と共に、既《すで》に六つ目のスタンプが押された〝戦乙女カード〟を美名人の手に握《にぎ》らせる。

「よく頑張《がんば》った。たった五日間だが、お前は俺の一番優秀《ゆうしゅう》な弟子《でし》になった」

そんな言葉と共に、肩《かた》に優《やさ》しく手を置かれれば、この五日、必死に堪えてきた涙が美名人の瞳《ひとみ》からこぼれ落ちそうになる。

「すいません。最後の最後に……」

「いいさ。ああ、これは餞別《せんべつ》だ。困った時に開けるんだぞ？　保存は冷蔵でな……どうも、怪《あや》しい連中がうろちょろしてるからな」

最後の呟きは美名人に届かなかったが、銀色の保冷パックはしっかりと彼女の腕《うで》に抱《かか》えられた。

「本当にありがとうございました……師匠《ししょう》！」

その日、美名人は父親以外の人間を初めてそう呼んだ。

「よせよ、俺はそんな大した人間じゃねえ」

照れくさそうに顔を背《そむ》けた謙の声は、いつもより掠《かす》れていたけれど、美名人はそれには気付かない振りをして、精一杯《せいいっぱい》の微笑《ほほえ》みを浮かべたのだった。

＊＊＊

「本日、桑田美名人は六つ目のスタンプを得たそうだ」

忍《しの》ぶ会、臨時集会の召集《しょうしゅう》に再び集まった人々は、その報告にまずどよめき、その後しばし言葉を失った。

「……まさか、謙さんがスタンプを押すとは」

ようやく驚愕《きょうがく》から立ち直った誰《だれ》かが発したその声は、しかし、ひどく沈痛《ちんつう》なものだった。

「もう、我らに勝ち目は無いのでしょうか」

続く声もまた憂《うれ》いを帯びていて、狭《せま》く薄暗《うすぐら》い部屋の空気は、外の闇《やみ》よりも暗く重くなるばかり――かと思われた。

「いいえっ！　そんなことはありません！　桑田美名人に残された日はあとたった一日！　そして、我々はその一日さえ乗り切れば良いのです！」

若さ故《ゆえ》に力強さに満ちた言葉に、

『おおおおーっ！』

場の雰囲気《ふんいき》は一気に上昇《じょうしょう》した。

「そう、そうであった！　我らは明日さえどうにかすればいいのだ！」

「そうだ！　虹の神《イリス》の涙《なみだ》が入っているという虹色チョコレートも、明日さえ持ち堪《こた》えれば、桑田美名人の手には渡《わた》らない！」

更《さら》に勢いづいた声が続き、ただでさえ狭い室内の温度も上昇する。

「ならば、ここは……会員番号２３２３に頑張って貰《もら》いましょう」

やがて、その盛り上がりに応じるように、忍ぶ会幹部は一つの番号を呼んだ。

「……はい、精一杯頑張《せいいっぱいがんば》りますわん」

なぜか時代がかった口調で推し進められていた集会において、その2323番と呼ばれた女性の声は微妙《びみょう》に浮いてしまったのだが。

「と、とにかく、明日の2323番の健闘を皆《みな》で祈《いの》ろうではないか！」

『お、おおおー』

こうして、若干《じゃっかん》の不安を残しつつ、忍ぶ会の臨時集会はその夜も幕を閉じた。

4

「あと、一日……」

それが、美名人に残された時間である。つまり、美名人は今日一日で最後の〝乙女の試練〟――と言いつつまだ二つ目の――をクリアしなければならない。

気持ちは焦《あせ》るが、だからといって学業を疎《おろそ》かにするわけにはいかないし、と悩《なや》んだ末、午前の授業を終えると、美名人は生徒会室ではなく、花南のクラスへと足を伸ばした。

一年二組の戸を開ければ、美名人が声をかけるまでもなく、花南はこちらの姿に気付いて席を立ち、走り寄ってくる。

「美名人ちゃん、どうしました？」

「うん、ちょっと花南ちゃんにお願いがあって……」

短い昼休みを有効に使うべく、美名人がさっそく話を始めれば、花南は少し顔を上げて、真剣な面持《おもも》ちで美名人の言葉を待つ。

「……あのね、今日は乙女の聖戦の予選最終日だから、少しでも早く商店街に行きたくて。だから……私の分の生徒会の仕事をお願いしてもいい？」

美名人にしては弱い声で、控《ひか》え目に望みを口にすると、花南は言葉よりも先に口許《くちもと》を緩《ゆる》めて、

「はい、わたしに任せてください」

なぜか少し嬉《うれ》しそうに、大きく頷《うなず》いた。

「ありがとう、花南ちゃん。このお礼は必ずするから……」

快い返事に、美名人はほっと胸を撫《な》で下ろし、花南に感謝の気持ちを伝えた。

「いいですよ。わたしの方がいつも美名人ちゃんにはお世話になっていますから」

そうすれば、花南はゆるゆると首を振《ふ》りながら、美名人を癒《いや》すように微笑んだ。

「あ、そういえば、わたしも美名人ちゃんにちょっと聞きたいことがあるんです」

「何かしら？」

ぽん、と小さく手を打った花南に、今度は美名人が続く言葉を待つ。

「わたしもバレンタインのチョコレートを作ろうと思っているんです。といっても、溶《と》かして型に入れるだけですけど」

少し恥《は》ずかしそうに喋《しゃべ》り始めた花南に美名人は相づち代わりに頷きながら、なぜか彼女は鈴

木とかのう様にチョコレートをあげるつもりでいることを、ぼんやりと思い出す。

「それで、型は鳥居の形と、十字架《クロス》とどちらがいいと思いますか？　神様にお供えするので、ちなんだ形がいいかと思うんです」

「……え？　鳥居と十字架？」

冗談《じょうだん》ではなく、真剣に思案顔の花南を前に、けれど美名人は思わず聞き返していた。

そして、その問いに黙《だま》って頷き返す花南を見て、美名人は、花南が何かバレンタインデーを誤解していることにようやく気付いた。

「あの……花南ちゃん、バレンタインって、どんな日かしら？」

「えーと、神様か神様のように尊敬している方にチョコレートをお供えする日です。かのう様に教えていただきました！」

美名人の問いを訝《いぶか》しむこともなく、はきはきと答える花南に、改めて美名人は花南の勘違《かんちが》いと、その原因を知ったが、しかしこの誤解をどうすればいいかと、途方《とほう》に暮れた。

「あ、そういえば美名人ちゃんや、他《ほか》のみなさんは誰《だれ》にお供えをするんですか？」

だが、美名人が考えあぐねている間にも花南は実に無邪気《むじゃき》に問いを重ねてくる。

一度かのう様にインプットされた情報を疑う気もなく、周囲にあふれかえるバレンタインの情報に耳を貸さなかった花南に、果たして自分の声は届くだろうか？

「ん……？　でもどうして〝虹色《にじいろ》チョコレート〟は恋《こい》の魔法《まほう》がかかっているなんていう噂《うわさ》があ

るんでしょう？」

　そして、真実を知った時、それでも花南は——失恋《しつれん》したばかりとはいえ——〝虹色チョコレート〟を求めずにいるだろう、か？

「……花南ちゃん。私は父と祖父にチョコレートを、渡《わた》すわ」

　逡巡《しゅんじゅん》の末、美名人は花南にそう伝えた。それは嘘《うそ》では無いが、いわゆる義理チョコで、多加良に渡す物とは別種の物と言っていい。良心の呵責《かしゃく》に苛《さいな》まれながらも、美名人はそれ以上、花南の誤解を解くことをしない。

「そうですか。叶野市の皆さんは家族を大切にするんですね」

　そうすれば、花南は素直《すなお》に美名人の言葉を受け入れて、心苦しさから、美名人は視線を逸《そ》らす。

「形は……ハート型がいいと思うわ」

　それから、美名人はスタンダードなそれを勧《すす》めた。そう、今年は誤解したままでも、来年も使える物であるようにと、せめてもの想《おも》い——と謝罪——を込《こ》めて。

「なるほど……昔はチョコレートの代わりに生け贄《にえ》の心臓を捧《ささ》げていたからですか？」

　しかし、その想いは上手《うま》く花南に伝わらず、彼女は更《さら》におかしな方向へと行こうとする。

「ちがう、違《ちが》うわ、花南ちゃん！　それだけは否定するわっ！」

　珍《めずら》しく取り乱した様子で力一杯《ちからいっぱい》首を振る美名人に、花南は驚《おどろ》きつつも、その気魄《きはく》に頷いたのだった。

ホームルームが終わると美名人はすぐに商店街に赴《おもむ》いた。花南に対する申し訳なさは胸の中から消えていない。でもそれを〝乙女の試練〟へ立ち向かう強い意志に変えようと決めていた。新たな試練は、ラッピングをマスターすること。チョコレート作りの後に、包装まで修業させるとは、ある意味至れり尽《つ》くせりな企画《きかく》である。

そして、その修業の場とされたのは〝ハニー&ハニー〟という雑貨店だった。名前が既《すで》に甘い雑貨店は扱《あつか》っている商品もまたスイートだった。可愛《かわい》らしいキャラクターグッズや、ふんだんに、リボンやレースで飾《かざ》られた文房具《ぶんぼうぐ》や小物、髪飾《かみかざ》り。

そういった物はシンプルすぎる位で丁度良いと思っている美名人はこの店の商品に魅力《みりょく》を感じず、いつも素通りしていたのだが、今日はそうはいかない。

ガラス戸越《ご》しに店内の様子を眺《なが》めて、美名人は軽くため息を吐《つ》いた。ここでラッピングを学ぶということは、やはり仕上がりはフワフワした、美名人の理想とは違《ちが》うものになるのではないだろうか、という危惧《きぐ》から。

「うん、でも大丈夫《だいじょうぶ》よ。何でも基礎《きそ》は同じだし、予習はしてきたんだから」

そうして、自分に言い聞かせて、美名人はやっと、店の入口をくぐった。

「いらっしゃいませー」

パティスリー・ケンとは対照的に、ハニー&ハニーの店主は実ににこやかに美名人を迎《むか》えてくれた。の、だが。その姿を目にした彼女は目を見開いたまま、数秒静止してしまう。

花柄《はながら》とフリルとリボンにまみれ……いや、飾り立てられた女性を前にして。

元祖ピン○ハウスという風情《ふぜい》のロング丈《たけ》のワンピースにウエーブのかかった髪《かみ》——こういう系統の服を着てギリギリ許されるかどうか、という年齢《ねんれい》——の女性。それがハニー&ハニー店主、蜂谷《はちや》安子《やすこ》だった。

「……こんにちは。あの〝乙女《おとめ》の試練〟に挑戦《ちょうせん》に来ました。桑田美名人です」

完全に美名人とは逆ベクトルのセンスで生きている安子に受けた衝撃《しょうげき》から何とか立ち直ると、美名人は深々と頭を下げ、戦乙女カードを安子に差し出す。

「はい、こんにちわん」

浅く頷《うなず》きながら、安子は美名人のカードを受け取ると、一見パッチワークとしか思えないポケットの中に素早くそれを仕舞《しま》った。

「鈴木君から連絡《れんらく》は貰《もら》ってるわん。でも、すぐにスタンプをあげる程《ほど》、わたしはスイートではないからん」

そして、少々癖《くせ》のある口調でそう言いながら、安子が口角を上げてみせれば、

「そうよ！　乙女の聖戦と、この５８３０番、蜂谷胡桃《くるみ》はそんなに甘くないんだから！」

その背中から、顔も服装も安子の縮小版のような少女が現れる。またも逆ベクトルの存在の

出現に、美名人は目眩《めまい》を覚えたものの、第一波《ファーストインパクト》よりは軽い衝撃からすぐに立ち直る。

「それはわかっているわ。だから私は一生懸命《けんめい》やるだけよ。虹色《にじいろ》チョコレート——いえ、叶野学園の平和のためにね」

恐《おそ》らく中学生だろう胡桃に、美名人は静かに語りかけた。大人の余裕《よゆう》を見せるつもりで。

「……ちょっとくらい美人で背が高いからっていい気になっていると後悔《こうかい》するんだから!!」

そうすれば、負け惜《お》しみにしか聞こえない台詞《せりふ》を言って、胡桃は再び安子の背中に隠《かく》れた。

「まあまあ、胡桃ちゃん、落ち着いてねん。桑田さんも怒《おこ》らないでやってねん。っていうか今からそこにあるボックスを全部組み立ててねん。なにげに店の在庫全部だったりするけどねん」

ねんねんねんねんねんという語尾《ごび》を連続して聞かされて、何かの暗示にかかったかのように、美名人は知らず頷いていた。

「え、店の在庫全部？」

安子の言葉が正しく脳に到達《とうたつ》した時にはもう、手遅《ておく》れだった。店の奥に積み上げられた、現段階では厚紙の山を目にして、美名人は問い直す。

「そうよん。いましっかり頷いたわねん。ということでよろしくねん」

だが、告げた内容に変更《へんこう》は無いと、安子は含《ふく》みのある笑《え》みを添《そ》えて、美名人の肩《かた》を叩《たた》いてくれた。

前日までのチョコレート修業の疲《つか》れが溜《た》まっていたのかもしれない。でなければ自分がこんなに迂闊《うかつ》な状況《じょうきょう》に陥《おちい》るはずがない。

そう自省とも、言い訳ともいえる言葉を頭の中で呟《つぶや》き、肩を落としながらも美名人は、

「……はい。わかりました」

安子の言葉にもう一度頷くしかなかった。


「な……なぜかしらん？」

「ど、どうしてあんなに手際《てぎわ》が良《い》いのっ？」

美名人が命じられたボックスの組み立てを開始して三十分——自分の店だというのに、こそこそと事務所の扉《とびら》の隙間《すきま》から表を窺《うかが》っていた蜂谷親子はいま、呆然《ぼうぜん》としていた。

その視線の先には、黙々《もくもく》と、しかも十秒に一個という驚異《きょうい》的なスピードでギフト用ボックスを組み立てていく美名人の姿があった。

「わたしでさえ、一個組み立てるのに一分以上かかるのよん」

呟く安子の傍《かたわ》らで、胡桃は沈黙《ちんもく》し、唇《くちびる》を噛《か》んだ。

今更《いまさら》とは思うが説明しておくと、ハニー＆ハニー店長、蜂谷安子は忍《しの》ぶ会アダルト部の会員であり、その娘《むすめ》、胡桃は現役叶野学園中等部の会員である。

故《ゆえ》に、そんな二人が待ち受ける〝ハニー＆ハニー〟に放《ほう》り込まれた時点で美名人の七つ目の

スタンプは消えたも同然だったのだ——最後の一日はボックス組み立てで終わらせてしまえ作戦、によって。

しかし、基本的に手先が器用で、更《さら》にボックス組み立ての何らかのこつを摑《つか》んだらしい美名人が、この作業を終えるにはあと三十分もいらないだろう。

「作戦その一、早くも失敗かしらん？」

「ん？　ママ、その一って言った？」

安子の言葉を聞き咎《とが》めて、胡桃がその顔を下から覗《のぞ》き込めば、

「もう、胡桃ちゃん、ママじゃなくてアンジー、っていつも言っているでしょ！」

先に返ってきたのは呼び方に対する抗議《こうぎ》で、胡桃はそんな母に知られないよう、こっそりため息を吐《つ》いた。気持ちや服装が若いのは良いが、時々面倒《めんどう》なことを言う母を持つと娘は大変なのだ。

「……アンジー、それで作戦その二は？」

「ちょっと待ってねん。今考えるからねん」

「……考えてなかったんだね」

両手を頰《ほお》にあてて、考え始める母と、機械のようにさくさくとボックスを組み立てていく美名人を交互《こうご》に見比べて——胡桃の横顔には少なからず不安の影《かげ》が射したのだった。

「あの、終わりました」

最初は戸惑《とまど》い、手間取ったが、すぐにこつを摑んで、結果的に一時間強で美名人は在庫のボックスを全《すべ》て組み立て終えた。そうして築いた箱の山を、安子はどこに収納するつもりなのか、という一抹《いちまつ》の疑問は残ったが。

「……そう。ご苦労さまん。じゃあ、次は」

「この風呂敷《ふろしき》を使って、うちの商品を百個包むのよぉっ！」

段ボール箱いっぱいの風呂敷と共に、そう命じられて、美名人は箱のことはすぐに忘れ去った。

「あの、私はこの店にラッピングの修業に来たんですが……次は風呂敷ですか？」

目の前に立ちはだかる親子に、美名人も今度はさすがに、疑問を投げかける。

「あらあら、叶野学園の書記さんともあろう人が、この風呂敷の意味がわからないのぉ？」

しかし、胡桃に挑発《ちょうはつ》的な言葉を向けられて、美名人はほんの少し憮然《ぶぜん》とする。

「……風呂敷は、日本古来の包装紙、ということでしょう」

だからすぐさま答えを返せば、今度は胡桃が頰を膨《ふく》らませて、また安子の背中に隠れてしまう。積極的なんだか内向的なんだかよくわからない少女である。

「それがわかっているなら、話は早いわねん。これは立派な修業よねん」

隠れてしまった胡桃に代わって、今度は安子が悪辣《あくらつ》とまではいわないが、あんまり性質《たち》のよく無さそうな笑みを浮《う》かべれば、さすがに美名人も気付く。

この二人は敵だ――ということに。

どうやら安子と胡桃は自分を本戦に行かせたくない、ひいては〝虹色《にじいろ》チョコレート〟を手に入れさせたくないらしい。

胡桃が中等部生らしいことを鑑《かんが》みれば、その理由は自《おの》ずと知れてくるが、ならば尚更《なおさら》、美名人はここで膝《ひざ》を屈《くっ》するわけにはいかない。

「わかりました。この風呂敷を使った包装を考えればいいんですね？」

強い意志を込《こ》めて、美名人は安子をじっと見据《みす》えた。

「そういうことねん。中には包みにくい物もあると思うけど……せいぜい頑張《がんば》ってねん？」

だが、一見いつもと変わらぬ美名人の表情に惑《まど》わされ、安子はその双眸《そうぼう》に宿った闘志《とうし》を見抜《みぬ》けなかった。

それ故に、安子が美名人に勝てるはずが無かったのだ。

そして数十分後。

「ああああー、うっかり受注ミスして大量に入荷しちゃったけど返品も出来なくて困ってた風呂敷が……」

「いまや素敵《すてき》なラッピングアイテムに、なっちゃったね、アンジー」

先刻と同じように扉《とびら》の隙間《すきま》から美名人の様子を窺《うかが》う二人は、またも呆然《ぼうぜん》とその作業を見つめるしかなかった。

大きなものから小さな物まで、丸い物から細長い筒《つつ》までも、美名人は次々と風呂敷で包んでいく。それも、ただ包むのではなく、結び目をリボンのようにしたり、ちゃんと〝ラッピング〟という趣旨《しゅし》を理解し工夫を凝らした、包み方だった。

「どうしようかしらん？」

「どうするの、ママ？」

そうして、再び親子は事務所の中で頭を抱《かか》えるのだった。

それ故に、息せき切って店内に入ってきたその客に、二人が気付くことはなかった。

「……いらっしゃいませ」

姿の見えない店主に代わって、仕方なく美名人が客の対応をする。

「あれ？　安子さんは？」

「今ちょっと席を外しています」

「ええっ、まいったな」

腕《うで》に何本も瓶《びん》を抱えて現れた中年男性は、本当に困っている様子でそう呟《つぶや》くと、天を仰《あお》いだ。

「あの、どうしたんですか？」

そんな様子を見せられては、美名人も尋《たず》ねないわけにはいかない。

「いやね、おれはこの近くで酒屋をやってる石平って者なんだけど。いま店にお客さんが来てるんだが、そのお客さんが三十分以内に、百本の酒を贈答《ぞうとう》用に包んでくれって言ってさ。百本なんて中々入らない注文だから引き受けちまったはいいが、ちょっと間に合いそうもないんで、こうして近くの店に協力を頼《たの》んでるんだ……が」

そこまで一気に語り、もう一度店内に安子の姿を捜《さが》し、石平は肩《かた》を落とした。

「安子さんがいないんじゃ、ここには頼めないな。間に合わねえ、か」

そうして、力を失った眼差《まなざ》しを中空に投げかける石平は悲哀《ひあい》に充《み》ち満ちて、

「あの、私でよければお手伝いします」

そんな人を見過ごせる桑田美名人ではなかった。その場から一歩踏《ふ》み出して、美名人は石平に協力を申し出た。

「え？　でもお嬢《じょう》さんはあれだろう？　鈴木君の〝乙女《おとめ》の試練〟で来ているだけだろう？」

制服姿の美名人を見て、暗に不安を口にする石平に、けれど彼女は大丈夫《だいじょうぶ》だというように、大きく頷《うなず》いて見せた。

「心配ありません。ラッピングの予習《べんきょう》はばっちりしてきましたから」

そして、その自信を見せるように制服の上着を脱《ぬ》ぐとシャツの腕をまくった。

「任せてください」

「じゃ、じゃあ、ここは一つお嬢さんを信じてみるか」

「はい」

口ではそう言ったものの、まだ半信半疑という表情の石平だったが、美名人はもう一度彼に頷いてみせると、唇《くちびる》を結んで、さっそく作業を開始した。

「あ、あらん？　商店会会長の石平さんじゃないですか」

「おお？　安子さん一体いままで、どこで何をしてたんだい？」

石平の来店から二十分後——ようやく事務所から出てきて、彼の来店に気付いた安子だが、その問いに正直に答えられる筈《はず》がなかった。

「い、石平さんこそ、ハニー&ハニーに何のご用でしたのん？」

誤魔化《ごまか》すように無駄《むだ》に手を振《ふ》りながら、逆に聞き返せば、

「いや、ちょっと手伝って貰《もら》いたいことがあったんだが、もう済んだからいいよ」

石平はそう言って破顔一笑《はがんいっしょう》する。

「あの、済んだってどういうことかしらん？」

「ああ、この美名人ちゃんが代わりに全部包んでくれたからさ」

石平が言いながら、手で示した方向を、後から着いてきた胡桃と共に見れば、レジの隣《となり》のカウンターには美名人の姿と、綺麗《きれい》に包装し終えた瓶らしきものが何十本もあり、安子は首を捻《ひね》った。

「代わりに、包んだ？」

「ああ。客の注文で、えらい数の瓶を包まなきゃならなかったんだけどな。美名人ちゃんの腕にかかればほらこの通りだ」

あくまで静かな表情のままカウンターに佇《たたず》む美名人の代わりに、石平は誇《ほこ》らしげに語る。

「すいません、包装紙とリボンは店にある物を勝手にお借りしました」

「なあに、菊衛門商店街じゃあ、困った時はお互《たが》い様、だよな、安子さん」

「え、ええ」

というか、商店会会長の要請《ようせい》に否《いな》を言える店主は少ない、と安子は胸の内で突《つ》っ込みながら口許《くちもと》には一応笑《え》みを浮《う》かべる。

「さあ、安子さん。美名人ちゃんのカードにスタンプを押してやってくれ」

だが、さすがにその台詞《せりふ》には、安子の笑みも凍《こお》りついた。

「あの、ええと、どういうことかしらん？」

頬《ほお》をひきつらせながら、ぎりぎり笑顔を保つ安子の視界の隅《すみ》で、美名人は顔色は変えずに、けれど小さく首を傾《かし》げながら、安子と石平を交互《こうご》に見つめている。

「あん？　だってこれだけの包装が出来るんだから、もう合格だろう？　まあ、安子さんが押さないって言うんなら……菊衛門商店会会長、石平晋《しん》も、黙《だま》っちゃいねぇけどな？」

そして、石平はいかにも人好きのする、いつもの表情を一瞬《いっしゅん》消して、眼光も鋭《するど》く安子を睨《にら》みつけた。

「お、おほほほ。嫌《いや》ですわん、石平会長ったら。もう、わたしがスタンプを押さないわけがないですわん。はい、ポンっとねん！」

冬だというのに、全身にうっすらと汗《あせ》をかきながら、安子は預かっていた美名人の〝戦乙女カード〟を取り出すと、言葉通りスタンプを押し、美名人に手渡《てわた》した。

「あ……ありがとうございます」

驚《おどろ》きに何度か目を瞬《しばたた》かせながらも、美名人が素直にそれを受け取れば、石平は腕《うで》を組んで満足げに頷いた。

「ママっ、アンジー‼」

当然背後で胡桃は抗議《こうぎ》の声を上げたが、

「……胡桃ちゃん、これが大人の社会のしがらみというものなのねん。ママもお店を続けていく上で石平会長には逆らえないのねん」

疲《つか》れた微笑《ほほえ》みを浮かべ、安子は愛娘《まなむすめ》を諭《さと》し、そっと抱《だ》きしめた。

「……ママ。うわーん、胡桃だって胡桃だって、第五の試練で落とされなかったら！　七つの恋《こい》の呪文《じゅもん》が込められた虹色《にじいろ》チョコレートを手にっ……うえーん」

安子に抱きしめられながら、泣き出した胡桃を視界から完全にシャットアウトして、

「よかったな、美名人ちゃん。明日の本戦頑張《がんば》りなよっ！　じゃっ！」

腕には瓶《びん》を抱き、笑顔と共に去っていく石平を見送りながら、美名人は少々複雑な心境に陥《おちい》っていた。

スタンプが貰えたことは嬉《うれ》しかったが、社会の厳しさを同時に垣間《かいま》見てしまった、十六歳の戸惑《とまど》いだった。

まあ、とにもかくにも、こうして美名人は〝本戦〟出場を決め、〝虹色チョコレート〟にまた一歩近付いたのだ。

「……違《ちが》うわよ？　私は学園の平和のために戦っているのよ？」

いったい誰《だれ》に向けたものなのか、ふいに美名人は視線を中空に向けてそう呟《つぶや》いたが……けれどその声はすぐに風に消えてしまった。

＊＊＊

「申し訳ありませんわん……桑田美名人は七つ目のスタンプを獲得《かくとく》してしまいましたわん」

額を床に擦《こす》りつけるように詫《わ》びる２３２３番を前に、他《ほか》の忍《しの》ぶ会メンバーは事態を正確に理解した。

いや、そもそも三度目の臨時集会が召集《しょうしゅう》された時点で予感はあったのだ。

「……相手が、三十年前は族の総長だったっていう石平会長じゃ、仕方がないですよ」

そんな事情も理解されていて、２３２３番には非難よりも同情が向けられたのだが、場の空気はいつにもまして重苦しかった。

「我が忍ぶ会から、本戦に駒《こま》を進めた者もいないとあっては、さすがにもう、打つ手がないか……」

誰かが小さく諦《あきら》めを口にすれば、それはさざ波のように広がっていく。

「明日は、予選失格者を優先に、観客席が設けられるそうですよ」

「はは、いっそ皆《みな》で観戦に行くか？」

もはや世間話のように語られた情報に、乾《かわ》いた笑いが返される。

「観戦？　……そうか、まだ最後の手段が我らには残されている」

それは、高くも大きくもない声だった。だが、先程《さきほど》までの諦めは振《ふ》りにすぎなかったというように、忍ぶ会会員の耳目《じもく》は一気にその発言者に集中する。

「アダルト会員が潜入《せんにゅう》するのは難しいだろうが、現役《げんえき》会員ならば、明日の本戦会場には容易に入れましょう。そして……桑田美名人の隙《すき》を突き、妨害《ぼうがい》する。桑田美名人の隙を見出《みいだ》すのは至難の業《わざ》でしょうが、こちらは数で勝《まさ》る」

自らに向けられた視線を意識しつつも、淡々《たんたん》とその一人は語ってみせた。

「……ゲリラ的特攻《とっこう》というわけだな」

「然《しか》り。誰がそれを行うかではなく、いかにして桑田美名人の手に虹色チョコレートが渡《わた》るのを阻《はば》むかが重要かと」

「なるほど、な。皆の者、異存はないな！」

『おーっ！』

もう、他に選ぶべき手段などないのだから、呼びかけに応《こた》える声に乱れはなかった。

「ならば、明日は我らにとっても決戦の時！　各々覚悟《かくご》して臨むべし！」

『おおおーー！』

そして、その檄《げき》に応じる声に、その夜、叶野市某所《ぼうしょ》では地鳴りがしたと言う。

5

〝聖バレンタイン乙女《おとめ》の聖戦〟の本戦当日、空は虹《にじ》が出そうもない曇《くも》り空だったが、美名人には戦国武将のように雨を待つ必要もなければ、逆に好天を祈《いの》る必要もない——決戦の場は、放課後の叶野学園高校家庭科実習室、であったから。

故《ゆえ》に、もし頼《たよ》るべきものがあるとしたら、それは今日までの積み重ね……即《すなわ》ち自分自身の努力だと美名人は思う。

だから今、美名人の心は静かだった。武道の試合の前と同じに、体から余計な力は抜《ぬ》けていて、心は凪《な》いでいた。

それでも、謙師匠《ししよう》の餞別《せんべつ》だけは未開封《みかいふう》のまま、お守りのように美名人は持ってきて、それだけは朝の内に実習室の冷蔵庫に入れた。

「さーあ、乙女達よ、用意はいいかねっ？」

その声がした方へと顔を向ければ、そこには教壇《きようだん》をステージとして、鈴木朔がマイクを持って立っていた。一応足下《あしもと》は抗菌《こうきん》サンダルだったが、上は相変わらず商店街のはっぴに菊ちゃんグッズをぶら下げまくり。はっぴの上に更《さら》に、昔流行《はや》った料理番組の真似《まね》か、戦乙女カードと同じ色のやたら長いマントを纏《まと》った、珍妙《ちんみよう》な仕度《したく》である。

「わあ、今日の生徒会長、髪《かみ》が縦カールだぁ！」

だが、そんな鈴木に慣れてしまった――というか、感覚が麻痺《まひ》してしまったらしい叶野学園生は感嘆《かんたん》の声こそ上げても、抗議《こうぎ》などしない。

「……もう、いいわ」

これはもう、人間の理解の範疇《はんちゆう》外なのだと自身に言い聞かせて、美名人は鈴木のその姿を受け入れた。ただし、なるべく視界に入れない方向で。

「うん、用意はいいみたいだねっ！　それじゃあ、これより叶野学園高校生徒会公認《こうにん》、菊衛門商店街協賛〝聖バレンタイン乙女の聖戦〟の本戦を始めるけど、みんないいかな？」

この場に多加良がいたら絶対に「生徒会公認」の部分に異議を申し立てたはずだが、いま彼はいないので、

『いいとも―!』

代わりに、鈴木の開会宣言に続けて観客席――実習席の後方にそれは設置されていた――から主に女子の声が返される。その中に、美名人の応援《おうえん》の花南の他《ほか》に山本や胡桃の顔を見つけて、この客席はどうやら本戦に進めなかった少女達の為《ため》に設けられたものと、美名人は推察した。と、同時に、この少女達の分まで自分は頑張《がんば》ろうと心に決め、唇《くちびる》を結んだ。それが、本戦に進んだ一握《ひとにぎ》りの人間の務めだと考えて。

「はい、それでは〝本戦〟について説明します! 昨日までに〝乙女の試練〟を乗り越《こ》えて、〝戦乙女カード〟のスタンプを七つ集めた精鋭《せいえい》四名には、これから手作りチョコレートを作ってもらいます!」

美名人をはじめとする四人の女生徒の顔を見渡《みわた》しながら、鈴木は饒舌《じょうぜつ》に説明を続ける。

「そして、出来上がったチョコレートをラッピングしたら、作品にちゃーんと名前をつけてください! それも審査《しんさ》の対象だからね! ということで、……ぼくと一緒《いっしょ》に審査してくれる審査員のみんなを紹介《しょうかい》するよ!」

マイクを手に喋《しゃべ》りながら、鈴木はくるりくるりとターンをしながら、審査員席へと向かい、辿《たど》り着いたその場でポーズを決めた。

「みんなっ! 拍手《はくしゅ》や!!」

どこからともなくそんな声が飛ぶと、観客席は素直《すなお》に反応して、鈴木に惜《お》しみない拍手を送る。もちろん美名人は、冷たい視線を送るだけだったけれど。

「さあ、まず一人目は、菊衛門商店会会長、石平晋さん。続いて菊衛門商店街で古書肆《こしょし》を営む西園寺宙《さいおんじひろむ》さん！」

美名人と面識のある商店会長に続いて、鈴木が紹介したのは、無造作に伸《の》ばした髪に黒縁《くろぶち》の眼鏡《めがね》に和服という、ぱっと見た感じでは陰気《いんき》な青年だった。

そして、青年の名前が紹介されると同時に、観客席からは大きなブーイングが起こる。

「この古本屋っ！　あんたのところの第五の試練でどれだけの乙女が振《ふ》り落とされたと思ってるのよっ！」

「そうよ！　あんなチョコレートカルトクイズに全問正解しろなんて無茶よ！」

怒《いか》りに満ちた声が飛ぶが、西園寺は少しも動じた様子を見せず、鈴木の手からマイクを借りると、おもむろに口を開いた。

「無茶ではない。お前達の努力が足りなかっただけだ。それが証拠《しょうこ》に、本戦には四名も進んでいる」

マイクを通してもぼそぼそとはっきりしない声で、西園寺は更に女生徒達の神経を逆なでするようなことを言うだけ言うと、鈴木にマイクを返し、それきり黙《だま》って動かなくなってしまう。

「もーっ！　西園寺むかつく！」

「あんたの店では本買わないからっ!!」

「あーえー、こっと。乙女のみんな、落ち着いて、静かにね。あのね、こう見えて西園寺さんはいい人なんだよ？　今回のポイントカードのネーミングを考えてくれたりね？　企画《きかく》のスーパーバイザー、みたいなね？」

騒《さわ》ぐ観客席をなだめようと鈴木はそんなことを言ったが、あまり効果は無かった。仕方が無いので、美名人が事態を収めようと観客席の方を振り向いたのだが、

「……みなさん、静かになさい」

決して大きくは無いが、凛《りん》と響くその声に先を越されてしまった。声の主は審査員席に座っていた、高等部の家庭科教諭《きょうゆ》、宇田満佐子《うだまさこ》、その人だった。

いつも落ち着いていて、隙《すき》を見せない宇田教諭は、その存在感だけで常に生徒を圧倒《あっとう》しているのだが、彼女は今日も声を荒《あら》らげもせず、たった一声で場を鎮《しず》めてしまった。

「あ……宇田せんせー。ありがとうございます!!　はい、みんな三人目の審査員、宇田先生に拍手！」

さっきとは違《ちが》い、まばらな拍手が観客席からは起こったが、宇田教諭は大して感慨《かんがい》も無さそうに目礼しただけだった。

「よし！　とにかく本戦はそんな感じでやります！　あ、ちなみに審査委員長はぼくが務めちゃいます！　だからぼくはこれからは審査員席に座ってなきゃなので、ここで司会及《およ》び実況《じっきょう》を……イースト&ウエストにバトンタッチだ!!」

そして、鈴木は叫《さけ》びながら、マイクを教壇《きょうだん》の方向へと放《ほう》り投げた。

美名人は反射的にその軌道《きどう》を追ってしまい——マイクを受け取った人物を見て、頬《ほお》をひきつらせた。

いつの間にか「実況席」というプレートの置かれた教壇には、男女各一人の高等部生。と、そこまではいいが、彼らの顔の上半分は蝶《ちょう》を模した仮面で覆《おお》われていて、それは美名人の感覚では理解不能な変装だった。

「はいなっ！　マイクはしっかり受け取りましたから、鈴木はんは審査に専念してくださいなっ！　さ、みなさん、これからはイースト&ウェストが進行させて貰《もら》います、よろしゅう！

ちなみに髪《かみ》の長い方、うちがイーストで」

自らをイーストとした真《ま》っ直《す》ぐな黒髪の少女は、ぽんぽんと言葉を連ねながら、隣《となり》に座る男子生徒の肩《かた》に手をかける。

「……ねえ、どうして僕がここに座って、ウェストやらなきゃいけないんですか？」

が、少年の方は沈鬱《ちんうつ》な声で、少女に疑問をぶつける。何となくその声に聞き覚えがあるような気がしたが、自分の知り合いにはあんな蝶のマスクをつける人間はいないと思い直して、気のせいで片付ける。

「なんやなんや？　お客はんの前で今更《いまさら》何いってんねん！　あんなー、犬が東向きゃ尾《お》は西って昔から決まってんねん。せやからあんたはウェストなの！」

「普通《ふつう》、犬は西を向くんじゃないの？」

有無を言わせぬ勢いの少女に、どうにか反論しようとする少年だが、それが無駄《むだ》な抵抗《ていこう》であるのは、傍目《はため》からもよくわかった。

「はいはいはい、内輪の話で失礼しましたっ！　とにかく時間もあまりないので、うちの合図でお嬢《じょう》さん方、戦闘《せんとう》開始してくださいな」

そう言いながら、少女がどこからともなく、空気銃《くうきじゅう》を取り出したのを見て、美名人は慌《あわ》てて両耳を押さえた。

「それでは、レディー・ゴー！」

パアンっ、と小気味いい音がはじけて、そうしてようやく〝本戦〟はスタートした。

「チョコレート作りからラッピングまでの、制限時間は二時間です……はぁ」

本戦のルールを補足しつつ、少年からはため息が尽《つ》きない。

「景気の悪いウエストに代わって、イーストが選手紹介《しょうかい》していくで！　好きな相手に渡《わた》せば恋《こい》が叶《かな》うっちゅー〝虹色《にじいろ》チョコレート〟を狙《ねら》うは四人の乙女や！」

ある意味、ナイスコンビの二人の実況を聞きながら、美名人はまず材料の確認《かくにん》をする。基本的に主催者《しゅさいしゃ》が用意した材料を使ってチョコレート作りは進めなければならないルールだ。

美名人は十分な量の板チョコレートがあることを確かめると、まずは湯煎《ゆせん》の為《ため》のお湯を沸《わ》かしにかかる。

「ふんふん、まずは一番テーブルから四番テーブルの各選手、お湯を沸かしているんやな……と、思いきや一番テーブルの乙女、城下円菜《しろしたえんな》選手、早くも妙《みょう》な動きを見せ、て？」

イーストは軽快に実況と選手の紹介を進めていくかに思われたのだが、早々に言葉に詰《つ》まり、実習室には奇妙《きみょう》な沈黙《ちんもく》が落ち――

どかんっ！

次の瞬間《しゅんかん》、美名人の耳は軽い爆発音《ばくはつおん》を捉《とら》えていた。慌ててそちらに首を巡《めぐ》らせれば、

「おおーっと、城下選手の取り出した鍋《なべ》が、どういうわけか小爆発や！　あ、あかん！　火の手があがっとる！」

イーストの実況通り、コンロからではなく城下の持つ鍋から火があがっていた。

「円菜っ！」

「城下さんっ！」

城下の幼なじみの大手隆也《おおてたかや》が、消化器を持って駆《か》け寄るのを見て、美名人もまた近くにあったふきんを水で濡《ぬ》らして絞《しぼ》り、城下の下《もと》へと向かう。

「おお、二番テーブルの桑田美名人選手が、消火活動に加わるで！」

「水をかけるよりも濡れふきんを鍋にかけるという方法を選んだようですね。うん、英断」

大手と美名人の消火活動が迅速《じんそく》かつ的確だったため、被害《ひがい》は無いと見て取った実況席はやや

呑気に解説を再開した。

「……い、一応防火服を着ておいてよかったっつーの、けほっ！」

そして、煙《けむり》に多少むせているものの、自分でも用心していたらしい城下は無傷だった。

そのことに、大手と美名人はほっと息をつく。

「でも、もうこの調理台も……その鍋も使えないよ。円菜、リタイヤだ」

調理台の惨状《さんじょう》を示しながら、大手が諭《さと》すように言えば、城下は渋々《しぶしぶ》とだがその言葉に頷《うなず》いた。

「〝虹色チョコレート〟欲しかったっつーの……でも、あたしは諦《あきら》めるから、桑田、あたしの分まで頑張《がんば》ってよね」

消化活動に協力した美名人に恩義を感じたわけでもないだろうが、城下はそう言い置くと、大手に支えられて家庭科実習室を後にしたのだった。

「おおーっとぉ、早くも波瀾《はらん》！　城下選手、調理続行不可能と自ら判断してリタイヤを宣言！　うーむ、ウエストはこれをどうみる？」

「いや、そもそも人間台風の異名を持つ城下選手が本戦まで進めた方が僕には疑問です」

「確かに、城下選手の他者を巻きこむどじっ子っぷりは有名や。と、おお、ここで特別情報が入ったで。某菓子店店長《ぼうかしてんてんちょう》Eさんの証言によると――長居されると店が崩壊《ほうかい》しかねなかったのでスタンプを押しました。すみませんー――やって」

「ああ、納得《なっとく》の理由ですね」

それはいわば不正行為《こうい》のリークだったのだが、実況席《じっきょうせき》は納得しただけで、それ以上追及《ついきゅう》することはなかった。

「ですが、まだ疑問は残ります」

「ん？　なんやウエスト、言うてみ？」

「ただいまの小爆発を含《ふく》め、これ程《ほど》の騒《さわ》ぎが学園内で起こっているというのに、なぜ多加……秋庭多加良君はこの場に現れないのでしょう？」

ウエストが示したその疑念は美名人も抱《いだ》いていたもので、チョコレートを刻む包丁の動きは止めぬまま、ちらりと実況席に目をやる。

そうすれば、なぜかイーストは実況席の椅子《いす》の上で立ち上がり、胸を反らしていた。

「ふっ、よくぞ訊《き》いた、ウエスト。副会長の秋庭っちはな、鈴木はんの罠《わな》にまんまとはまって、今頃《いまごろ》校内をかけずり回ってるところや」

ところどころ怪《あや》しい関西弁で、しかし口許《くちもと》には不敵な笑《え》みを浮《う》かべてそう言った。

「鈴木君の、罠？」

一方、ウエストはイーストの台詞《せりふ》に少し低く問い返す。

「せや。今日は校内の至る所に……ああ、もちろん実習室の近くは除いてやけど……〝乙女《おとめ》の聖戦〟の垂れ幕がかかってる。秋庭っちはそら躍起《やっき》になって、はがしてまわっとるやろな。本当の現場は実習室やとも知らずに、なぁ？」

立て板に水のごとく饒舌《じょうぜつ》なイーストの説明に、ウエストはしばし言葉を失う。そして、さすがに美名人も手を止めて実況席と、審査《しんさ》員席を交互《こうご》に見比べる。

「ここ最近、毎日校内のどっかに垂れ幕がかかってたんは、遊びや酔狂《すいきょう》やなかったっちゅーわけや、さすが鈴木はん」

どうやらイーストは鈴木のファンらしく、言葉の端々《はしばし》にそれが滲《にじ》む。まあ、そうでなければそもそも実況など買って出ないだろう。

「てへっ！　作戦大成功しちゃいましたっ！」

そして、鈴木はイーストに手を振《ふ》り応《こた》えながら、作戦成功を宣言してくれた。

「……そういう、ことだったのか。そうだよ、そうでもなければとっくに〝乙女の聖戦〟なんて中止になってるはずだ」

そうすればウエストは、気難しげに仮面の上からこめかみの辺りを叩《たた》きながら、納得しつつも重いため息を吐《は》き出した。

「ちなみに最難関は体育館の梁《はり》にかけた十四枚の垂れ幕だと思います！　まあ、全部を撤去《てっきょ》するのに二時間はかかるよね!!」

調子に乗って、さらに観客席にまで手を振り、へらへらと笑いかける鈴木に、美名人は思わず拳《こぶし》を握《にぎ》ったが、程なくそれを解く。

そう、今回ばかりは美名人も鈴木の行動に文句は言えないのだ。ようやくここまで辿《たど》り着いたのに、本戦が中止になるのは、美名人にとっても好ましくないエンディングで。〝虹色《にじいろ》チョコレート〟まで、その想《おも》いの成就《じょうじゅ》まで、あと少しであったから。

「……想いっていうのは、学園の平和への想いだけどね」

またひとりごちて、美名人は自分の作業に再び集中を高めていく。

「じゃ、ウエストも納得したところで、二番テーブルの選手に注目や！　二番テーブルは〝本戦〟の大本命、桑田美名人っ！」

イーストの声と共に、自分に観客の視線が注がれたのがわかったが、美名人は黙々《もくもく》とチョコレートを刻み続けた。

「城下さんの救援《きゅうえん》に加わったから、作業の遅《おく》れが心配だったんだけど……この分だと大丈夫《だいじょうぶ》みたいだね」

「せやな、物凄《ものすご》いスピードで包丁動かしとるしな。このまま大本命でええんちゃうか。で、ウエストは今回の桑田美名人の参戦理由をどう見る？」

「うーん、そうだな、表向きは〝学園の平和を守るため〟っていう話だけど……」

いつの間にか、実況席に馴染《なじ》んだウエストは、イーストの問いに含みを持たせたまま、一度言葉を切った。

「やはり〝虹色チョコレート〟が目的ではないか、と僕は睨《にら》んでいます」

「ほほう、それまたなんで？」

背もたれに体を預けるようにしながら、ウエストが再び口を開けば、イーストは興味津々《きょうみしんしん》といった様子で、そちらにマイクを向ける。

「……実況席、余計なことを話すと、私の手元が狂《くる》うかも知れないわよ？」

しかし彼らの悪のりを美名人が見逃《みのが》す筈《はず》がない。美名人は、顔を上げると同時に彼らに包丁の刃《は》をよーく見せてあげた。

「……さ、イースト。三番テーブルの選手紹介《しょうかい》に入ろうよ」

「せやな。君子危《あや》うきに近寄らずって言うもんな。昔の人はほんまに為《ため》になること言うてんなー」

少々震《ふる》える声であったが、頷《うなず》き合い、意見の一致《いっち》をみたイースト＆ウエストは、速《すみ》やかに三番テーブルの選手の紹介に移っていく。

「これで、やっと集中できるわね」

そう小さく呟《つぶや》き、美名人はチョコレートを刻む作業に戻《もど》った——が、再びその手を止めることになる。

その異変に気付くと、美名人は自分のテーブルの上を見回した。支給された材料の入った籠《かご》の中もひっくり返して探《さぐ》ってみたが、やはり美名人の求める物はそこには無かった。

「……チョコレートが足りない。さっきまでは確かに十分な量があったのに」

けれど、動かしようの無い事実を前に、美名人は呆然《ぼうぜん》と立ちつくす。

くすっ——そんな美名人の耳にどこからか笑い声が聞こえた。それは観客席の方から聞こえた気がして慌《あわ》てて首を巡《めぐ》らせたが、たくさんの顔の中からその誰《だれ》かを確定することは出来なかった。

美名人は悔《くや》しさに唇《くちびる》を噛《か》みしめながら、けれど懸命《けんめい》に、この後どうするべきかを考える。

誰かが自分のチョコレートを隠《かく》したと、そう訴《うった》えるのは簡単だ。でも、犯人の目星は全く付いていないし、確たる証拠《しょうこ》もない以上、分が悪いのは美名人だろう。

ならば、チョコレートの分量を変える？

でも、お菓子《かし》作りというのは正しい分量で行うのが大前提で、チョコレートの量を変えたら他《ほか》の材料の分量も計算して計り直さなければならない。

「けど、時間……」

美名人は壁《かべ》に掛《か》けられた時計を見た。残り時間は十分にあると言い難い。

いったいどうしたらいいのか——半分以上、心が絶望に埋《う》められそうになったその時、ふと美名人の記憶《きおく》をある声が掠《かす》める。

——困った時に開けろ。

そうだ、あの時、保冷パックを渡《わた》しながら、謙師匠《ししょう》はそう言ったのではなかったか。ならば、今がその困った時で、それを開ける時のはず。

美名人は冷蔵庫に駆《か》けていくと、しまっておいた銀色のパックを取り出し、そっと開封《かいふう》して、

「……師匠、ありがとうございます！　大切に使わせて貰《もら》いますね」

この場にはいない、謙師匠に感謝の言葉を捧《ささ》げたのだった。

そう、まるでこうなることを知っていたかのように、謙が美名人に渡した保冷パックの中身は——製菓《せいか》用のチョコレートだった。

「さて、他の二選手は既《すで》に成形に入りましたが……桑田選手は、う〜ん、ちょっと遅れているようですね」

すっかり実況《じっきょう》の要領《コツ》を摑《つか》んだらしいウエストが難しい声で言えば、

「これは、番狂《ばんくる》わせが起こるかもしれへんで？　おもしろくなってきたなぁ」

イーストが観客を煽《あお》るように答える。二人のコンビネーションも確実に上がっていた。

「おっと、三番の呉崎《くれさき》選手、何かを練り始めました！　アレはなんですか、イースト？」

「おそらく……飴細工《あめざいく》の準備やね。呉崎選手は伊達《だて》に家庭科部の部長を張ってへんちゅーこと
や」

「なるほど。おや？　一方桑田選手温度計を取り出しました！　これはもしや……」

「温度調節《テンパリング》や。溶《と》かしたチョコレートを綺麗《きれい》に固めるためには欠かせない作業やけど、あないにゆっくりやっとって大丈夫《だいじょうぶ》か？」

ウエストの実況に解説を加えながら、だがイーストの声には不安げな響《ひび》きが宿った。

「そうですね。いや、でも桑田選手ならばきっと大丈夫でしょう！　丁寧《ていねい》で、いい仕事をしています」

　正体不明のウエストは、だがどうやら心情的には美名人を応援《おうえん》してくれているらしい。

　その実況を聞きながら、美名人はその応援に応《こた》えるべく、チョコを混ぜるへらに力を込《こ》めるのだった。


　それから数十分が経過し、三人の戦乙女《いくさおとめ》は皆《みな》チョコレート作りを終えて、ラッピング作業へと移ろうとしていた。

　三つのテーブルに、今度はリボンや包装紙の入った段ボール箱が一つずつ置かれていく。

「はい、包装道具の提供は菊衛門商店街、雑貨部門です。ありがとうございました！」

「しかし、これだけ材料が揃《そろ》ってると、逆に各人のセンスが試《ため》されるんとちゃうか？」

　イーストの的を射た台詞《せりふ》に、ウエストだけでなく、思わず美名人も頷《うなず》いてしまう。そう、リボンの色も紙の種類もたくさんある。それ故《ゆえ》に、気をつけなければとんでもないミスマッチが生まれてしまう可能性もある。

「私のチョコレートに一番あう色は……」

　美名人は頬《ほお》に手を当てながら、注意深く包装紙とリボンを吟味《ぎんみ》していく。

「各選手、慎重《しんちょう》な動きを見せていますね」

「そうやなぁ。まあ中のチョコレートが性格やとしたら、ラッピングは顔ってとこか？」

「……深いようで浅い台詞だね、イースト」

「うっさいわ！　うちに突《つ》っ込むのは十年早いっちゅーねん！」

そして、その間にイースト&ウエストは夫婦漫才《めおとまんざい》のような展開を見せていた。イーストの手にはどこから取り出したのか、いつの間にかハリセンまで握《にぎ》られている。

「きゃあっ！」

しかし、ハリセンがウエストの頭部に命中する寸前、その漫才は小さな悲鳴によって、中断される。

「おおっと？　四番テーブル、成田《なりた》選手どうしました？」

「唯一《ゆいいつ》の中等部生やけど、なんや、アクシデントか？」

二人の実況につられて、美名人も思わずそちらを見やれば、中等部三年生の成田優《ゆう》はオーブンの前で立ちすくんでいた。

「どうしたの？　大丈夫？」

「あの、やけどしちゃったみたいで」

成田はチョコレート菓子《がし》作りに、どうやらオーブンを使っていたらしい。そして、確かにその指先はやけどで赤くなっていた。

「とにかく、冷やさないと」

美名人は成田の腕《うで》を引くと、急いで水道の蛇口《じゃぐち》を捻《ひね》った。

「いい、五分はこのまま流水で冷やすのよ？　それでも痛みがあったらまた私を呼んで」

成田の指先を流水にさらし、そう指示すると、美名人は先程《さきほど》の反省を踏《ふ》まえて、急いで自分のテーブルに戻《もど》った。

しかし、美名人の危惧《きぐ》は既に現実のものとなっていた。またもアクシデントに乗じた卑怯《ひきょう》者《もの》は、二番テーブルから、ラッピング道具一式を奪《うば》い去っていた。

「成田選手はどうやら大丈夫なようですね……と？　呉崎選手、どうしたんでしょう？」

「……飾《かざ》り付けに懲《こ》りすぎて、箱によう入らへんみたいやな」

「ああ、飴細工が裏目に出た模様です」

しかし、呉崎のアクシデントに夢中な実況席も、観客席も美名人を襲《おそ》っている他者の妨害《ぼうがい》工作には気付いていない。

「……見たか、これが忍《しの》ぶ会の底力よ」

そして、調理台の上に、たった一つ残された空の箱を気が抜《ぬ》けたように見つめていた美名人の耳に、陰《いん》に籠《こ》もった声が再び届く。

「なるほど……そういうこと」

口許《くちもと》を手で覆《おお》い、低く呟《つぶや》きながら、美名人は理解した。

〝秋庭多加良を密《ひそ》かに思い忍ぶ同盟〟。その存在は美名人も知っていた。ただし、入りたいとは思わなかったが。

なぜならば、彼女達は確かに、美名人と同じように多加良に好意を寄せているけれど、遠くから見つめているだけだったから。

美名人も、確かに今は見つめるばかりだ。でも、美名人はなるべく近くで彼を見ていたいと思った。願った――それから、動いた。

だからこそ、美名人はいま、多加良の近くで見つめることを許されている。

「……そう、だから戦う覚悟《かくご》は出来ているのよ。いつだって」

多加良に恋《こい》しているのは自分ばかりではなくて、そういう人を好きになったのだと美名人はよくわかっている。

だから、この恋は戦いだ――もしかしたら、負けることもあるかもしれない。

でも、正々堂々と向かってこない人間には、美名人は負けるつもりがない。

美名人は、きゅっと唇《くちびる》を噛《か》みしめる。

昂然《こうぜん》と、顔を上げれば、顎《あご》で綺麗《きれい》に揃《そろ》えた髪《かみ》が揺《ゆ》れる。けれど、美名人の強い眼差《まなざ》しは少しも揺るがない。

「そうよ、私は負けない……虹色《にじいろ》チョコレートも、手に入れてみせる！」

静かに闘志《とうし》を燃やして、美名人はゆっくりと拳《こぶし》を握った。そうして、極限まで心を澄《す》ませた時……

「そうだわ。あの手がある！」

美名人の脳裏《のうり》には、まさしく天啓《てんけい》が閃《ひらめ》いたのだった。


「5、4、3、2、1……ゼロ！　制限時間いっぱい！　試合終了《しゅうりょう》です！」

ウエストの叫《さけ》びは、隣《となり》で銅鑼《どら》を打ち鳴らすイーストに負けじと大きかった。

「さあ、戦乙女《いくさおとめ》達よ、特別審査《しんさ》員《いん》席にラッピングしたチョコを持っていくんや！」

そして、イーストの指示に従って、美名人をはじめ、三人の少女は真の決戦に向かう面持《おもも》ちで、四人の審査員の前に立った。

「みんなお疲《つか》れ様っ！　ああ、ぼくのお腹《なか》はいまとっても楽しみだって、言ってるよ！」

「本当に楽しみだなあ」

「我が審査に耐《た》えうる者が果たしているか？」

「審査は公平に行いますから、安心なさい」

四者四様に審査員達は口上を述べ、少女達はテーブルの上にそっと自らの作品を置いた。

「えーと、じゃあテーブルの番号の大きい人のからってことで、まずは成田優さんの作品から審査を始めますっ！」

鈴木の一声に残りの三人も頷《うなず》いて、まずは成田の包装から審査が開始される。

「どうやら、基本はキャラメル包みのようですね」

「ああ、でも意外と角の処理が難しいんだ」

宇田の分析《ぶんせき》に、石平が補足を加えれば、

「このリボンの使い方に芸術性を感じないでもない」

一番若いはずの西園寺が妙《みょう》に硬い物言いで、意見を述べる。

その審査の模様を、成田は俯《うつむ》きがちに、けれど時折目線を上げて窺《うかが》っている。

「おやぁ、なんで箱があったかいんだろう？」

そして鈴木は箱を持ち上げると、その重みを確かめながら首を傾《かし》げる。

「あの、それは中を見ればわかります、から」

控《ひか》え目な声で、成田は告げて、その際に鈴木と目が合うと慌《あわ》てて逸《そ》らす。美名人がちらりと見やれば、成田は耳まで赤くなっていた。

ああ、中等部生は接する機会が少ないから、鈴木君の見た目に騙《だま》されているんだわ。早く夢から醒《さ》めるといいわね……成田の心中を勝手に察して、美名人は彼女に穏《おだ》やかな眼差しを注いだ。

「そうなんだ。じゃあ、早速《さっそく》開けてみるね！」

一方鈴木はそんな成田の想《おも》いには気付かないような顔をして、丁寧《ていねい》に包装紙をはぎ取ってから、中の箱を開けた。

「おや、可愛《かわい》いじゃないか」

石平が思わず漏《も》らしたように、中から現れたチョコレート菓子《がし》は羽を広げた蝶《ちょう》のような形状をしていて愛らしい。

「パピヨン・ショコラです。生チョコレートをパート・ブリックという生地《きじ》で包んで、オーブンで焼きました」

「そっか！　だから箱が温かかったんだね」

成田の説明に、鈴木が手を打って見せれば、成田はもじもじとして、再び俯いてしまう。

「なら、温かいうちにいただきましょう」

そうして、宇田の声に促《うなが》され、審査員はその小さなチョコレートをそれぞれ口の中に入れた。

「外はパリパリ、中のチョコレートはトロっとしていて温かくて……美味ですね」

宇田教諭《きょうゆ》がそう評せば、他《ほか》の審査員も同意して頷く。

「うん、おいしい、おいしい！」

鈴木が小さなそれを二個三個と口の中に放《ほう》り込んでいけば、成田はそれだけでとても嬉《うれ》しそうに笑った。

「して、この作品の名前は？」

だが、鈴木の傍《かたわ》らに相変わらず陰気《いんき》な様子で立つ西園寺に促されれば、成田は笑《え》みを引っ込め、緊張《きんちょう》した面持ちになる。

「あ、あのっ。〝パピヨン・スイート・キッス〟で……す」

成田の声は、最初こそよく聞こえたものの、西園寺の厳しい眼差しに怯《おび》えて、次第《しだい》に尻《しり》つぼみになってしまった。

「蝶々《ちょうちょう》の口づけ、か。ややロマンチシズムに寄っているが、悪くはないな」

それでも、西園寺の耳にはちゃんと届いたようで、彼は成田のネーミングをそう批評すると、鈴木に一つ頷きを送った。

「うん、名前も可愛かったね！　成田さんの審査はここまでです。頑張《がんば》ったね、ごくろうさまでした！」

それが審査終了《しゅうりょう》の合図だったらしく、微笑《ほほえ》みと共に成田に告げた。

そうすれば、成田の顔は真っ赤に染まって——この場面だけを切り取れば、彼女のバレンタインデーは成功であったと言っていいだろう。

「次は、呉崎さんだけど……鈴木君、どうする？　審査対象外かしら？」

その作品を目にした途端《とたん》、宇田が鈴木にそう打診《だしん》すれば、呉崎は不安げに唇《くちびる》を歪《ゆが》めた。

「いや、いいんじゃないですか？　とにかく本戦まで頑張ってくれたんだから」

だが、鈴木はそう決めて、呉崎は安堵《あんど》の表情を浮《う》かべ、肩《かた》に籠《こ》もっていた力を抜《ぬ》いた。

「……それにしても、すごい大きさだな」

そして、石平が口にした感想こそが、宇田が問題にした点でもあった——つまり、呉崎のチョコレートは装飾《そうしょく》に懲《こ》りすぎた結果、箱に入らなくなり、よってラッピングがなされないまま審査員の前に出されたのだった。

「これは……何をモチーフに？」

「はい、天使をイメージして作りました」

西園寺がその大きなチョコを指さしながら問えば、呉崎はそう答えた。

なるほど、言われてみれば、少々抽象《ちゅうしょう》的ではあるが、天使が飛翔《ひしょう》しているようにも見える。

ならば、周りを飾《かざ》る飴細工《あめざいく》は翼《つばさ》のイメージ、だろうか？

「問題は味だと思うけれど……どこから食べればいいのかしら？」

「ぼく、顔って言われた部分は嫌《いや》だよ」

鈴木が微妙《びみょう》に繊細《せんさい》なことを言えば、呉崎は審査員に代わって、チョコレートを皿にとりわけてそれぞれの前に出した。

「では、いただきます」

その天使の断片《だんぺん》は、呉崎が見守る中、審査員の口に運ばれていったが、

「う……ん」

「普通《ふつう》のチョコレート、の域を出ないわね」

石平が口ごもり、宇田がきっぱりと述べたように、味の評価はいまひとつだった。

「でも、飴はおいしいよ？」

他の審査員が余りに露骨《ろこつ》過ぎるため、鈴木がフォローを入れるが、その微妙な発言に、呉崎

の表情は明るくなるどころか、暗くなるだけだった。

「えーと、じゃあ、作品の名前だね、西園寺さん！　さ、呉崎さんどうぞ！」

そして、結局鈴木は、西園寺にバトンを渡《わた》して、自分は逃《に》げる。だが、どうやらその為《ため》に審査員席に座っていたらしい西園寺は、抗議《こうぎ》の声も上げずに、ただ頷《うなず》く。

「あたしの作品の名前は〝天使は虹《にじ》を摑《つか》む〜そして勝利は我が手に〜〟です」

チョコレートの味には自信を失った呉崎だったが、作品名を告げる声は高かった。

「勝利は我が手に？　君は、このチョコレートを誰《だれ》かに贈《おく》る気はないのか？」

しかし、そのネーミングを聞いた西園寺は、やや眉《まゆ》をひそめて、正面に立つ呉崎の目を見据《みす》えた。

「あ……の。今年は、自分用のチョコ、です」

呉崎はその視線から逃げはしなかったものの、口ごもりながら西園寺に答えた。

「……そうか。わかった」

小さくだが、嘆息《たんそく》を漏《も》らすと、西園寺は再び鈴木に視線を送り、

「はい、呉崎さんもごくろうさま。ごちそうさまでした」

今度もその眼差《まなざ》しを鈴木が受け止めて、審査は終了《しゅうりょう》となった。

そして、いよいよ美名人の順番が回ってきた。美名人は深呼吸を一つすると、審査員の眼差しがゆっくりと自分の作品に注がれていく、その様子を怖《おそ》れずに直視した。

「へえ、包装紙の代わりに風呂敷《ふろしき》を使ったってわけかい」

「はい、そうです。チョコレートという洋菓子《ようがし》と日本文化の融合《ゆうごう》を試みました」

と、いうのは口からでまかせだったが、包装紙を奪《うば》われた美名人は、昨日のハニー＆ハニーでの経験を臨機応変に活用して、ラッピングをしたのだった。

あっても使わないから、という理由で昨日安子に押しつけられた風呂敷が、本当に思いがけず役にたった。

「両面タイプの風呂敷を使って、結び目を花びらのように効果的に見せているのね」

「うん、日本のわびさびを感じるよ」

宇田が感心したように言えば、石平も感慨《かんがい》に満ちた言葉を美名人に寄越《よこ》す。

「ふんふん、美名人っち、やるねえ。では問題のチョコレートの方はいかがかな？」

包装の評価が終わると、鈴木は楽しげに風呂敷の結び目を解《ほど》き、中の箱をそうっと開いて、覗《のぞ》き込む。

「んん？　これはまた、随分《ずいぶん》シンプルだね、美名人っち」

箱から顔を上げると同時に、鈴木が言った通り、美名人の作ったチョコレートは三センチ程《ほど》の正方形をした、本当にシンプルな飾り気のないチョコレートだった。

「ええ、師匠《ししょう》の教えなの。それはボンボンショコラです、みなさんどうぞ召《め》し上がって下さい」

鈴木に短く答えを返しておいて、美名人は審査員にチョコレートを勧《すす》めた。

「……ああ、では、いただこうか」

「美名人ちゃん、いただくよ」

そうすれば、各々その小さなチョコレートを口に放《ほう》り込んで、しばし。

彼らの顔には、あの日の美名人と同じ、至福の表情が浮かんでいた。

「ああ、なんて滑《なめ》らかな口溶《くちど》けなんだろうねっ！」

「丁寧《ていねい》にテンパリングしていたものね」

鈴木が興奮した調子で言えば、家庭科教諭《きょうゆ》の宇田は改めてその作業の意義を言葉にしてくれる。

そして、残りの二名は口を開けばその味わいが逃げてしまうと知って、口許《くちもと》を押さえながらただ頷くだけだった。

「美名人っち、ごちそうさま！　すっごくおいしかったです！」

「確かに旨《うま》かったな。しかし、何と名付けた？」

にこにこと、無邪気《むじゃき》に称賛《しょうさん》する鈴木の隣《となり》で、けれど自分の役割を忘れていない西園寺は、美名人に静かに問いを向けて。

眼鏡《めがね》の奥の、よく見れば澄《す》んだ西園寺の双眸《そうぼう》に、美名人は彼ならばわかるだろうと、その名を告げる。

「〝水無瀬川《みなせがわ》〟です」

短い上に、シンプルで、更《さら》に水のない川という名前に、鈴木や石平ばかりでなく、観客席で固唾《かたず》を呑《の》んでいた人々までも首を傾《かし》げる。そんな中、西園寺だけが僅《わず》かに口元を緩《ゆる》めて、

「……下の句は〝下に通ひて恋《こい》しきものを〟で間違《まちが》いないか？」

美名人に尋《たず》ねる。美名人は、彼が見込んだ通りの人物であったことを嬉《うれ》しく思いながら、ゆっくりと頷き返した。

「えーと、西園寺さん、どういうことだい？」

しかし、理解できないでいる石平が着物の袖《そで》を引けば、

「古今和歌集の短歌《うた》です……言《こと》に出でていはぬばかりぞ水無瀬川　下に通ひて恋しきものを……。私の恋心《こいごころ》は言葉に出して言わないだけ。心の中ではあなたを思って、恋しい気持ちを抱《いだ》いているのよ、というのが大体の歌意です」

美名人の分までも——正直、これ程饒舌《じょうぜつ》にとは思わなかったが——西園寺が説明してみせれば、その場にはしばし沈黙《ちんもく》が流れた。

「つまり、このチョコレートにはそんな、口に出せぬ想《おも》いが詰《つ》まっているということだ」

そして、西園寺がまさしく美名人のメッセージを代弁すれば、実習室にはさざ波のように静かな感動が広がっていった。

「うん……美名人っちの気持ちはよくわかったよ！　お疲《つか》れ様でした！」

こうして、鈴木の宣言と共に、美名人の審査《しんさ》も無事に終了した。

「それでは……まず総評を、宇田先生に発表して貰《もら》っちゃいます！」

日が暮れてもまだ帰らない観客が見守る中、鈴木に促《うなが》されて宇田教諭は美名人達三人の前に立ち一礼をした。

「では、まず成田さんから」

軽く咳払《せきばら》いをすると、宇田は余計な前置きはせず、すぐに講評を開始する。

「ラッピングも、中のチョコレートも、名前も可愛《かわい》らしくて、目にも楽しませて貰いました。でも、一点。あのチョコレートは冷めてしまったら味が落ちてしまうわ。今日のように出来たてを食べさせられるならともかく、バレンタインチョコには少々不向きでした」

穏《おだ》やかだが、伝えるべきところをきちんと宇田が告げれば、成田は一瞬《いっしゅん》俯《うつむ》いたけれど、すぐにまた顔をあげ、その言葉を受け止めた。

「次に呉崎さん。芸術性には確かに優《すぐ》れていました。でも、それを追求《ついきゅう》する余り、味がおろそかになってしまいましたね。もし、次の機会がある時は、味と、大きさ……そして贈《おく》る人のことも気にしてください」

「……はい。修業し直します」

呉崎は、自分でも既《すで》に思うところがあったのか、宇田の言葉に素直《すなお》に頭《こうべ》を垂れた。

「最後に、桑田さん。和と洋の融合《ゆうごう》……素敵でした。手間隙《てまひま》を惜《お》しまないその姿勢にも大変感《かん》銘《めい》を受けましたよ。とってもおいしいチョコレートでした。そして、名前に、チョコレートに込められた深い想いも感じ取れました」

「ありがとうございます」

偽《いつわ》りのない、宇田の言葉に美名人は胸を熱くしながら深く頭を下げた。そして、顔を上げると、宇田の背後でやけに力強く頷《うなず》いている西園寺を視界に捉《とら》えて、美名人は何となく、今度彼の店に行ってみようと思った。

「よーし、総評が終わったところで、いよいよ発表しますっ！」

鈴木の声と共に、室内の照明は落とされ、ドラムロールが突如《とつじょ》として鳴り響《ひび》き、美名人達だけでなく、観客席も息を呑《の》んで、その時を待つ。

表面上はいつも通りのポーカーフェイスだったけれど、美名人の心臓はいま、早鐘《はやがね》を打っていた。ドラムの大きな音が心音を消してくれているのをありがたく思いながら、美名人のその手は心臓《むね》の上に置かれていた。

「〝聖バレンタイン乙女《おとめ》の聖戦〟の本年度の覇者《はしゃ》は……桑田美名人！」

そうして、高らかに自分の名前が呼び上げられた時、美名人はかつて無い感激に胸を震《ふる》わせ、涙《なみだ》を堪《こら》えながらも微笑《ほほえ》んだのだった。

ただ、その後で、勝者の証《あかし》として、頭上に菊《きく》の花冠《はなかんむり》が置かれた時には、美名人の表情はいつもの落ち着いたそれに戻《もど》ってしまっていたのだけれど。

6

勝利と共に〝虹色《にじいろ》チョコレート〟の権利を得た美名人は、すぐさま自分のチョコレートと共にそれを届けようとしたのだが。

「はーい、勝者の美名人っちはこちらにきてくださーい」

と言う、鈴木に手を引かれ、大人しく着いて行ったところ――なぜか、いま、彼女は日も暮れようかという叶野山にいた。

しっかりとコートを着込んでいると言っても、真冬の山中の寒さはまだまだ厳しく、厳寒の中に立つ針葉樹には木のぬくもりを感じることも出来ない。

「……ねえ、鈴木君。私はなぜ叶野山に連れてこられたのかしら？」

〝虹色チョコレート〟の為《ため》と言い聞かせて、沈黙してきた美名人だったが、自己処理能力では追いつかない状況《じょうきょう》に、さすがに鈴木に問いを向ける。

「あれ？　言わなかった？」

「聞いてないわよ」

防寒具のつもりだろう、ピンクのマントの前をかき合わせながら、とぼけたように鈴木が言えば、美名人はきっぱりと即答《そくとう》した。

「それで、どういうこと？」

「うん、〝虹色チョコレート〟は叶野山の中にあるからさっ！」

緩《ゆる》やかだが、月初めに降った雪が未だにまだらに残る斜面《しゃめん》を、けれど長いマントに足をとられることもなく、顔は美名人に向けたまま鈴木は上っていく。

「チョコレートは、叶野山の中？」

一瞬、果実のように木に成るチョコレートを想像してしまい、美名人は慌《あわ》ててそれを頭の中から追い払《はら》った。

「うん、そう。賞品の〝虹色チョコレート〟は、大切に叶野山の中に埋《う》めてあるんだよ！」

だが、美名人の脳裏《のうり》に浮《う》かんだ光景など知らず、鈴木は何が楽しいのか満面の笑《え》みを浮かべて、木立の中で腕《うで》を広げた。

恐《おそ》らく、この時点で、山を降りるべきだったのだと、美名人は後《のち》に思う。

でも、ただ今、この時。歴戦で疲《つか》れきって、そこに〝虹色チョコレート〟という求めてやまなかった物をちらつかされた美名人は、いつもより冷静さに欠けていたのだ。

そうでなければ、

「……なるほどね。確かにこんな山中に〝虹色チョコレート〟が隠《かく》されているだなんて、誰も思わないわ。わかったわ、そういうことなら早く掘《ほ》り出しに行きましょう」

鈴木の台詞《せりふ》を鵜呑《うの》みにして、尚《なお》かつ、叶野山の奥に足を踏《ふ》み入れる……などという行動に彼女が出るはずがなかった。

「あれー？　ここも違《ちが》う……」

「こっちも違うわ。ねえ、まだ見つからないって、どういうことかしら？」

先程《さきほど》から木の根本を掘っては首を傾《かし》げている鈴木に、同じく彼に指示された木の根本を掘り返していた美名人は、いい加減苛立《いらだ》った声を鈴木にぶつける。

「んー、この辺、この辺の筈《はず》なんだよ。もうちょっと。もうちょっとで見つけるから！」

そう言う鈴木に付き合って、彼が指示した山中を掘り返してきたが、時刻は既に夜の十一時を回り、バレンタインデー終了《しゅうりょう》のタイムリミットは刻一刻と迫《せま》っている。

月明かりで、なんとか互《たが》いの姿は判別できるものの、周囲は鬱蒼《うっそう》と暗く、だんだんと心細くなってきたのも事実だが、美名人はそれよりも間に合わないかもしれないという焦燥《しょうそう》に身を焦《こ》がしていた。

「ねえっ、埋めた時、何も目印とかつけなかったの？」

虹色チョコレートを手に入れたら、その足で多加良の自宅に向かうつもりでいた美名人は、改めて包み直したチョコレートを風呂敷《ふろしき》ごと抱《だ》きしめながら、鈴木に問いかける。

「目印！　そうだ、それ！　えーとね、あれは虹の出た日で……虹の根本に埋めたから。そう、目印は虹だっ！」

縦カールはほどけ、泥《どろ》で汚《よご》れた顔を空に向け、天を指さしながら、鈴木は実に無邪気《むじゃき》にそう言った。

だが、瞬間《しゅんかん》、美名人の思考は真っ白に凍《こお》り付く。

「……虹の出た日？　虹の根本に埋めた？」

大切な手作りチョコレートを片腕《かたうで》に抱いたまま、美名人は空いている方の手で、思わず鈴木の襟首《えりくび》を摑《つか》んだ。

「まさか、それで虹色チョコレートっていうんじゃ、無いわよね？」

そして、吹《ふ》きすさぶ風よりも冷たい声で、鈴木に問う。

「ま、まっさかぁ！」

この至近距離《きょり》で、美名人の殺気を受ければ、さすがの鈴木も、青ざめ、真剣《しんけん》に答える。

「虹色チョコレートはね、七色のチョコレート……つまり、マーブルチョコレートさっ！」

その瞬間、美名人の手の力は一気に緩み、鈴木は解放された。

腕どころか、全身の力が抜《ぬ》けて、美名人は、呆然と一分近く押し黙《だま》った。

「えーと、美名人っち、どうしたのかな？　大丈夫《だいじょうぶ》？」

そんな美名人の周りを、鈴木はおろおろと歩き回る。他《ほか》の術《すべ》を知らないというように。

「……鈴木、君？　あのね、乙女《おとめ》の想像力は暴走しがちなのよ？　そう、おまじないって、知ってる？　あんな風に何でも恋《こい》と結びつけてしまうの」

そうして、ようやく彼女が振《ふ》り絞《しぼ》った声は、ひどく掠《かす》れていた。

「え、え？　だって、ぼく数えたら、マーブルチョコは七色で……」

「そうね、でも、その事実だけじゃ収まりがつかないのよ、ここまできたらね、わかる？」

そして、美名人は幽鬼《ゆうき》のようにふらりと一歩踏み出すと、後退《あとじさ》る鈴木を怒《いか》りに燃える双眸《そうぼう》で見据《みす》え、

「だからね、鈴木君……今すぐ空の星になってちょうだい」

その声と共に、美名人は拳《こぶし》を振り上げて、鈴木は全速力で逃《に》げ出した。

「待ちなさいっ！」

「待てないよっ！」

この物凄《ものすご》く本気で危険な鬼《おに》ごっこは、日付を跨《また》いで一時間続いた。

「……も、もう限界、だよぅ」

「こ、ここまで追いつめ、たのに」

つまり、逃げ疲れた鈴木が、地面に倒《たお》れ込み、それに続いて美名人が膝《ひざ》から崩《くず》れ落ちるまで。

乱れた息を整えるために、二人共体が冷えるような冷たい夜気をひたすらに吸い込む。

そんな時がしばし流れて、

「あ……れ？　ここ、どこかな？」

まだ肩《かた》で息をしながら、ふと周囲を見回して鈴木は呟《つぶや》いた。

「……叶野山でしょう」

美名人が言えば、鈴木は力なく首を振る。

「じゃなくて、叶野山のどの辺り？」

もう一度鈴木に繰り返されて、美名人はポケットからペンライトを取り出すと、周りを照らしてみた。だが、そのか弱い光では、漆黒《しっこく》の林間を照らし出すことは出来ない。

嫌《いや》な予感と共に、嫌な汗《あせ》が美名人の背筋を伝っていく。

「もしかして、ぼく達《く》、迷ったかなぁ？」

さすがに鈴木も頰《ほお》をひきつらせて、絶望的な声を上げれば、同じ結論に至った美名人は、急に気が遠くなって、今度こそその場に倒れ伏《ふ》した。

「さよな、ら、虹色チョコレー……ト」

遠ざかる意識の中で、美名人は世に言う走馬燈《そうまとう》を見たと思う。その、チョコレートを手に入れる為《ため》に奮闘《ふんとう》した一週間を。

「ああーっ、美名人っち、しっかり！　寝《ね》たら寝たらダメだーー！」

ベタな鈴木の台詞《せりふ》が山中にこだまする。

「……寝ていないわよ。とにかく助けを呼びましょう」

そして、何事もなかったかのように起きあがると、美名人は携帯《けいたい》電話を取り出した。

しかし、その携帯電話は、いまや単なるデジタル時計の機能しか有していなかった。

「叶野山って、電波圏外《けんがい》なんだ……」

隣《となり》で、がっくりと鈴木は肩を落とし——美名人はもう、泣く元気もなかった。

結局、美名人と鈴木は、桑田万能《ばんのう》流道場生を主とするファンクラブ〝美名人さんを仰《あお》ぐ会〟の捜索《そうさく》部隊に見つけられるまでの十数時間を叶野山中で過ごした。

その間に、美名人の手作りチョコレートは非常食として消費され——残念ながら、美名人のチョコレートが多加良の口に入ることは無かった。

＊＊＊

後日談として、その年のバレンタインデー、秋庭多加良の下《もと》には一つのチョコレートも届かなかったことを書き加えておく。

代わりに、多加良の自宅のはす向かい、伊藤《いとう》さんの家には朝からひっきりなしにチョコレートが届いた。

それは、学校の名簿《めいぼ》に記載《きさい》された秋庭多加良の住所に実は誤りがあり、一番地違《ちが》いのそれは、伊藤家の住所だったからである。

そして更《さら》に運の悪いことに、伊藤さんは長期出張中で……故《ゆえ》に、多加良にチョコが届くことはなかった。

では、和彩波のチョコレートはどうなったかというと、頼《たの》みにしていたパティシエが慣れぬ日本の気候で風邪《かぜ》を引き、チョコレートの作成が不可能という状況《じょうきょう》にて戦線離脱《りだつ》。

そんなわけで、この年、十四日にしっかりとバレンタインチョコレートの恩恵《おんけい》に預かったのは、羽黒花南を見事に欺《あざむ》いた、かのう様だけだった……ようだ。

ただ、その形は結局、鳥居型であったという事実も忘れずに記しておく。

This is the end of various skies's story.
However the man keeps chasing after rainbows.

あとがき

みなさん、こんにちは。お元気ですか？　宮﨑柊羽です。

この度《たび》は『神様とゲーム』にてお目にかかることとなりました――なので、初めて拙著《せっちょ》を手にとってくださった方がもしやいるのでは？　ということで……

はじめまして、こんにちは。宮﨑柊羽です。

というご挨拶《あいさつ》もしておきます。ええ、心配性《しょう》の宮﨑は「備えよ常に」の精神で生きています。

さてさて、何はともあれ『神様とゲーム』です。この本は、雑誌「ザ・スニーカー」に掲載《けいさい》された短編に少々加筆・修正した三編と書き下ろし一編で構成されています。雑誌では『神様ゲーム』として掲載されていたのですが、一冊の本にまとめるにあたって『神様とゲーム』になりました。えー、『神様ゲーム』と何が違《ちが》うの？　とか「と」って何？　とか訊《き》かれると困ってしまうのですが、とりあえず長編と短編の区別は「と」でしてくださいませ。

それでですね、「ザ・スニーカー」にはクリエイターズ・ナウというコーナーがありまして、小説が載《の》る時にはコメントを寄せることになっています。ということで、一話から三話をクリナウのコメントと共に軽く振《ふ》り返ってみたいと思います。ネタバレは基本的に無いですよ。

【第一話】ユメデハレタラ／夢で晴れたら

こんにちは。なんだか知らない内にザ・スニ山に放り出されていました。いま、寒くて眠《ねむ》いです。でも短編と長編を書かないと死ぬので書きました。ろくな装備もないまま登山を始めた初心者ですが、よろしくお願いします。生きていたらまた次号でお会いしたいと思います。長編二巻もよろしくおねが……（パタリ）。

〝連載〟という形での雑誌掲載に恐《おそ》れ戦《おのの》いていましたね。十二月号だったので、早くも冬、雪山登山気分です。以降、この雪山ネタを引きずり続けました。確か長編二巻を書き終えてすぐに短編に取りかかったので、疲《つか》れていた模様。途中《とちゅう》で倒《たお》れています（苦笑）。

【第二話】ドンテンガエシ／曇天《どんてん》返し

こんにちは。今月号のサブタイトルは漢字で書くと「曇天返し」となります。どんでん返しとは違います。そして、ミステリーではなくミステリー風、関西弁ではなく関西弁風なのです。あしからずご了承《りょうしょう》を。えー、ザ・スニ山の中は寒く、私は既《すで》に二回風邪《かぜ》をひきました。ので、皆《みな》さんもくれぐれもお気をつけください。

まだまだ連載にびびっています。しかも、本当に二回も風邪をひきました。この冬はこの後にも一、二回風邪をひきました。そして、第二話は漢字で表記すると「曇天返し」なのです。どんでん返しではなく、このような造語にした理由はまた後ほど。ええと……東雲の関西弁に関しては本当に〝風〟なので、関西の方申し訳ありませんが、そういうことで許してください。

【第三話】　アメノチウソツキ／雨のち嘘《うそ》つき

ザ・スニーカー読者の皆さん、今日和。お元気ですか？　ささて『神様ゲーム』は今月号で終了《しゅうりょう》です。応援《おうえん》してくださった皆さん、どうもありがとうございました。私はザ・スニ山を降り、猫《ねこ》三匹《びき》と犬一匹の待つ家へと帰ります。でも、三月には長編の三巻も発売となりますので、そちらもよろしくお願いします。今月号の物語とも少しリンクしています。えー、雪山修業は大変でしたが、楽しくもありました。ただ、まだやり残したことも……？（桑田のバレンタイン激闘《げきとう》編トカ！）なので山が呼んだらまた登ってしまうかもしれませんが、今日のところはアデュー。

これは確か手書きで原稿《げんこう》を依頼《いらい》されたんですよ。私、悪筆なので、非常に恥《は》ずかしかったです。でも、それ以降手書きのクリナウを見てないのですが、もしかして、宮崎のせいですか？　それはさておき、この第三話は長編の第三巻、第四巻と少々リンクしているのです。三巻の少し前の羽黒のお話です。もしお時間がありましたら、この三話の後にもう一度、三、四巻を読んでみてください。

とにかく、雑誌の連載は毎回いっぱいいっぱいでしたが、でも本当に勉強になりました。

そして、書き下ろしの第四話です。えー、二巻位からバレンタインデーのネタを振り続け、ここでようやく書けました。三人称《さんにんしょう》で桑田主体のお話にしたのですが、三人称でこの分量を書くのは久々でして……緊張《きんちょう》しました。この書き下ろしはボーナストラックっぽく、楽しんでいただければ幸いです。あ、以前もお伝えしましたが、桑田はお料理は苦手ですが、お菓子《かし》作りは得意という設定なのです。だから第一話と第四話はこれで設定上問題ありません。うん、大《だい》丈夫《じょうぶ》。えーと、あとイースト&ウエストの正体がわからない方がいるといけないので、一応。東を向いている東雲さんと尾《お》が西を向いている尾田君です。

ということで、皆さん一話目から三話目のタイトルを見て、もうお気づきですよね。実はこの『神様とゲーム』のテーマは〝天気〟です。連載をさせていただけることになった時、それが全三回と聞いて、私の頭に浮《う》かんだのが〝天気〟でした。それで各話のサブタイトルには〝晴れ・曇《くも》り・雨〟という言葉が入りました。それを上手《うま》く物語に反映できたかどうかはわかりませんが、そこに〝虹《にじ》〟を加えて、この本は完成となりました。

なので、この『神様とゲーム』のサブタイトル「ハレ／クモリ／アメ／ニジ」は「ハレトキドキクモリトキドキアメノチニジ」と読んでください。ちょっと長いですけれど。

　では、ここから先はいつものように謝辞を述べさせていただきます。

　担当の山口女史。すぐにへこたれる私をいつも励《はげ》ましてくださってありがとうございました。お陰《かげ》で短編がめでたく一冊の本になりました。それと、短編なのに回を重ねる毎《ごと》に中編になっていき、ご迷惑《めいわく》をおかけしました。えー、精進《しょうじん》します。

　イラストの七草様。お忙《いそが》しい中、毎回素敵《すてき》な絵をありがとうございました。そして、今回の表紙には〝超《ちょう》キュートなかのう様〟をありがとうございます。これからも引き続きお付き合いくださいますよう、よろしくお願いします。

　友人（特にM様）、知人、家族、その他この本を作るためにお力を貸してくださった全《すべ》ての皆さんにも感謝いたします。ありがとうございました。

　そして、いつも読んでくださる読者の皆様。本当にありがとうございます。おかげで、デビューから一年が経《た》ちました。何とか一年間、小説を書き続けられました。

　これからも、少しでも楽しい物語をお届けすべく、精進して参りますので、応援よろしくお願いします。

　次は長編の『神様ゲーム』でお会いできるよう、また一生懸命《いっしょうけんめい》小説を書きます。それでは！

●初出一覧

ユメデハレタラ……………「ザ・スニーカー」二〇〇五年十二月号
ドンテンガエシ……………「ザ・スニーカー」二〇〇六年二月号
アメノチウソツキ…………「ザ・スニーカー」二〇〇六年四月号
ニジイロチョコレート……書き下ろし

神様《かみさま》とゲーム

ハレ/クモリ/アメ/ニジ

宮崎柊羽《みやざきしゅう》

角川文庫 14368

平成十八年九月一日 初版発行
平成十九年二月十日 三版発行

発行者—井上伸一郎
発行所—株式会社角川書店
東京都千代田区富士見二—十三—三
電話・編集(〇三)三二三八—八六九四
〒一〇二—八〇七八
発売元—株式会社角川グループパブリッシング
東京都千代田区富士見二—十三—三
電話・営業(〇三)三二三八—八五二一
〒一〇二—八一七七
http://www.kadokawa.co.jp
印刷所—旭印刷 製本所—BBC
装幀者—杉浦康平

S188-5 ISBN4-04-471405-3 C0193

角川文庫発刊に際して

角川源義

第二次世界大戦の敗北は、軍事力の敗北であった以上に、私たちの若い文化力の敗退であった。私たちの文化が戦争に対して如何に無力であり、単なるあだ花に過ぎなかったかを、私たちは身を以て体験し痛感した。西洋近代文化の摂取にとって、明治以後八十年の歳月は決して短かすぎたとは言えない。にもかかわらず、近代文化の伝統を確立し、自由な批判と柔軟な良識に富む文化層として自らを形成することに私たちは失敗して来た。そしてこれは、各層への文化の普及滲透を任務とする出版人の責任でもあった。

一九四五年以来、私たちは再び振出しに戻り、第一歩から踏み出すことを余儀なくされた。これは大きな不幸ではあるが、反面、これまでの混沌・未熟・歪曲の中にあった我が国の文化に秩序と確たる基礎を齎らすためには絶好の機会でもある。角川書店は、このような祖国の文化的危機にあたり、微力をも顧みず再建の礎石たるべき抱負と決意とをもって出発したが、ここに創立以来の念願を果すべく角川文庫を発刊する。これまで刊行されたあらゆる全集叢書文庫類の長所と短所とを検討し、古今東西の不朽の典籍を、良心的編集のもとに、廉価に、そして書架にふさわしい美本として、多くのひとびとに提供しようとする。しかし私たちは徒らに百科全書的な知識のジレッタントを作ることを目的とせず、あくまで祖国の文化に秩序と再建への道を示し、この文庫を角川書店の栄ある事業として、今後永久に継続発展せしめ、学芸と教養との殿堂として大成せんことを期したい。多くの読書子の愛情ある忠言と支持とによって、この希望と抱負とを完遂せしめられんことを願う。

一九四九年五月三日

いつも「スニーカー文庫」を
ご愛読いただきありがとうございます。
今回の作品はいかがでしたか？
ぜひ、ご感想をお送りください。

〈ファンレターのあて先〉
〒102-8177 東京都千代田区富士見2-13-3
角川書店 スニーカー編集部気付
「宮﨑柊羽先生」係